AMANDA STEVENS

Le sanctuaire oublié

HARLEQUIN

Cet ouvrage a été publié en langue anglaise
sous le titre :
SECRET SANCTUARY

Traduction française de
DANY OSBORNE

HARLEQUIN®

est une marque déposée du Groupe Harlequin

Photos de couverture
Château : © HANS WOLF / GETTY IMAGES
Fonds nébuleux : © PHOTODISC / GETTY IMAGES
Femme : © RYAN MCVAY / GETTY IMAGES

83-85, boulevard Vincent-Auriol, 75013 PARIS — Tél. : 01 42 16 63 63
Service Lectrices — Tél. : 01 45 82 47 47
ISBN 2-280-17702-1

Prologue

Toute la journée, le ciel avait été limpide. Mais des nuages noirs, signes d'orage, arrivaient de l'océan. Leur masse occultait par intermittence le clair de lune, balayant d'une ombre sinistre le paysage déjà hostile sous le soleil. Un vent violent s'était mis de la partie, achevant d'arracher aux rares arbres du cimetière les quelques feuilles encore épargnées par l'automne.

Ce vent faisait frissonner Elizabeth Douglas, parce qu'il lui semblait porteur de maléfices.

Elle consulta sa montre. Les aiguilles phosphorescentes approchaient de minuit.

L'heure où les fantômes se manifestaient, sortaient des tombes, se dressaient derrière les stèles de granite rongé par les siècles.

Elizabeth et ses amies venaient de pénétrer dans la nécropole, poussant la grille rouillée dont le grincement évoquait un gémissement de souffrance. Elles progressaient silencieusement dans les allées recouvertes de mousse, jetant des coups d'œil inquiets sur les pierres tombales ravagées par le temps, les statues d'anges aux ailes déployées. Leurs visages de marbre levés vers le ciel semblaient implorer sa clémence.

Mais, pour Elizabeth, les anges de pierre paraissaient vengeurs. Ils formaient une armée redoutable, qui veillait férocement sur l'endroit. Si cela n'avait tenu qu'à elle, jamais elle ne se serait aventurée dans le cimetière. Cette expédition nocturne faisait partie du bizutage : intégrer l'université exigeait du courage, de la témérité même. Si la direction de la fac apprenait que le petit groupe de jeunes filles s'était promené en pleine nuit dans le cimetière de Saint-John, il y aurait des sanctions.

— Tu penses qu'on verra le fantôme de Leary, ce soir ? demanda Claire Cavendish d'une toute petite voix.

Frêle, craintive et impressionnable, Claire était encore plus mal à l'aise qu'Elizabeth.

— On dit qu'il apparaît tous les cinq ans, ajouta-t-elle dans un chuchotis.

— Oh, arrête, Claire ! s'écria Kat Ridgemont d'un ton railleur. Tu ne crois quand même pas à toutes ces histoires de spectres et de sorcières ! Ce sont des trucs qu'on raconte en ville que pour appâter les touristes !

— Mais… et ces femmes qui ont été assassinées à Moriah's Landing il y a quinze ans ? geignit Claire. Ce ne sont pas des légendes !

— Claire, assez ! gronda Brie Dudley.

L'avertissement que recelait l'intonation n'échappa pas à Claire.

Elle se tourna vers Kat.

— Excuse-moi… Je suis désolée. J'avais oublié.

— Ouais. Je comprends ça. Moi aussi, parfois, j'oublie.

Elizabeth écoutait attentivement l'échange. La mère de Kat était l'une des victimes d'un tueur en série qui avait terrorisé Moriah's Landing quinze ans plus tôt. Quatre femmes avaient perdu la vie dans des circonstances horribles. Le tueur n'avait jamais été arrêté. Depuis, une angoisse rongeait les âmes des habitants qui craignaient son éventuel retour.

Rien n'allait arriver ce soir… Il n'y aurait ni fantôme de Leary, ni tueur en série alléché par la présence de jeunes filles sans défense… Une appréhension qui tenaillait Elizabeth en cet instant, en dépit du mantra qu'elle se répétait depuis son entrée dans le cimetière. N'empêche, la chair de poule hérissait la peau de ses bras. Sans doute parce qu'elle était la benjamine de la bande à quinze ans, alors que les autres en avaient dix-huit. Il était donc normal qu'elle ait moins de cran que ses camarades.

Mais ce n'était pas pour autant qu'elle allait leur suggérer de faire demi-tour. Les « grandes » l'acceptaient parmi elles. Sa fierté lui tenait donc lieu de courage.

— Elizabeth, ça va ?

Brie lui dardait dans les yeux le faisceau de sa torche.

— Ça va ? insista-t-elle. Tu n'as pas dit un mot depuis qu'on est ici.

— Je… je réfléchissais.

— Tu pensais à McFarland Leary ?

— Evidemment ! repartit Elizabeth d'un ton bravache.

— Tu y crois, aux fantômes, hein ? lui souffla Claire dans l'oreille.

Que répondre ? Que, non, elle n'y croyait pas du tout… alors qu'il existait dans l'univers tant de phénomènes inexpliqués ?

— Ooooh… Les filles, regardez ! chuchota soudain Tasha Pierce. On y est !

La torche dévoila la tombe de McFarland Leary, une dalle surélevée à l'inscription effacée par la pluie, le soleil, le vent, le temps… En dessous, une petite porte de métal rouillé à la poignée ornementée, à laquelle on accédait par une volée de marches tapissées de lichen... Le caveau avait la dimension d'une crypte.

Le petit groupe encerclait la tombe quand le vent redoubla de force. Tasha coinça sa longue chevelure blonde dans le col roulé de son chandail.

— On ferait mieux de commencer, sinon on se retrouvera en plein dans la tempête.

Les cinq jeunes filles s'agenouillèrent sur la dalle, au centre de laquelle Tasha posa la torche. Puis elle sortit un coffret de bois sculpté de son sac à dos et le plaça dans le rai de lumière.

— Dans ce coffret, commença-t-elle à haute voix, d'un ton incantatoire, se trouvent cinq parchemins. Un seul d'entre eux est vierge. Celle d'entre nous qui tirera au sort cette feuille immaculée devra entrer dans le caveau habité par le fantôme de McFarlan Leary. Seule.

Chacune à leur tour, elles prirent un rouleau dans la boîte. Elizabeth eut en main le dernier. Elle le déroulait avec appréhension quand Claire poussa un petit cri : dans ses doigts tremblants, elle tenait une feuille blanche. Le symbole du spectre de Leary.

La moins préparée à entrer dans la crypte était Claire. Qu'elle eût tiré le mauvais rouleau fit mal au cœur à Elizabeth. Immédiatement, elle proposa :

— Je vais y aller à ta place, Claire.

— Non, tu es trop jeune, lança Brie. Moi, j'irai.

— C'est moi qui me dévouerai ! assura Tasha. Cette crypte est pleine de Pierce, n'est-ce pas ? Ils ne feront pas de mal à l'une des leurs !

Il y eut un instant de flottement dans le petit groupe, puis le claquement du couvercle du coffret, refermé par Kat, les fit sursauter.

— Les filles, je vais vous dire ce que nous allons faire : aucune de nous ne va descendre là-dedans ! On ne peut pas nous obliger à faire ça ! On n'est plus au temps des sorcières, nom d'un chien ! Ce bizutage ressemble à une condamnation !

Un murmure d'approbation général s'élevait quand Claire lança :

— Non. On ne laisse pas tomber. Il ne s'agit pas de sorcellerie ou de rituels sataniques, voyons ! Juste une épreuve de bravoure. Et même pas vraiment. Parce qu'il n'y a aucun danger. Je ne veux pas courir le risque d'être mise au ban de la fac pour avoir eu la frousse ! Ça me poursuivrait pendant toutes mes études ! Claire la couarde, voilà comment on m'appellerait !

Elle bondit sur ses pieds.

— J'y vais ! acheva-t-elle. Tout va se passer comme sur des roulettes.

Sourde aux protestations de ses compagnes, Claire posa le pied sur la première marche. Puis la deuxième… Lorsqu'elle aurait atteint la cinquième, songea Elizabeth, la gorge nouée d'inquiétude, son amie ouvrirait la porte…

Elle leva les yeux vers le ciel. Il était zébré d'éclairs qui s'entrecroisaient, donnant l'illusion de dessiner sur le ciel noir des images de crucifix en feu. Le grincement de la porte lui vrilla les tympans. Elle baissa de nouveau les yeux. Claire venait de faire un pas à l'intérieur de la crypte, elle s'arrêta… balayant les parois suintantes d'humidité du faisceau de sa torche, puis elle avança encore… Mon Dieu, cette crypte était plus vaste et profonde que ne le laissaient supposer les dimensions de la dalle…

— Je vais avec elle, dit Kat en se mettant debout à son tour.

Mais Tasha la retint par le bras.

— Non, ne bouge pas. Je crois qu'elle a sa fierté. Elle veut réussir l'épreuve, toute seule. Si elle a un problème, elle nous appellera.

Dans un sens, que Tasha refuse d'escorter Claire soulageait Elizabeth. Ainsi, elle n'avait pas à se proposer, car, vraiment, elle n'avait aucune envie de s'enfoncer dans ce trou qui empestait la terre en putréfaction et l'eau croupie, entourée de cercueils…

Claire était désormais invisible. Seule une infime lueur jaunâtre flottait dans la crypte. Elle devait approcher du cercueil de McFarlan Leary.

— C'est le moment, les filles ! ordonna Tasha.

Leurs mains se tendirent, s'accrochèrent les unes aux autres.

— Maintenant que nos doigts sont joints, dit Tasha, rien ne doit rompre le cercle. Nous sommes unies par le corps et l'esprit.

Les quatre jeunes filles se turent, fermèrent les yeux et firent mentalement appel aux forces de la terre, du feu, et de l'eau, leur demandant de protéger Claire du fantôme de Leary, ainsi que de toutes les créatures maléfiques des ténèbres.

Peu concentrée, Elizabeth se mit tout à coup à penser à Cullen Ryan, le mauvais garçon de son cœur. Après avoir fait les quatre cents coups à Moriah's Landing, il avait quitté la ville sans prévenir un an plus tôt, en pleine nuit. Qu'était-il devenu ? S'était-il assagi ? Que ces puissances sollicitées pour protéger Claire le protègent aussi…

Les doigts serrés autour de ceux d'Elizabeth relâchèrent leur étreinte. La concentration générale cédait. Le cercle pouvait être rompu.

A l'instant où les mains se dénouaient, où l'atmosphère s'allégeait, un fracas épouvantable déchira l'air de la nuit.

La foudre venait de tomber sur un cyprès à quelques mètres de la tombe, en même temps que montait des profondeurs de la crypte un hurlement horrifié.

Claire !

Les quatre jeunes filles se ruèrent en bas de l'escalier. pour découvrir la porte de métal close. Kat s'acharna sur la poignée jusqu'à la faire céder, tira le battant et, sans pénétrer dans la crypte, en éclaira l'intérieur.

Un remugle de putréfaction monta des profondeurs du caveau. La lumière révéla des cercueils, un plafond peint d'anges, de démons, de crucifix et de flammes.

Mais Claire était invisible.

Elizabeth sentit son pouls s'emballer. Une sueur froide lui poissait soudain le dos. Ce qui arrivait était sa faute ! Au lieu de se concentrer sur Claire, elle avait laissé ses pensées dériver vers Cullen, rompant le cercle de forces mentales ! Le Mal en avait profité pour entrer et enlever Claire !

Oh, mon Dieu ! Elle était responsable de sa disparition...

1.

Cinq ans plus tard

Elizabeth se concentrait sur sa conduite : la pluie tambourinait sur son pare-brise et le chemin en lacets qui conduisait à la demeure des Pierce était étroit et bordé d'arbres aux branches basses, dénudées en ce mois glacial de février. Taillés en berceau, les chênes, même dépourvus de feuillage, formaient une voûte épaisse qui plongeait la voie dans une pénombre permanente. Il faisait nuit et seules perçaient, au sommet de la colline, les fenêtres illuminées de l'immense résidence de style colonial où vivaient William et Maureen Pierce.

Un ancêtre des Pierce avait fondé le village de Moriah's Landing en 1652 et ses descendants habitaient le domaine, qui s'étendait sur une cinquantaine d'hectares de collines et de vallons boisés, depuis cette date. Plusieurs membres de la famille occupaient des postes clés dans la communauté, principalement dans la vie politique et scientifique.

Ce soir, Maureen et William donnaient un bal masqué, point d'orgue des fêtes d'hiver, mais la rumeur disait qu'en réalité, le couple avait organisé cette soirée pour Drew, leur fils aîné, en pleine campagne électorale. Un peu de relations publiques pouvait se révéler fort utile pour l'aider dans son entreprise.

Bien qu'elle détestât les soirées de ce genre, Elizabeth appréciait Drew. Il serait un bon maire, meilleur que l'actuel, Fredrick Thane. Le soutenir en vue de cette élection l'avait décidée à participer à ce bal costumé… Et puis, après tout, porter les atours d'une noble dame du XVIIe siècle ferait d'elle, momentanément, une femme différente. En se mettant dans la peau d'une autre, elle jouerait un rôle, et ce serait sans doute distrayant.

Elle s'était donc glissée dans une robe dorée au décolleté profond qu'un soutien-gorge pigeonnant mettait en valeur. Un peu trop peut-être, se dit-elle en baissant brièvement les yeux sur sa poitrine généreusement offerte aux regards.

Un éclair l'aveugla lorsqu'elle ramena son attention sur le chemin escarpé. Une tempête se préparait. Les roulements de tonnerre occultaient le grondement du moteur de sa voiture.

Un peu plus tôt dans la soirée, lorsque les premières gouttes s'étaient écrasées sur le toit de son cottage, elle s'était approchée de l'une des fenêtres pour examiner le ciel. Des nuages d'un noir d'encre plombaient l'horizon. Un temps conforme à la coutume : les éléments se déchaînaient invariablement quand on célébrait un événement à Moriah's Landing. Ils étaient aussi de la partie lors des tragédies. Comme vingt ans plus tôt, le soir où la mère de Kat Ridgemont avait été assassinée. Ou cinq ans auparavant, la nuit de la disparition de Claire Cavendish, dans la crypte hantée…

On avait retrouvé la jeune fille dans le cimetière quelques jours plus tard. Elle errait parmi les tombes, hagarde, le corps portant des traces de sévices, traumatisée au point d'être incapable de raconter ce qui lui était arrivé. Amnésique et désemparée, Claire séjournait dans une clinique psychiatrique de la ville voisine. Régulièrement, Elizabeth lui rendait visite. Son état mental ne s'améliorait pas et Elizabeth ressortait de l'établissement, tenaillée par un douloureux sentiment de culpabilité sans avoir pu communiquer avec elle.

A tort, se répétait-elle : elle n'aurait rien pu faire pour sauver Claire cette nuit-là. Aucune des filles présentes non plus. Elles n'avaient rien vu, ignoraient ce qui s'était passé, au grand dam des autorités qui attendaient beaucoup de leur témoignage. A ce jour, l'identité de l'agresseur de Claire demeurait un mystère.

Au début de l'enquête, la suspicion de la police s'était portée sur les participantes à cette macabre cérémonie de bizutage. Mais leur innocence avait été rapidement établie. Même si l'histoire qu'elles racontaient semblait rocambolesque, les enquêteurs les avaient finalement crues. Les jeunes filles terrorisées mises hors de cause, les policiers se heurtaient à un mur depuis cinq ans.

Elizabeth chassa de son esprit les souvenirs de cette soirée au cimetière pour mieux se concentrer sur sa conduite. Au détour d'un virage, elle aperçut en haut d'une falaise *The Bluffs*, un manoir au style néo-gothique extravagant, qui donnait l'illusion d'être en équilibre précaire au-dessus de l'océan. C'était là, au pied de ces murs encastrés dans la roche, que Tasha Pierce avait affronté son cruel destin, un mois après l'agression de Claire.

Claire d'abord, Tasha ensuite.

Du groupe d'adolescentes qui s'était retrouvé dans le cimetière, il ne restait plus que trois filles. Kat, Brie, et elle-même. Brie, renvoyée du lycée parce qu'elle était tombée enceinte, se colletait jour après jour avec mille difficultés dues à sa condition de mère célibataire et à la lourde charge de sa mère malade. Kat devait vivre avec l'absence de sa mère assassinée et le fait que l'assassin n'avait jamais été retrouvé.

A croire qu'un sort maléfique avait été jeté sur elles…

« Il ne reste que moi », songea Elizabeth en frissonnant. Rien de tragique ne lui était encore arrivé. Mais elle pressentait l'imminence d'un drame.

Un nouvel éclair illumina le ciel, révélant l'espace d'une fraction de seconde le manoir perché au bord de la falaise. Il se trouvait à bonne distance, mais Elizabeth eût juré avoir aperçu une silhouette sur le chemin de ronde d'une des tours.

David Bryson, se dit-elle en frissonnant de nouveau. Celui que l'on soupçonnait d'avoir tué Tasha.

Elle accéléra, pressée de fuir cette vision de cauchemar et quelques instants plus tard, elle se garait devant le perron de la demeure des Pierce.

Deux valets en livrée accoururent pour lui ouvrir la porte et lui offrir l'abri d'un vaste parapluie. La jeune femme leur confia les clés et gravit les marches du perron pendant que l'un des deux hommes allait parquer son véhicule.

Comme par enchantement, les portes en chêne à double vantail s'ouvrirent devant elle. Elle pénétra dans le vestibule et tendit son mantelet à un majordome. A regret. Car sa première réaction avait été d'en resserrer les pans autour d'elle. Privée de sa cape de velours, elle arrangea devant un miroir en pied les plis de sa lourde robe de brocart doré, puis se contraignit à apaiser sa respiration.

Allons, ce n'était pas la première fois qu'elle venait dans cette maison ! Tasha l'y invitait souvent autrefois. Mais elle avait oublié l'élégance et l'opulence que déployait la demeure.

Sol au pavage en damier noir et blanc, escalier de marbre monumental conduisant à l'étage, fenêtres à vitraux plombés qui dans la journée laissaient passer un kaléidoscope de couleurs… Ce soir, les vitraux étaient sombres et flagellés par une pluie diluvienne.

Mais si elle regardait sur sa droite, du côté de la salle de bal, tout n'était que beauté et chaleur, grâce aux chandeliers, aux lustres en cristal chargés de centaines de bougies à la clarté mordorée. L'ambiance féerique s'accentuait encore lorsque l'on posait les yeux sur la piste de danse où évoluaient des couples en somptueux costumes Grand Siècle.

L'illusion était étonnante. Un voyage dans le passé, vers l'époque où les femmes se paraient de bijoux étincelants, de toilettes de soie et les hommes de vestes de satin rebrodées. Les perruques blanches poudrées, les masques, les loups, rendaient les invités méconnaissables.

Les senteurs des parfums précieux mêlés étaient enivrantes. D'autant qu'elles s'ajoutaient à celles des compositions florales : bouquets, gerbes, massifs artistiquement élaborés à profusion… La plupart dans une harmonie de rouges, pour célébrer la Saint-Valentin. Le buffet s'étirait sur une dizaine de mètres. Nappe damassée jusqu'au sol, vaisselle en fine porcelaine, cristaux et argenterie… et mets probablement aussi séduisants au goût qu'à la vue.

Décidément, les Pierce faisaient bien les choses. Et en grand : cette fête atteignait le summum du romantisme et du rêve, conclut Elizabeth en balayant la salle du regard.

Bien. Il était temps de descendre dans l'arène…

Elle s'avançait sur le seuil quand une femme grande, en robe de velours bleu au corsage surligné de passementerie dorée, lui barra le chemin. Elizabeth se figea : la femme portait un masque vénitien hérissé de plumes d'autruche. Puis elle reconnut une tête familière. Celle de Rebecca Smith qui venait d'ôter son masque. Celle que tout le monde appelait Becca tenait une boutique en ville dans laquelle elle proposait tout autant des objets de décoration pour la maison que des toilettes pour bal costumé. Becca avait d'ailleurs guidé Elizabeth dans son choix, la détournant d'une robe austère, noire, vers celle qu'elle portait ce soir, en lamé doré.

— Eh bien, Becca ? Comment me trouves-tu ?

Elizabeth leva sa main, montrant son loup en plumes de cygne, puis virevolta. Le lamé, en bougeant, produisit un doux friselis.

— A couper le souffle ! lança une voix masculine derrière la jeune femme.

De nouveau, Elizabeth pivota, cette fois pour découvrir qui la gratifiait de ce compliment.

Un homme qui avait manifestement traversé le parvis sous la pluie. Il tendait sa cape dégoulinante au majordome, sans lui accorder la moindre attention : il fixait Elizabeth.

Seuls ses yeux qui luisaient à travers les ouvertures de son masque doré lui donnaient apparence humaine. Débarrassé de sa cape, il restait immobile, tout de noir vêtu.

Le masque mit Elizabeth mal à l'aise. Il était beau et terrifiant à la fois. Un masque de divinité aztèque, à la bouche grimaçante, qui occultait intégralement les traits jusqu'à la racine de cheveux de jais.

Après ce qui parut à Elizabeth durer une éternité, l'homme fit un pas vers elle, puis un autre.

Une sensation d'urgence s'empara d'elle. Il fallait qu'elle fuie…

Mais quelque chose la retenait sur place. Comme si des ondes magnétiques émanaient de l'homme en noir, la clouant au sol.

— Je suis Lucian LeCroix.

Intonation grave, veloutée, sensuelle…

D'autorité, il prit la main d'Elizabeth et la porta à ses lèvres de métal.

— Oh… Vous êtes le professeur LeCroix ? bredouilla la jeune femme.

— Oui. Et nous ne nous sommes jamais rencontrés. Je le sais. Je n'aurais pas pu vous oublier.

— Effectivement, nous ne nous connaissons pas, confirma Elizabeth, qui retrouvait peu à peu de son assurance. Mais je savais que vous viendriez. Nous comptions sur vous.

— *Nous ?*

— Le staff de l'université Heathrow. Vous allez remplacer lePr Vintner, n'est-ce pas ?

Vintner, qui occupait la chaire de littérature anglaise, était subitement décédé d'un infarctus quelques semaines auparavant. Au lieu d'offrir une promotion à l'un des autres enseignants, le doyen Barloft avait préféré recruter le protégé d'un vieil ami. LeCroix possédait des références sans faille, mais Elizabeth regrettait qu'aucun de ses collègues n'ait été choisi pour le poste. Cet inconnu qui débarquait, elle ne pouvait s'empêcher de le considérer comme un intrus simplement bénéficiaire de piston.

Elle retira sa main de celle de l'homme.

— Je suis Elizabeth Douglas. J'enseigne la criminologie à Heathrow.

— *Docteur* Douglas, précisa Becca qui s'était rapprochée.

— Eh bien, je suis un veinard. J'espérais bien tomber sur un ou deux futurs collègues et c'est le Dr Douglas que je rencontre en premier ! Le jackpot. Vous me ferez les honneurs du campus demain, docteur ?

Sentant sans doute Elizabeth hésitante, il s'empressa d'ajouter :

— Si vous avez un trou dans votre emploi du temps, bien sûr. J'arrive juste de Boston et mon carnet de rendez-vous est encore vierge… J'ai tendance à imaginer qu'il en est de même pour celui des autres. A tort ?

Mmm. Consacrer son samedi à piloter le nouveau sur le campus n'était guère tentant. Toutefois, la courtoisie entre enseignants d'une même fac exigeait un effort… LeCroix ne connaissait ni l'université ni la ville. Et, mise à part la corvée de lessive hebdomadaire, son emploi du temps était vierge…

Cet inconnu, à la haute stature séduisante et dont le masque ôté révélerait sans doute un visage en accord avec le reste de sa personne, ne serait peut-être pas de mauvaise compagnie. Un peu âgé pour elle, probablement : elle lui donnait la trentaine. Dix ans de plus qu'elle. Mais elle s'ennuyait avec les gens de sa génération. Ils lui paraissaient immatures, inexpérimentés…

Oui, après réflexion, pourquoi ne pas jouer les guides pour le nouvel enseignant ? Son image s'en trouverait éventuellement un peu redorée. En la voyant enfin avec un homme, peut-être ses étudiantes cesseraient-elles de l'appeler Sœur Elizabeth dès qu'elle avait le dos tourné. La malice, voire l'ironie méchante de ces gamines, la laissait toujours sans défense. Ne leur ayant ressemblé en rien à l'adolescence, elle ne comprenait pas les manières de ces très jeunes filles.

Mais que comprenait-elle de la vie en général ?

2.

Pendant que Brie Dudley lui servait du café, Cullen Ryan regardait tomber la pluie à travers les baies vitrées du Beachway Diner.

— Merci, dit-il distraitement.

Il s'attendait à ce que la serveuse regagne le comptoir, mais elle lui dit quelque chose.

— Pardon ?

Il se sentit obligé de se tourner vers la jeune femme. Mince, élancée, la jolie rousse aux yeux verts le fixait en souriant. Bon sang, jamais il n'avait vu d'aussi beaux yeux…

— Je vous parlais du temps, dit-elle.

— Ah, ouais. A ne pas mettre un chien dehors, hein ?

— Exact. Nous avons eu un drôle d'hiver. Pas de neige. Juste de la pluie. Et maintenant, ces orages qui virent en tempête les uns après les autres… Mais que pouvait-on espérer d'autre pour la célébration du trois cent cinquantième anniversaire de Moriah's Landing ?

Cullen eut une moue dubitative. La superstition, ce n'était pas son truc. Il trouvait ridicules toutes ces histoires de manifestations surnaturelles qui faisaient la spécificité de Moriah's Landing. Il se félicitait de n'avoir pas accepté ce boulot de vigile chez les Pierce pour leur bal costumé. Ils seraient peut-être allés jusqu'à lui demander de traquer les fantômes ! Comme si surveiller les indésirables qui allaient immanquablement essayer de s'introduire sur le domaine et chasser les curieux agglutinés à la grille ne suffisait pas. Sans oublier les petits voyous du coin pour lesquels cette fête où on ne les avait pas conviés représentait un joli butin en perspective…

Ces jeunes rebelles toujours prêts à en découdre, il les connaissait bien pour avoir été l'un des leurs dans sa jeunesse. Le look « blouson noir » avec chaînes, crâne rasé et tatouages, il l'avait arboré. Toute la ville se défiait de Cullen Ryan, chef de bande et futur gibier de potence. Sur son blouson à l'époque, il portait un badge à tête de mort.

Aujourd'hui, il possédait un autre badge. Très différent. Mais pour le moment, il le cachait.

Que sa vie eût pris un tel tournant, à cent quatre-vingt degrés, ne laissait pas de le sidérer. Comme quoi, il ne fallait jamais jurer de rien…

— Autrefois, lança une voix, on appelait ces tempêtes des « faiseuses de veuves ».

Cullen vit Shamus McManus s'approcher de la baie. Pêcheur occasionnel, il avait souvent embarqué sur son bateau le père de Cullen. L'homme était une mine d'anecdotes sur Moriah's Landing. Si l'on ne disposait pas d'une bonne demi-heure, inutile de s'asseoir à côté de lui : il devenait intarissable dès qu'il s'agissait de raconter le passé de la ville.

L'autre client du Beachway Diner était Marley Glasgow. Accoudé au comptoir, l'air lointain, il tuait le temps. Un bon à rien qui vivait de petits boulots pas toujours très catholiques et occasionnellement travaillait à la tâche sur les docks.

— On a perdu un sacré nombre de types de valeur, par des tempêtes comme ça, poursuivit Shamus.

Il jeta un coup d'œil à Cullen avant d'ajouter :

— Les tempêtes nous en ont rendu aussi… Je serais pas étonné que celle-là fasse sortir McFarland Leary de sa tombe.

— Oh, allez, Shamus, tu ne me feras pas avaler que tu crois aux fantômes ! répliqua Cullen en riant.

— T'as tort de rigoler, fit le pêcheur, la mine grave. J'ai soixante-six ans. Une longue vie qui m'a permis de voir des choses… et d'en voir encore !

— Oui ? Tu as vu le fantôme de Leary ?

— P'être bien. On dit qu'il se montre tous les cinq ans…

Tout en parlant, il fixait la baie, comme s'il s'attendait à découvrir un spectre derrière la vitre.

Marley Glasgow leva un regard halluciné par-dessus sa tasse de café. L'idée que l'homme fût fou traversa l'esprit de Cullen.

— Leary était tombé sous l'influence de Satan ! Le démon l'a possédé !

— Et ce démon, quelle apparence a-t-il prise ? demanda Cullen.

— Leary a été enjôlé par une femme !

— Vous ne pensez quand même pas que toutes les femmes sont démoniaques, Glasgow ? interrogea Brie.

Elle attendit une dénégation qui ne vint pas.

— Glasgow, si vous êtes persuadé que toutes les femmes sont des créatures du Mal, alors dites-moi pourquoi ce sont les hommes qui commettent des actes monstrueux ! Neuf salauds de tueurs sur dix sont des hommes ! Comment expliquez-vous ça ?

— Les hommes tuent les femmes à cause de ce qu'elles leur ont fait, énonça sentencieusement Glasgow.

— C'est ridicule ! s'écria Brie tout en quêtant du regard l'approbation de Cullen.

— Leary a été accusé de sorcellerie et pendu haut et court à un arbre. Il revient tous les cinq ans dans cette ville pour finir le boulot qu'il avait commencé, dit Shamus.

— C'est ça, confirma Glasgow. Il se venge.

— Non. Il cherche ses descendants. Les enfants des enfants qu'il a eus avec une sorcière.

— Je suis largué, Shamus, lança Cullen. Qu'est-ce que Leary cherche, d'après toi ? Ses arrière-arrière-arrière-arrière-arrière-petits-enfants ?

— Parfaitement. Et il n'est pas le seul à essayer de démasquer les sorcières !

Comme Cullen haussait les épaules, Shamus ajouta :

— Tu ne t'es jamais demandé pourquoi il y avait tant de scientifiques à Moriah's Landing ?

— Non. Qu'est-ce que tu insinues ? Que ces grosses têtes sont là à cause des descendants de Leary ?

— Sûr. A cause des siens et de ceux des sorcières.

— Oh, là ! s'écria Glasgow, fais gaffe, Shamus ! Tu parles de choses qui ne te regardent pas. A force de fourrer ton nez dans les affaires des autres, tu finiras par avoir des ennuis.

— Qu'est-ce que j'entends ? Une menace, ou je me trompe ?

Shamus s'était redressé, bien carré sur ses jambes. Que Glasgow eût vingt ans de moins que lui et quinze kilos de plus n'allait pas l'arrêter. De tout temps, Shamus avait eu la tête près du bonnet, se rappela Cullen qui se leva et alla se placer entre les deux hommes.

— Et si on en revenait à la tempête ? proposa-t-il sous le regard reconnaissant de Brie.

— Tu as raison, Cullen. D'ailleurs, je vais appeler mon patron et lui demander si ce soir je ne peux pas fermer plus tôt que d'habitude.

— Quoi ? Tu nous flanquerais dehors par un temps pareil ? s'insurgea Glasgow.

— Normalement, on ferme à 22 heures. Il est 21 heures. Soixante minutes de plus ou de moins ne changeront rien pour toi…

— Et si je refuse de m'en aller ?

Cullen posa la main sur l'épaule de Glasgow.

— Si tu refuses, je t'obligerai à accepter mon hospitalité. Une jolie cellule, bien au sec est à ta disposition.

Il sentit Glasgow se crisper. Le colosse bandait ses muscles. Cullen en avait maté de plus baraqués et de plus méchants que lui dans les quartiers chauds de Boston. Toutefois, par prudence, il écarta un pan de sa veste, de façon à ce que Glasgow voie le holster… Pour calmer une brute énervée, il n'existait pas meilleur argument.

Mais qui ne marchait apparemment pas avec Glasgow.

— Hé, mec, tu me fous vraiment les jetons, jeta-t-il en ricanant.

— Tu n'as pas peur, Glasgow ? A ta place, pourtant, je ne serais pas rassuré.

— Pfff ! On dit que les voleurs font d'excellents gendarmes. C'est pour ça que le maire de Moriah's Landing t'a embauché. Mais il s'est foutu dedans.

Après avoir nargué Cullen de cette façon, Glasgow se dirigea vers la porte. Selon ses critères, son honneur était sauf… Peu importait à Cullen : l'essentiel, c'était que Glasgow sorte du bar.

Mais une fois la porte ouverte, il resta sur le seuil : la pluie tombait en cataracte, formant un rideau liquide là où en été se trouvait la porte moustiquaire.

— Personne n'a trouvé qui avait tué ces filles, il y a vingt ans, Brie, lança Glasgow par-dessus son épaule. La police a été nulle et je te parie tout ce que tu voudras que ce serait pareil maintenant : si t'as des ennuis, ne t'imagine pas que Cullen va t'en sortir, ma belle.

Un dernier coup d'œil rageur à Cullen, puis, tête baissée, Glasgow disparut, englouti par les trombes d'eau.

— Parle-moi du château sur la falaise, demanda Becca à Elizabeth.

Les deux jeunes femmes suivaient du regard les gracieuses évolutions des couples sur la piste de danse.

— Le château ? *The Bluffs*, tu veux dire ?

— Oui, celui-là.

Depuis un petit moment, Elizabeth s'interrogeait : Becca paraissait troublée. Pourquoi ? Par qui ? L'arrivée de Lucian LeCroix l'avait, semblait-il, fait fuir. Restée seule avec le nouveau professeur, Elizabeth avait établi avec lui un planning pour le lendemain, détaillant la visite du campus telle qu'elle l'organiserait pour lui. Puis, rendez-vous pris, elle avait prétexté des amis à retrouver quelque part dans la salle et s'était éloignée. Mais ne reconnaissant personne sous les masques, elle s'était réfugiée dans un coin et lorsque Becca l'avait rejointe une bonne trentaine de minutes plus tard, elle avait soupiré de soulagement. La musique était bonne, le spectacle ravissant, mais elle s'ennuyait… et faire tapisserie n'avait rien d'amusant. LeCroix avait indubitablement moins de problèmes qu'elle à nouer des relations : après avoir échangé quelques mots avec différentes femmes, il discutait maintenant avec Drew Pierce.

Tout en la gardant dans son champ de vision, constata-t-elle, mal à l'aise.

Allons, il s'agissait d'une illusion. Les masques faussaient la perspective. LeCroix ne faisait que chercher Becca du regard, voilà tout : la jeune femme était si belle… il était normal qu'il s'intéresse à cette superbe blonde... Il se fichait comme d'une guigne d'Elizabeth Douglas, voyons. Elle serait un excellent guide demain, mais ce soir, elle se confondait avec le décor. La petite Lizzie, comme l'appelait Cullen Ryan autrefois — ce qu'elle détestait ce diminutif ! — n'attirait guère les hommes...

— Elizabeth ?

— Hein ? Excuse-moi, Becca, j'étais ailleurs. De quoi parlions-nous ? Ah, oui. *The Bluffs*. Imagine-toi que ce château a été transporté pierre par pierre d'Angleterre par l'un des premiers Pierce. Il y a quelques années, un dénommé David Bryson l'a acheté. Ensuite, j'ignore pourquoi, ses relations avec les Pierce ont tourné à l'orage. Et puis il y a eu Tasha...

— Tasha ?

— Natasha Pierce.

Le cœur serré, Elizabeth hésita à poursuivre : la mort de son amie la bouleversait encore. Mais il était normal que Becca, qui venait d'arriver à Moriah's Landing, veuille en apprendre le maximum sur la ville.

— Tasha était fiancée à David, ce qui mécontentait la famille Pierce : Tasha n'avait que dix-huit ans, et David Bryson trente. Tout le monde le trouvait trop âgé pour s'engager avec une si jeune fille.

Un silence, un soupir aussi lourd qu'un sanglot, puis :

— Tasha est morte. Un accident de bateau. L'explosion a été terrible. On n'a jamais retrouvé son corps. Quant à David, il aurait été défiguré. C'est la rumeur qui l'affirme, parce que personne ne le voit jamais. Il vit en reclus, ne sort que la nuit... On le dit hanté par la culpabilité. C'était lui qui pilotait ce bateau. Bref, tous les Pierce le haïssent. Ils le jugent responsable de la mort de Tasha. Mauvais entretien du moteur, erreur de pilotage... on ne sait. Quoi qu'il en soit, c'est une histoire horrible. Chaque fois que je l'évoque, j'ai la chair de poule.

— Ah bon ? Moi, je la trouve très romantique. Les amants maudits… J'aimerais bien rencontrer ce David Bryson !

Elizabeth agrippa le poignet de Becca, si rudement que la jeune fille fit la grimace.

— Becca, non ! Ne fais pas ça ! J'ai perdu une excellente amie à cause de cet homme. Je ne voudrais pas que… que cela se reproduise.

Becca éclata de rire.

— Je ne compte pas aller faire du bateau avec lui, voyons ! Ni devenir sa petite amie ! Ça me plairait de le rencontrer, c'est tout.

— Becca, si tu tiens à connaître des hommes, tu n'as que l'embarras du choix ce soir. Drew Pierce, par exemple. Il est séduisant et très, très riche. Toutes les femmes sont à ses pieds.

— Mmm. Je lui ai parlé, oui. Il ne m'a pas emballée. Mais ce David Bryson… lui, il me paraît bien plus excitant !

Becca regarda Elizabeth bien en face.

— Dis-moi, puisqu'il y a soi-disant tant d'hommes irrésistibles ce soir, pourquoi restes-tu dans ton coin ? Tu n'as pas dansé une seule fois.

— Eh bien, je…

— Oui ?

— Je… je n'aime pas ce genre de musique, fit Elizabeth, pointant le menton en direction de l'orchestre.

Les sourcils froncés, Becca détailla son amie de la tête aux pieds puis lâcha :

— Me permets-tu de te donner un avis ? Un conseil aussi ?

— Je t'écoute.

— Tu es une très jolie fille, Elizabeth. En plus, tu es chaleureuse et attentionnée. Je te connais depuis peu, mais tes qualités m'ont immédiatement sauté aux yeux. Ce que je trouve dommage, c'est cette distance que tu mets entre les hommes et toi. Tu es glaciale. Ils doivent avoir l'impression que tu es hors de leur portée. Si tu te décontractais, si tu souriais, ils se battraient pour t'inviter à danser.

— Mais d'où sors-tu que j'ai envie de danser ?

— Elizabeth, toutes les filles aiment danser !

— Moi, non.

— Tsss, tsss... Tu te prends pour la princesse dans sa tour d'ivoire. Cette tour, tu l'as bâtie toi-même : tu t'es dit que tu étais trop différente des autres, trop intelligente, pour être acceptée. Alors tu te caches dans ta tour, tu t'y sens en sécurité. Si personne ne te force à en sortir, crois-tu, tu ne seras jamais malheureuse... Pas de déception ni de chagrin d'amour... Le confort.

Une pause, un sourire, puis Becca ajouta :

— Et l'ennui. La solitude.

Elizabeth ne sut que répondre. Elle pâlit. Entendre la vérité aussi crûment énoncée, quel choc !

— Oh, Elizabeth ! Je suis navrée. Je me rends compte que je t'ai blessée et...

— Non, non, ça va. C'est juste que...

— Que quoi ?

— Que je trouve que nous ne sommes pas assez intimes pour avoir ce genre de discussion.

— Nous nous connaissons depuis peu, c'est vrai, mais j'espère que nous ne tarderons pas à être vraiment amies, Elizabeth. Des amies intimes.

— Il ne s'agit pas d'amitié, Becca. Simplement, je ne suis pas du genre à faire des confidences. Ni à en écouter.

— Je comprends ça. Nous avons tous une part d'ombre que nous protégeons jalousement.

Becca avait donc des secrets ?

Elizabeth se rendit compte que ce qui était valable pour elle l'était pour autrui.

— Minuit approche, lança soudain gaiement Becca, pressée de changer de sujet. Je vais rentrer, sinon je serai transformée en citrouille.

— C'est le carrosse qui devient citrouille, dans le conte, rectifia Elizabeth.

Becca éclata de rire et nombre de têtes masculines se tournèrent vers elle.

La jeune fille était arrivée à Moriah's Landing très récemment. Elizabeth ne savait rien de son passé. Réduite aux suppositions, elle imaginait une vie très mondaine à Boston : Becca était parfaitement à l'aise en société, nouait des relations avec une facilité déconcertante... Elle ne connaissait quasiment personne à ce bal et pourtant se mouvait au milieu des invités avec une facilité qui laissait Elizabeth admirative.

Pourquoi elle-même n'était-elle pas capable de se comporter comme Becca ? Originaire de Moriah's Landing, élevée dans une indéniable opulence — même si ses parents n'étaient pas aussi fortunés que les Pierce —, elle possédait davantage d'atouts que Becca.

Pourtant, elle n'aspirait qu'à rentrer chez elle, à s'y calfeutrer... Dans son lit, avec un bon livre. Voilà comment elle passait ses soirées.

Où la mènerait pareil comportement ? A une vie de recluse semblable à celle de David Bryson ?

L'horloge du vestibule sonnait les douze coups de minuit quand Elizabeth sortit de la salle de bal. Elle avait envisagé de se réfugier dans la bibliothèque, mais ses pas la portèrent vers l'arrière de la maison. Sous la véranda entièrement vitrée. Là où elle pourrait pleinement assister au spectacle dantesque de la tempête.

Elle fit coulisser la porte de verre et pénétra dans un espace ténébreux, embaumé par les senteurs des plantes qui s'y trouvaient. Les éclairs illuminaient les lieux par intermittence, et elle s'avança sans éclairer les plafonniers vers le fond du jardin d'hiver. Un froid de loup y régnait et elle regretta de n'avoir pas récupéré sa cape. Pourquoi les Pierce ne prenaient-ils pas plus de soin de leurs essences exotiques ? L'absence de chauffage les ferait mourir.

Pourtant une véritable jungle l'environnait. De quoi intriguer tout botaniste. La capacité d'adaptation des espèces tropicales était sidérante, se dit-elle... Mais elle se rendit compte immédiatement que son raisonnement était erroné : quelqu'un avait ouvert en grand la baie donnant sur le parc et négligé de la refermer.

La jeune femme se précipita et saisit la poignée. Une rafale de vent gorgé d'eau la fouetta. Bon sang, elle était trempée et cette maudite porte se refusait à bouger !

Elle s'acharnait de toutes ses forces sur le panneau bloqué quand son regard capta une lueur à l'autre extrémité de la serre. Un rai de lumière jaunâtre se déplaçait.

Elle plissait les yeux pour accommoder sa vision, quand la porte se rabattit violemment sur elle. Le vent avait réussi là où elle échouait, mais elle avait bien failli se faire écraser la main entre le panneau et le chambranle.

Elle fit un bond en arrière et glissa sur le carrelage détrempé. Déséquilibrée, elle se raccrocha à une jardinière qui s'écroula, entraînant les autres pots alignés sur l'étagère.

Le fracas fut assourdissant. Sous cette voûte de verre, le moindre son résonnait comme dans une nef.

— Bon sang...

Sa main droite l'élançait. Elle serra le poing et sentit un liquide chaud et poisseux envahir sa paume. Flûte ! Elle s'était coupée sur un tesson.

Au lieu de regarder l'entaille, elle dirigea son regard vers la lueur. Qui se déplaçait toujours et avançait vers elle... Il y eut un léger frémissement dans une luxuriante plante grimpante, puis la lueur s'immobilisa...

Elizabeth se figea.

Quelqu'un. Quelqu'un se tenait là... L'observait, caché derrière le feuillage.

Un nouvel éclair zébra la nuit d'un blanc aveuglant, révélant l'espace d'une fraction de seconde un visage blafard qui la regardait entre deux rameaux.

Grands dieux ! Un fantôme !

La terreur occulta toute sa logique. Elle voyait un spectre...

Mais pas seulement.

Elle voyait aussi une corde.

3.

— Qui a découvert le corps ?

La question fit lentement son chemin dans l'esprit confus d'Elizabeth.

Elle se tenait à l'extérieur de la véranda en compagnie des Pierce, cherchant du regard le chef de la police. William Pierce avait sans nul doute exigé qu'il se déplace en personne, mais elle ne voyait que Cullen Ryan.

Il riva ses yeux aux siens. Elle sentit son cœur manquer plusieurs battements.

Cullen. Elle le savait revenu à Moriah's Landing quelques mois auparavant et pourtant ne l'avait jamais rencontré. En fait, elle avait soigneusement veillé à l'éviter. Les sentiments qu'elle lui portait autrefois étaient morts et enterrés. Profondément enfouis au fin fond de sa mémoire.

Mais savait-on jamais ? Un retour de flamme était toujours possible… et de cela elle ne voulait à aucun prix. Même si, à son immense stupéfaction, Cullen était devenu un homme respectable.

Il se tenait maintenant tout près d'elle, et la manière dont il la regardait confirmait ses pires appréhensions : l'indifférence tant désirée, le détachement recherché avec tellement d'acharnement n'étaient qu'illusion.

Qu'y avait-il de changé en lui ? Dans ses yeux gris luisait toujours la même flamme envoûtante. La même intelligence aussi. Une assurance calme émanait de toute sa personne. Au point de le faire paraître plus grand, plus imposant qu'il ne l'était en réalité. Sa chevelure, toujours aussi drue et sombre, mettait en valeur ses traits virils et néanmoins harmonieux. Debout sous la pluie, apparemment insouciant des trombes d'eau, il avait négligé de boutonner son manteau noir, révélant un T-shirt à col en V et un jean également noirs.

Il était beau. Mon Dieu, qu'il était beau !

Elizabeth secoua la tête, se rendit compte qu'elle attendait de ce mouvement qu'il chasse les souvenirs et annihile ce magnétisme qui émanait de Cullen et la rendait si vulnérable. Il n'était pas ici pour revoir son ancienne camarade de lycée… Une jeune femme était morte et il enquêtait sur cette mort.

Elle se raisonna. Ce n'était pas à cause de lui qu'elle se sentait bouleversée. La découverte du corps, voilà les raisons de son émotion. L'horreur, lorsqu'elle avait vu le visage de la morte et sa chevelure qui oscillait doucement, l'agitait encore. Elle avait immédiatement reconnu la jeune fille qui se balançait au bout de cette corde.

Dans un premier temps, Elizabeth avait gardé son sang-froid, allant jusqu'à chercher le pouls de la malheureuse, lâchant ensuite le poignet inerte où nulle veine ne palpitait.

Puis elle avait craqué. Tremblements incoercibles, dents qui s'entrechoquaient, nausées… Quelqu'un lui avait posé sa cape sur les épaules. Elle ignorait qui, mais elle lui était reconnaissante. La glace qui bloquait sa circulation avait fini par fondre, et maintenant, réchauffée, les malaises dissipés, elle respirait à peu près normalement.

— C'est Elizabeth qui a trouvé cette pauvre fille, précisa William Pierce à l'intention de Cullen. Ménagez-la, je vous en prie…

Lorsque Elizabeth avait prévenu William et Drew, ces derniers avaient discrètement quitté la salle de bal. Nul n'avait prêté attention à leur départ. Par chance, l'actuel maire, Thane, était déjà rentré chez lui. Sinon, il se serait placé en première ligne, se serait démené, faisant bruyamment du vent, de façon à ce que la presse relate son importante intervention dans cette affaire de meurtre. Pour Thane, toute publicité, même la plus déplacée, était pain béni. Surtout si cette publicité affectait son rival pour les élections à venir, à savoir l'aîné des Pierce.

Zachary, le jeune frère de Drew, et Geoffrey Pierce, le frère de William, n'avaient pas été longs à rejoindre le groupe. La police était arrivée peu après, en la personne de Cullen Ryan.

Quelques minutes de répit encore, puis tous les invités seraient au courant qu'une jeune fille avait été assassinée dans le jardin d'hiver.

— Je suis William Pierce, annonça ce dernier en tendant la main à Cullen.

— Je sais. Moi, je suis l'inspecteur Ryan.

— Oh. Et le chef Redfern ? Où est-il ? Ne va-t-il pas venir ?

— Il a été appelé ailleurs, mais il est prévenu. Toutefois, ne l'attendez pas de sitôt, monsieur Pierce : l'état des routes rend le moindre déplacement en voiture hasardeux.

— Nous devrions quand même attendre son arrivée.

— Ce serait du temps perdu, objecta Cullen. Dès que le légiste, le Dr Vogel, sera là, nous procéderons aux premiers prélèvements. Ce que l'on collecte sur les lieux d'un meurtre pendant les premières minutes est primordial.

— Mmm. Et la police d'Etat ?

— C'est une affaire locale, répondit sèchement Cullen, sous la juridiction des autorités de Moriah's Landing.

William Pierce garda le silence pendant quelques instants, réfléchissant aux propos de Cullen, puis il remarqua :

— Jeune homme, vous ne faites partie de la brigade de cette ville que depuis peu. Etes-vous sûr d'avoir assez d'expérience pour conduire cette délicate enquête ?

— Oui, monsieur.

— Vous êtes si jeune…

Cullen n'avait que vingt-quatre ans. Mais tout était relatif, se dit Elizabeth. Cullen avait vécu infiniment plus intensément que la plupart des hommes mûrs ici présents. S'il était resté à Boston, sans doute ne serait-il passé inspecteur que dans plusieurs années, vu le nombre de policiers qui y travaillaient. Mais dans une ville de la taille de Moriah's Landing, un policier arrivant d'une métropole était automatiquement propulsé au grade supérieur. Même le chef Redfern devait le considérer comme un élément de grande valeur. L'ennui, c'était cette mauvaise réputation — hélas fondée — que Cullen traînait comme un boulet. De la graine de voyou, voilà ce que pensaient de lui les gens du coin au moment où il avait quitté Moriah's Landing. Ils pariaient tous que Cullen Ryan finirait dans un pénitencier, au quartier de haute sécurité. Même si les charges qui pesaient sur le jeune homme à l'époque étaient minimes : vandalisme, tapage nocturne, rapines dans les boutiques… Aucun délit dont un garçon intelligent ne fût pas capable de se sortir. D'autant que, faute de preuves, aucune des plaintes à l'encontre de Cullen n'avait abouti. Mais, selon le dicton que répétait à l'envi les habitants : « Qui vole un œuf vole un bœuf… »

Qu'il fût devenu inspecteur devait en laisser plus d'un bouche bée. Qui aurait pu croire à la réinsertion de cet ancien vaurien ? Probablement personne… Pas William Pierce, en tout cas. C'était flagrant.

Elizabeth était certainement la seule à vouloir donner un blanc-seing à Cullen. Depuis toujours, elle savait que sous le chenapan se cachait un justicier pur et dur. A qui avait-il montré son côté lumineux ? A elle uniquement. Les autres ne voyaient que sa part d'ombre.

Les paroles de Becca lui revinrent tout à coup à l'esprit. Selon la jeune fille, Elizabeth se calfeutrait dans un sanctuaire édifié par ses soins. Se pouvait-il que Cullen eût fait de même ?

Mais elle avait vu l'homme qu'il deviendrait, côtoyé un être d'exception, songea-t-elle, la gorge serrée. Et elle n'avait rien oublié. En cet instant où il la fixait, la magie qu'exerçaient autrefois ses yeux fonctionnait toujours. Elle espérait qu'il ne s'en était pas rendu compte.

— C'est toi qui as trouvé le corps, Elizabeth ?

— Oui. Ici. Dans la véranda. Elle s'appelle, s'appelait, Bethany Peters.

— Tu la connaissais ?

— C'était l'une de mes élèves à Heathrow College. Elle suivait mes cours sur le comportementalisme criminel.

Cullen se tourna vers William Pierce.

— Faisait-elle partie des invités de la soirée ?

— Non. Personne de la famille ne l'avait vue auparavant.

— Bien. Et toi, Elizabeth, que faisais-tu dans la véranda ?

— Il y avait une telle foule dans la salle de bal que j'ai eu envie de respirer un peu, d'être au calme.

Allait-il penser qu'elle avait dansé toute la soirée et qu'exténuée d'avoir tournoyé entre les bras de dizaines d'hommes, elle avait cherché un endroit où se reposer ? S'il avait su qu'en réalité elle était restée seule dans un coin, perdue dans des pensées à faire tapisserie…

— Pourquoi la véranda, Elizabeth ?

— Hein ? Oh, à cause du toit de verre… Je voulais profiter du spectacle de la tempête.

L'intensité du regard de Cullen ranimait sa nervosité. De nouveau, son sang-froid lui jouait des tours.

— Tu comprends, Cullen, ce n'est pas un orage classique, mais une précipitation qui s'apparente à un ouragan, avec une masse d'air chaud en mouvement qui…

Elle s'interrompit.

Mon Dieu… Pourquoi tant de précisions scientifiques ? Il allait la prendre pour une véritable maîtresse d'école !

— Très intéressant, dit-il ironiquement. Est-ce que tes connaissances en phénomènes atmosphériques te permettraient de te rappeler à quelle heure tu as quitté la salle de bal ?

Les joues empourprées, elle répondit très vite :

— Minuit. L'horloge du vestibule sonnait.

— As-tu noté une présence ? A l'intérieur ou à l'extérieur ?

— Non. Mais… je ne suis pas sûre…

— Mais quoi ?

— La porte de la véranda était ouverte. La pluie se précipitait à l'intérieur. J'ai voulu la fermer et, à ce moment-là, mon œil a capté quelque chose d'insolite. Sans doute un simple reflet… Sur le moment, je ne me suis pas posé de question, mais maintenant, je me dis qu'il s'agissait peut-être du rayon d'une lampe de poche, tu sais, celles qui ont la taille d'un crayon… et que quelqu'un s'efforçait d'en atténuer le rai de lumière. En plaçant un doigt sur le verre, par exemple.

— Tu n'es donc pas certaine qu'il y avait bien quelqu'un.

— J'ai entendu un vague bruit…

— Mmm. Il ne faut pas compter trouver des empreintes sur le sol. Trop détrempé, dedans comme dehors.

— Cullen, plus j'y pense, plus j'ai la sensation qu'une personne se trouvait sous la véranda avant que j'y entre, et que l'intrus s'est enfui par la porte donnant sur le parc. Je n'avais pas éclairé, donc…

— Un instant, Elizabeth. Pourquoi n'avais-tu pas éclairé ?

— Je, euh, je voulais être tranquille. Si j'avais allumé, on m'aurait vue…

Et quelqu'un serait venu lui parler, troubler le semblant de quiétude qu'elle tentait de se ménager…

— Tu ne voulais pas que l'on te rejoigne sous la véranda, Elizabeth ? Pour quelles raisons ?

— Je viens de te le dire : pour préserver ma tranquillité. Et aussi, bien voir la tempête.

— Et c'est après avoir refermé la porte que tu as découvert le corps ?

— Oui. J'ai perdu l'équilibre, fait tomber une étagère. Lorsque je me suis relevée, j'ai entraperçu… quelque chose, derrière la plante grimpante… Et puis, j'ai, j'ai vu la corde accrochée à la poutrelle…

La voix de la jeune femme se brisa.

Comme étudiante, elle avait suivi des stages auprès de la brigade de police de Worcester, avant d'achever sa thèse. Quelques mois plus tôt encore, elle avait travaillé avec un « profiler » du FBI. Le crime, elle connaissait, et fort bien : elle vivait en permanence dans une ambiance imprégnée de mort. Le supportait sans difficulté. Considérait sa spécialité comme une science à aborder la tête froide et les nerfs détendus. Mais ce soir, il ne s'agissait plus de théorie. La victime n'était pas l'objet d'un cours en criminologie qu'elle effectuait à la faculté. C'était une personne qu'elle connaissait. Une toute jeune fille en chair et en os.

— O.K., dit Cullen à la cantonade. Je vais recueillir par écrit les témoignages de tous les membres de la famille Pierce. Dans l'immédiat, je vous demande de quitter les lieux du crime. Moins ils seront fréquentés, plus nous aurons des chances de relever des indices.

— J'ai bien peur qu'il ne soit trop tard, remarqua Elizabeth.

— Pourquoi ?

Drew s'avança.

— Nous avons tous accouru quand Elizabeth nous a prévenus, expliqua-t-il. Elle voulait que nous nous tenions à l'écart, mais cela a été plus fort que nous : nous voulions être sûrs qu'il n'y avait plus rien à faire pour cette pauvre petite.

Cullen fit la grimace.

— Combien de personnes ont pénétré ici ?

— Tous celles qui sont là en ce moment, répondit Elizabeth.

— Zut ! Il va falloir relever toutes les empreintes et les comparer avec celles que nous trouverons dans la véranda. Monsieur Pierce…

Cullen s'adressait à William.

— … fournissez-moi la liste complète des invités.

Un policier en uniforme se tenait sur le seuil. Cullen se tourna vers lui.

— Assurez-vous que toutes les issues sont gardées. A partir de maintenant, personne ne doit entrer ni sortir. Et que l'on ne commence pas à me dire qu'il n'est pas possible de retenir contre son gré un politicien, un toubib ou je ne sais qui d'influent, compris ?

— Tout de même ! Vous y allez un peu fort, inspecteur ! s'insurgea Geoffrey Pierce, l'oncle de Drew. Nous n'allons pas bloquer nos invités dans la maison. D'ailleurs, moi-même, j'ai à faire et…

— A cette heure-ci ? coupa Cullen d'un ton narquois. Qu'est-ce qui vous attend donc de si urgent, monsieur Pierce ?

Geoffrey s'abstint de répondre, mais redressa les épaules, vivante image de la dignité outragée.

Elizabeth l'examina : grand, mince, blond, il traversait les années avec le même excellent bagage génétique que les autres membres de sa famille. Le temps semblait n'avoir aucune prise sur les Pierce. Il ressemblait fort à son frère William, à cette différence près : William était sympathique, soucieux d'autrui, alors que Geoffrey montrait toutes les caractéristiques de l'égoïste dépourvu de bonté. A y bien regarder, le pli de sa bouche trahissait même une propension à la cruauté.

— Oncle Geoffrey, l'inspecteur Ryan a raison, dit Drew. Nous avons fichu en l'air toute possibilité de relever des indices sous la véranda. Essayons d'arranger un peu les choses en coopérant avec la police.

— Voilà ce que je désirais entendre, approuva Cullen.

Il sortit deux paires de gants de latex de sa poche, en enfila une et tendit l'autre à Elizabeth.

— Montre-moi le corps, lui lança-t-il.

Le premier élément qui retint l'attention de Cullen fut le froid qui régnait sous la véranda. Elizabeth avait fermé la porte, mais l'air retenu sous la coupole de verre était glacial et, malgré son manteau épais, il frissonnait. Sans doute était-il resté trop longtemps sous la pluie. La laine, mouillée, ne le protégeait plus.

Tout en suivant Elizabeth à travers la végétation luxuriante, il s'interrogeait : s'il avait accepté le job de vigile pour la soirée, aurait-il pu sauver la jeune fille ? Probablement pas. L'assassin avait habilement déjoué toute surveillance. Les autres gardes postés tout autour de la demeure n'avaient rien remarqué de suspect.

Sauf si le tueur faisait partie des invités… Dans ce cas, il était entré par la grande porte. Combien y avait-il de personnes dans cette maison ? Toutes pouvaient avoir commis le meurtre. Démasquer le meurtrier dans ce cas n'aurait rien d'une sinécure…

Ni passer ce jardin d'hiver au peigne fin : les plantes ne faisaient pas qu'y hiverner. Elles y croissaient comme au beau milieu de l'Amazonie ! Marcher dans cette jungle était extrêmement désagréable. Des rameaux lui balayaient le visage, lui donnant l'impression de traverser un grenier abandonné constellé de toiles d'araignées… L'air glacial qui s'était engouffré par la porte ouverte persistait et pourtant, il se sentait étouffer. Comme si ces saletés de plantes absorbaient tout l'oxygène.

De la main, il repoussait les feuillages qui l'agressaient quand Elizabeth s'immobilisa et se tourna vers lui.

— Ça va, Cullen ?

— Oui.

Il aurait aimé répondre d'un ton plus ferme, mais il savait que son malaise était perceptible. Pour Elizabeth tout au moins. Personne d'autre ne se serait rendu compte de son trouble. La jeune femme avait dû entendre sa respiration un peu saccadée et comprendre son malaise.

— Bethany est juste là, dit-elle en montrant des lianes entrelacées qui grimpaient jusqu'à la verrière. Tu n'es pas claustrophobe, Cullen ?

— Claustrophobe ? répéta-t-il.

— Eh bien, tu ne te sens pas mal dans des espaces confinés ? Tu n'as pas la sensation de t'étouffer ?

— Merci, mademoiselle le professeur ! Je connais la signification de « claustrophobe » ! Et je me permets de te signaler que tu n'emploies pas le terme à bon escient. Cet espace n'est pas confiné. Au contraire. Mais ces saletés de plantes me dérangent.

— Ah. Tu es donc peut-être botanophobe… Tu comprends ? Tu éprouves de la répulsion pour les plantes.

— Lizzie, arrête ton cours et conduis-moi près de la victime, s'il te plaît !

— Oui, bien sûr.

Elle reprit sa progression à travers la masse végétale sans ajouter un mot.

Il l'avait probablement vexée. Tant pis. Quand elle jouait les pédagogues, elle l'agaçait prodigieusement.

Ce n'était pas nouveau. Toute jeune déjà elle se remplissait le cerveau de connaissances touchant à tous les domaines et s'escrimait à les lui faire partager. Cela le mettait en colère. Elle était trop intelligente pour lui. A côté d'elle, il se sentait idiot, nul.

Mais il n'était pas le seul dans ce cas, à l'époque : Elizabeth Douglas, le crack de l'école, se fichait tout le monde à dos à cause de son Q.I. très au-dessus de la normale. C'est bien connu, les adolescents détestent ceux qui ne leur ressemblent pas…

Et, en plus d'être capable d'absorber toutes les leçons comme une éponge, Elizabeth voulait absolument aider ses camarades : « Laissez-moi vous expliquer ce qu'a dit le prof, ce n'est pas compliqué et ainsi vous ne rendrez plus feuille blanche… »

Quelle naïveté ! Le résultat, c'était que toute l'école la trouvait exaspérante. Les autres élèves l'avaient surnommée

Mademoiselle-je-sais-tout... Personne ne voulait l'écouter. Parce qu'à son contact, tous se sentaient minables. Lui compris.

Dommage qu'elle fût un petit génie. Parce que, comme fille, elle était sacrément mignonne. De beaux cheveux, de jolis yeux, un corps fin et élancé de danseuse... Sans ce satané cerveau de surdouée, elle lui plaisait, à l'époque.

Six années s'étaient écoulées depuis son départ de Moriah's Landing. Il avait mûri. Elle aussi, probablement, bien qu'elle ressemblât toujours à une gamine.

Avec un peu de nostalgie, il se rappelait avoir désiré la protéger des autres. Elle subissait trop de brimades, de quolibets, de sales blagues. Etre différent à quatorze ans est une calamité. Elizabeth avait payé très cher ses dons exceptionnels. Si seulement elle avait accepté sa protection quand il la lui avait offerte...

Mais elle avait rejeté le mauvais garçon qui jouait les gros bras. Non, elle ne voulait pas d'un chevalier servant de son espèce, lui avait-elle dit très calmement. Elle s'en sortirait toute seule.

Il s'était incliné. Il avait fait un pas vers elle, mais un pas, lorsque des lieues vous séparent, ce n'est pas suffisant. Elizabeth Douglas venait d'un autre monde. Très différent de celui de Ryan. Les parents Douglas étaient des scientifiques de renom. Riches de surcroît. Le père Ryan, un pochard. La jeune fille habitait les beaux quartiers. La graine de voyou qu'il était résidait dans un secteur peu reluisant. Elizabeth Douglas et Cullen Ryan ne gravitaient pas dans le même cercle.

Tout à ses pensées, il ne se rendit compte qu'Elizabeth s'était immobilisée qu'à l'instant où il la bouscula.

Il leva les yeux.

Le corps était là, devant lui, pendu à une longue corde accrochée à l'un des montants métalliques de la verrière.

Cullen déglutit avec peine. Il avait eu beau se préparer à ce qu'il allait voir, le souffle lui manquait soudain. Jamais il ne s'habituerait. Des victimes de meurtre, il en avait vu des dizaines. Et pourtant, il réagissait invariablement comme la première fois. Son estomac se tordait, un étau lui broyait la poitrine, un désagréable picotement tourmentait ses paupières.

Ce soir plus encore qu'à l'accoutumée, à cause de l'âge de la morte. Dix-huit, dix-neuf ans ? Grand maximum, semblait-il. Un salaud l'avait pendue et abandonnée au bout de la corde, comme une bête dans un abattoir.

— Ce n'est pas un suicide, n'est-ce pas ? demanda Elizabeth à mi-voix.

Non, indubitablement, ça n'en était pas un, sinon un marchepied quelconque se serait trouvé à proximité. Or il n'apercevait ni chaise, ni banc, ni seau… Rien qui eût permis à la jeune fille de se hausser à hauteur du nœud coulant. On l'avait accrochée à la corde et…

— Je suis certaine qu'elle était déjà morte quand on l'a suspendue, dit Elizabeth.

— Qu'est-ce qui te fait dire ça ?

— L'absence de certains signes caractéristiques…

Oui, il saisissait ce qu'elle suggérait : pas de langue gonflée hors de la bouche, pas de teint violacé…

— Bon sang… Comment s'est-il débrouillé pour la hisser jusque-là ?

Cullen évitait de regarder Elizabeth. Il se doutait qu'elle était bouleversée. La jeune fille faisait partie de ses élèves, elle n'avait que quelques années de moins qu'elle… Examiner le cadavre d'un inconnu, c'était une chose. Se pencher sur celui d'une personne que l'on connaissait, une autre. Il aurait dû la laisser en dehors de tout ça, travailler avec l'un de ses hommes.

Mais Elizabeth était une experte en criminologie. Sa science lui serait utile, s'était-il dit sans réfléchir aux conséquences.

Un instant, il envisagea de lui demander de partir, et y renonça immédiatement : têtue, et aussi très professionnelle, Elizabeth n'accepterait pas d'être tenue à l'écart. Elle aurait à cœur de contribuer à l'élucidation du mystère. Elle devait au moins cela à Bethany, pensait-elle certainement.

Toutefois, il décida de l'épargner.

— Nous n'en avons pas pour longtemps, Lizzie. Je vais seulement te poser quelques questions supplémentaires. Premièrement : à quel endroit de la véranda se tenaient les Pierce après leur arrivée sur les lieux ? Comment ont-ils réagi, qu'ont-ils dit ? Essaie de te rappeler ces informations, et ensuite, tu pourras sortir.

— Je préférerais rester jusqu'à l'arrivée du Dr Vogel.

— Non.

— Pourquoi ?

— La réponse s'impose d'elle-même, Lizzie ! Parce que c'est toi qui as trouvé Bethany.

Elle écarquilla les yeux.

— Cela fait de moi le suspect numéro un, c'est ça ?

— Tous les gens présents à cette soirée sont suspects. Je n'exclus personne.

— Mais je… , commença-t-elle, l'air outragé, avant d'acquiescer calmement. D'accord, Cullen, je comprends. C'est la procédure normale. Je sais qu'au fond de toi tu ne doutes pas un instant de mon innocence. Mais mon aide ne serait pas superflue. Je suis une vraie pro. Comme toi.

— Pas comme moi, non. Tu n'appartiens pas à la police. Alors contente-toi de répondre à mes questions.

De nouveau, ces yeux pleins de stupéfaction et d'incrédulité… Oh, grands dieux, qu'il n'aimait pas qu'elle le fixe ainsi !

Elle lui tourna le dos. Il l'avait offensée mais comment faire autrement ? Qu'elle soit experte en criminologie n'y changeait rien : un civil ne pouvait participer à une enquête.

Même si la police faisait occasionnellement appel à des spécialistes étrangers au service. Mais obtenir l'autorisation et l'ordre de mission qui en découlait était toute une affaire. De la paperasserie à n'en plus finir. Et une fois le feu vert donné, commençaient les problèmes : ces experts avaient souvent un ego surdimensionné. Ils prétendaient tout savoir, donnaient des leçons…

Peut-être Elizabeth ne se comporterait-elle pas ainsi, mais il ne voulait pas d'elle pour une autre raison : sa connaissance de la criminologie était livresque, totalement théorique. Jamais elle n'avait travaillé sur le terrain. La laisser collaborer avec lui ne produirait qu'un résultat : elle le ralentirait dans son enquête.

— Il y a une échelle contre l'un des murs, Cullen.

— Quoi ?

— On se demandait comment l'assassin avait pu placer Bethany là-haut : voilà l'explication. J'ai remarqué cette échelle quelques minutes après avoir découvert le corps. J'en ai parlé à William Pierce. Il m'a dit s'en servir pour tailler les branches qui poussaient trop près de la verrière.

— Quelqu'un a touché cette échelle, ensuite ?

— Personne. William a proposé que l'un de ses fils la prenne pour aller décrocher Bethany, mais je lui ai dit de n'en rien faire.

— Très bien. J'y ferai relever les empreintes.

Il revint vers la porte de la véranda. Le sol était souillé d'un mélange d'eau de pluie, de terre des pots de fleurs brisés, de débris de terre cuite et de faïence.

La marque d'une partie avant de semelle était visible dans le terreau devenu boueux.

— Est-ce que le sol était dans cet état à ton arrivée, Lizzie ?

— Non. Il y avait une immense flaque d'eau. La pluie s'engouffrait dans la véranda, poussée par le vent. Mais tout le reste, c'est le résultat de ma chute. Quand j'ai perdu l'équilibre, je me suis accrochée à cette jardinière en fer forgé. Tout ce qui se trouvait dessus est tombé.

— Cette empreinte est donc probablement la tienne ?

— Je pense que oui.

— Il faudra s'en assurer. J'aurai besoin de l'une de tes chaussures.

Il y eut un silence, qu'Elizabeth rompit en murmurant :

— Cela ne t'a pas échappé, n'est-ce pas ?

— Qu'est-ce qui ne m'a pas échappé ?

— L'absence de sang. Il n'y en a nulle part dans la véranda. Or la teinte de la peau de Bethany est anormalement blanche. On dirait qu'elle… qu'elle sort d'un congélateur.

Oui, Cullen avait noté cette anomalie. Et gardé cette observation pour lui.

— A mon avis, poursuivit Elizabeth, Bethany a été tuée ailleurs puis amenée ici. Elle est peut-être morte depuis plusieurs jours… Le tueur a dû garder le corps dans un endroit extrêmement froid, jusqu'au moment où il a jugé utile de le sortir.

— C'est-à-dire ?

— Il a attendu ce soir pour une raison connue de lui seul. Il voulait qu'on le découvre ici, chez les Pierce. Je me demande s'il n'essaie pas de nous communiquer un message.

Cullen comprenait où conduisait le raisonnement de la jeune femme. Il s'était tenu le même.

Un tueur professionnel ne prenait aucun risque. Jamais il ne déplaçait sa victime. On la découvrait là où il l'avait abattue. Un meurtrier, dont le mobile était la passion, n'avait, lui, qu'un souci : cacher le cadavre, en espérant que personne ne le retrouverait jamais…

Mais là, on avait affaire à une théâtralisation de l'acte. L'assassin avait pris des risques inouïs : garder le corps plusieurs jours chez lui, le transporter dans une voiture, le charrier ensuite jusqu'à la véranda des Pierce, l'accrocher au bout d'une corde… Il avait multiplié les risques de se faire prendre.

— Tout cela ne me dit rien de bon, Cullen…

Il leva de nouveau les yeux sur le visage livide, vidé de son sang. Il n'avait pas besoin d'avoir un Q.I. supérieur à la moyenne pour comprendre cela…

Lorsque le médecin légiste arriva, Elizabeth fut priée de quitter la véranda.

— Mais je tiens à vous aider ! protesta-t-elle.

— Si nous avons besoin de ton aide, nous te le ferons savoir, rétorqua Cullen.

Sitôt ces mots prononcés, il se rendit compte de leur dureté.

— J'apprécie le concours que tu m'as apporté jusqu'à maintenant, ajouta-t-il d'un ton radouci, mais une enquête officielle commence, Lizzie. Il faut donc que tu ailles patienter avec les autres.

Elisabeth le regardait, les sourcils froncés.

— Allons, Lizzie, ne me complique pas la tâche…

— Tu ne peux pas me mettre sur la liste des suspects, Cullen ! Tu n'es quand même pas aussi stupide ! Si tu te donnais la peine de faire appel à ton intelligence au lieu d'obéir à ton orgueil de flic, tu comprendrais que je peux t'être réellement utile.

Et zut !

Ce n'était pas en l'agressant qu'elle le convaincrait du bien-fondé de son aide. Mais qu'y avait-il de nouveau sous le soleil ? Depuis toujours, elle avait pris Cullen Ryan à rebrousse-poil. Par maladresse, elle se le mettait invariablement à dos...

— Tu en as assez fait comme ça, Lizzie...

— Tu me reproches d'avoir laissé les Pierce entrer dans la véranda ? Mais oublierais-tu que je n'avais aucun droit de les en empêcher ? Ils sont chez eux ! Et je ne suis pas flic !

— C'est exactement pour ça que je veux que tu t'en ailles.

Elle se fit suppliante.

— Cullen, s'il te plaît, permets-moi au moins de rester le temps que le Dr Vogel examine le corps. Je veux entendre son avis sur les causes de la mort.

— Dehors, Lizzie.

— Cullen, je t'en prie...

— Dehors !

A grands pas, il se dirigea vers la porte donnant sur le vestibule et l'ouvrit. La tête basse, elle franchit le seuil. Cullen fit claquer le battant derrière elle.

Les Pierce étaient tous là à l'attendre, manifestement brûlants de curiosité.

— On dirait que vous vous êtes fait renvoyer, mademoiselle Douglas, commenta Drew.

— Les flics, quelle drôle de race, lâcha Elizabeth en retirant rageusement ses gants.

— Ils se font leur idée et n'en démordent pas, remarqua William. Mais en l'occurrence, je ne peux qu'approuver Ryan. Votre place n'est pas là-bas, Elizabeth.

— J'enseigne la criminologie !

— Elizabeth, vous n'êtes qu'une toute jeune fille... Si Natasha était encore parmi nous, je n'apprécierais pas qu'elle assiste à ce qui va suivre une fois que Vogel aura décroché le corps.

Elizabeth se rembrunit. Que William évoque sa jeunesse ne la troublait guère. Elle était habituée à ce genre de réflexion. Avoir vingt ans et un doctorat en criminologie avec mention Très Bien en poche ne laissait personne indifférent, mais elle ne prêtait plus guère attention aux remarques et à l'étonnement des gens autour d'elle.

En revanche, entendre évoquer son amie Tasha ranimait le chagrin tapi au fond de son cœur. Les Pierce n'oubliaient pas non plus, et jamais ils n'accorderaient leur pardon à David Bryson. Celui-ci avait-il surmonté son sentiment de culpabilité ? Probablement pas. Sinon, il n'aurait pas vécu en reclus dans son manoir délirant, ne sortant que la nuit, comme un fantôme...

Allons, du calme.

Elle n'allait pas laisser la suspicion envahir son esprit de la même façon qu'elle infectait celui des Pierce. Que Bryson fût responsable de la disparition de Tasha n'avait jamais été prouvé. Un accident était un accident.

Mais elle suspectait que, pour les Pierce, si le châtelain avait tué Tasha, pourquoi n'aurait-il pas aussi fait passer Bethany de vie à trépas ? Le soupçon se lisait dans les yeux de tous les Pierce présents ce soir. A travers bois, le château était si proche...

— Ryan et le toubib ne trouveront rien ici, fit Geoffrey. Il est évident que la fille était morte quand on l'a pendue.

Elizabeth en était arrivée à la même conclusion, mais que Geoffrey Pierce fût aussi sagace l'étonna.

Un peu plus tôt dans la soirée, lorsqu'elle avait mis ses hôtes au courant, tous s'étaient précipités dans la véranda. La vue du corps se balançant doucement au bout de la corde avait particulièrement perturbé Zachary et Drew, qui avaient suggéré à William, leur père, de le décrocher. Avec sagesse, William avait refusé. Il semblait bouleversé mais gardait son sang-froid. En fait, tous étaient manifestement bouleversés.

Excepté Geoffrey…

Seule une curiosité morbide l'animait, c'était patent. Il avait fixé Bethany comme il eût regardé une voiture de collection ou un objet rare. Aucune compassion dans son regard. Etrange. Comment pouvait-il rester aussi stoïque face à une telle abomination ?

— Pourquoi pensez-vous que Cullen ne trouvera rien, Geoffrey ?

— C'est évident : celui qui a fait ça a bien préparé son coup et n'a pas commis la moindre erreur.

— « Celui » ? Pourquoi serait-ce obligatoirement un homme ?

— Parce que les statistiques le montrent : les tueurs en série sont toujours de sexe masculin. Cette folie est l'apanage des hommes, si tant est que je puisse m'exprimer ainsi.

Il le pouvait et le faisait sans bouger un cil. Qu'il y ait davantage de monstres parmi ses semblables que chez les femmes ne semblait guère le troubler.

— Je ne vois pas ce qui vous conduit à penser à un tueur en série, Geoffrey.

Il lui décocha un sourire énigmatique.

— Oh, Elizabeth ! Vous ne me ferez pas croire que l'idée ne vous a pas traversé l'esprit quand vous avez vu le corps pendu, bien en évidence. Mis en scène. S'il ne s'agit pas là de l'œuvre d'un psychopathe, qu'est-ce donc, selon vous ?

— Un acte de fureur. Un crime passionnel.

— Non, bien sûr que non. Retirez vos œillères et reconnaissez que nous sommes face à quelque chose que nous connaissons hélas tous fort bien. Ce crime est « signé ».

Comment Geoffrey était-il au courant de cette particularité ? Les tueurs en série, de manière plus ou moins évidente, apposaient leur marque sur leur forfait, elle avait appris cela lors de ses études. Mais Geoffrey ? D'où tenait-il une telle information ?

— Reste à trouver cette « signature »... Mais il y aura d'autres assassinats, poursuivit-il.

Si le coupable était effectivement un maniaque en pleine phase meurtrière, la découverte d'un nouveau corps confirmerait l'hypothèse de Geoffrey.

Se pourrait-il qu'un autre meurtre ait lieu ?

4.

Une heure plus tôt, la tempête avait reculé vers l'océan, octroyant à la terre un peu de répit. Au loin, on apercevait encore les éclairs, mais le fracas du tonnerre n'était plus qu'un grondement.

Assise dans sa voiture, devant la maison funéraire Krauter, Elizabeth regardait sans vraiment la voir la rue pavée. Une pluie fine et glacée tombait et, dans la clarté des lampadaires, l'eau en ruisselant dessinait d'étranges figures sur le macadam.

3 heures du matin. Une heure intermédiaire entre la nuit et l'aube, inquiétante, menaçante, qui semblait hésiter entre les ténèbres et leur cortège de peurs, et la lumière et sa sécurité.

Bien à l'abri dans sa voiture, confortablement installée sur le siège en cuir souple, Elizabeth repassait en esprit le film d'épouvante des heures précédentes. Cette jeune fille assassinée, puis offerte aux yeux de tous comme un trophée, était-ce vraiment Bethany, son élève ? Une jeune fille adorable dont elle avait découvert le corps martyrisé ?

Hélas oui. Et dans les cours qu'elle avait reçus, rien ne l'avait préparée à la vision qui l'attendait dans la véranda. La criminologie ne se préoccupait ni des sentiments ni des émotions.

Elle leva une nouvelle fois les yeux vers le rétroviseur et cette fois sa patience fut récompensée : l'imposant corbillard noir entrait dans le parking. Ses vitres teintées empêchaient de distinguer le visage de ses occupants.

Demain, la jeune fille serait transportée à l'hôpital pour y être autopsiée. Cet examen permettrait de connaître les causes exactes de sa mort. D'ici là, sa dépouille allait reposer dans la chambre mortuaire des établissements Krauter.

Une voiture de police suivait le corbillard, gyrophare éteint, sirène muette. Elizabeth se renfonça dans son siège, pour éviter d'être vue. Cullen était resté chez les Pierce, l'enquête exigeait sa présence dans la grande maison. Interroger tous les invités un par un, fouiller les alentours du bâtiment durerait jusqu'au matin. Il allait passer une nuit blanche au domaine.

Mais s'il avait su ce que projetait la jeune femme, il aurait à la seconde tout laissé tomber pour venir l'attraper par le col de sa cape et la ramener sur-le-champ chez elle.

Peut-être n'aurait-il pas eu tort, après tout. Interférer dans une enquête de police relevait du délit. Elle serait probablement jetée en prison ou récolterait une belle amende.

Mais ce qu'elle s'apprêtait à faire, Cullen en était en partie responsable, tentait-elle de se persuader. Si seulement il s'était montré plus compréhensif… Elle avait pourtant insisté, argumenté, expliqué qu'elle lui serait utile. Il n'avait rien voulu entendre.

— Juste une minute, Cullen, avait-elle dit. Je ne demande rien de plus. Une minute. Je crois avoir remarqué quelque chose d'important.

— Qu'est-ce que c'est ?

— Je, je ne suis pas sûre. C'est pour ça que je te demande de me laisser examiner le corps une toute petite minute.

Il avait peigné en arrière ses cheveux de ses doigts écartés, un geste que la jeune femme lui avait toujours vu faire quand il était agacé.

Aujourd'hui, il était plus qu'agacé. Carrément en colère. Mais elle aussi. Qu'il se montre aussi obtus la mettait hors d'elle.

— Nom d'un chien, Cullen, arrête de faire ta tête de mule ! Tu es borné, ma parole ! Ne comprends-tu pas que je peux vraiment t'aider ?

— M'aider ? En quoi ?

— A mener à bien ton enquête !

Elle avait crié. Et il avait opposé à ses cris un regard gris argent, aussi froid que le métal.

Mais tellement sexy…

— N'as-tu jamais entendu l'adage, Elizabeth ?

— Qu'est-ce que tu racontes ?

— « Ceux qui le peuvent agissent, et ceux qui en sont incapables donnent des leçons. »

C'était méchant. Elle en avait été blessée.

Mais elle n'était pas du genre à se laisser déstabiliser. Au contraire, elle avait contre-attaqué.

— De quoi as-tu peur, Cullen Ryan ?

— Moi, peur ? J'aimerais bien savoir de quoi je pourrais avoir peur !

— Que je découvre quelque chose qui t'aurait échappé…

L'expression de Cullen s'était fermée, et Elizabeth avait compris qu'elle était allée trop loin. Une fois encore.

— Reste loin de mon chemin, Elizabeth Douglas, avait-il sifflé entre ses dents. Ne me donne surtout pas l'occasion de t'attraper en train de jouer les Miss Marple sur cette affaire. Je te préviens qui si tu fais un pas de travers, tu le regretteras !

— Miss Marple ! avait-elle répliqué, outrée. Quelle odieuse comparaison ! Cette vieille fille n'a pas eu de doctorat en criminologie, que je sache. Elle n'a pas entretenu une longue correspondance par e-mail avec un « profiler » du FBI. Cette idiote avait certainement un Q.I. lamentable, et…

— Va au diable ! lui avait-il jeté, excédé avant de tourner les talons et monter les marches du perron menant à la maison des Pierce.

Elle n'était pas allée au diable, mais à la maison mortuaire. Il fallait qu'elle voie le corps de près. A n'importe quel prix. Recroquevillée sur son siège, scrutant la voiture de police, Elizabeth décida de ne plus penser qu'à Bethany. C'était la découverte de son meurtrier qui avait la priorité et non ses querelles avec Cullen.

L'obstination était une qualité, et non, comme le pensait manifestement Cullen, un défaut. Et elle ne se surestimait pas quand elle affirmait à Cullen que son concours ne serait pas superflu… Elle était en mesure d'aider la police, bon sang ! Réellement.

Mais Cullen refusait de la croire. Et ce simplement parce qu'il la jugeait trop jeune, et qu'elle était une femme. Qui avait obtenu son doctorat à vingt ans, brûlant les étapes et coiffant au poteau, pour la mention Très Bien, ses camarades étudiants masculins. Cela faisait d'elle un inquiétant petit génie femelle, se dit-elle avec amertume. Cullen aurait certainement accepté la collaboration d'un homme, moins diplômé qu'elle et du même âge.

Peut-être n'était-elle pour lui qu'une gamine ne présentant aucun intérêt qui ne se souciait pas des possibilités que recelait son cerveau. A ses yeux, elle était restée la gamine qu'il avait connue dans son enfance.

Eh bien, elle se passerait de son accord pour se servir des capacités de ce cerveau qu'il méprisait !

Le corbillard venait de s'arrêter. Deux hommes en costume sombre en descendirent. L'un des policiers sortit du véhicule d'escorte et s'approcha des employés du funérarium. Tous avaient refermé les portières sans bruit. Un signe de respect pour celle qui reposait à l'arrière de la longue voiture noire.

De la lumière brillait aux fenêtres du premier étage du bâtiment. M. Krauter habitait là, au-dessus du funérarium. Par commodité. Le deuxième étage était occupé par un locataire dont Elizabeth ignorait le nom. Une personne peu impressionnable, à l'évidence.

Déjouer la vigilance de Krauter ne serait pas aisé. Pourtant, il fallait qu'elle réussisse à s'introduire dans la maison mortuaire et qu'elle examine le corps de Bethany avant que le phénomène de rigidité cadavérique ne se manifeste. Le détail qui l'avait intriguée chez les Pierce, avant qu'on ne décroche la corde, devait être vérifié.

Patienter… Il ne lui restait que cela à faire : les trois hommes ne passeraient pas la nuit sur le parking à discuter. M. Krauter ne tarderait plus à ouvrir les portes du funérarium… Ah, voilà. Les lampes du perron s'allumèrent, les doubles vantaux de la porte s'ouvrirent, livrant passage à M. Krauter…

Rapidement, le corps fut transféré sur une civière du corbillard à l'intérieur de l'établissement. Les croque-morts et les policiers entrèrent à sa suite.

Elizabeth sortit de sa voiture et se mit à courir vers le côté du bâtiment, longeant le mur, dans la pénombre.

La tempête était passée, laissant derrière elle un froid mordant. Pourtant, la jeune femme transpirait. Sous l'effet de l'adrénaline sans doute.

Elle contourna le bâtiment. La porte arrière ne serait probablement pas fermée à clé. M. Krauter veillait à ce qu'elle restât ouverte. Les personnes qui rendaient visite aux défunts se trouvaient fréquemment mal et éprouvaient le besoin urgent de prendre l'air. Cette issue discrète leur permettait de s'éclipser discrètement un moment. M. Krauter, ce soir, avait agi comme à l'accoutumée, déverrouillant la porte. Au cas où les policiers flancheraient... L'expérience lui avait appris que des hommes même aguerris pouvaient souffrir d'un malaise.

La famille Krauter avait ouvert cette maison funéraire après la Première Guerre mondiale. Emigrés d'Europe où ils exerçaient déjà ce commerce morbide mais fort rémunérateur, ils avaient acheté une grande demeure à Moriah's Landing et en avaient aménagé le rez-de-chaussée en funérarium. Le premier Krauter arrivé dans la ville avait à l'âge de la retraite passé le flambeau à son fils aîné, lequel était mort à la fin des années 50. A son tour, Ned, son fils unique, avait pris le relais.

Célibataire, sans enfant, Ned serait vraisemblablement le dernier de la lignée. Les habitants de Moriah's Landing s'interrogeaient sur le personnage. On ne lui connaissait pas de petite amie ni de liaison sérieuse, et il quittait rarement le funérarium. Il passait du rez-de-chaussée, lieu de son travail, au premier étage où se trouvait son appartement, et vice versa. Ses exceptionnelles incursions en ville, il les faisait au volant de son corbillard, une Cadillac noire, à l'allure inquiétante.

Elizabeth frissonna. Le croque-mort la mettait mal à l'aise. Penser qu'elle courait le risque de se trouver nez à nez avec Ned Krauter lui donnait la chair de poule.

Elle pénétra dans ce qui avait dû être la cuisine de la vaste demeure. De grands et profonds éviers en inox et des paillasses carrelées couraient tout autour des murs, une grande table de métal était entourée de rigoles pour le recueil des fluides au centre de la pièce, sans compter des appareils munis de longs tuyaux… C'est ici que Krauter s'occupait des corps. Un panneau accroché au-dessus d'un des éviers annonçait que les établissements Krauter possédaient toutes les licences fédérales exigées pour la prophylaxie des pathologies véhiculées par le sang. Une odeur de formaldéhyde régnait, mêlée à celles d'autres désinfectants.

Plusieurs portes donnaient sur cette ancienne cuisine, chacune marquée d'une pancarte : salle d'embaumement, crématorium, chambres froides…

Un seul panneau ne portait pas d'indication. La jeune femme en déduisit que cette porte conduisait à la salle dans laquelle on exposait les corps embaumés.

Logiquement, Krauter allait placer le corps de Bethany dans l'un des casiers de la chambre froide. Ensuite, il remonterait chez lui… mais l'un des policiers resterait certainement en faction, car il s'agissait bien d'un meurtre et non d'une mort naturelle. Où attendrait-il jusqu'au matin ? Dans la salle de réception, à l'avant ? Dans l'un des salons ? Mmm, non. Trop sinistre. Il patienterait dans sa voiture sur le parking. Comme tous les habitants de Moriah's Landing, le policier devait être superstitieux. Il ne passerait pas le reste de la nuit dans le funérarium.

Du moins l'espérait-elle. En attendant de pouvoir examiner le corps de Bethany, elle devait trouver une bonne cachette. De nouveau, elle regarda les portes.

Salle d'embaumement. Crématorium. Chambre froide.

Elle se décida pour la porte dépourvue de pancarte. La poignée joua instantanément sous la pression de sa main.

Elle s'insinua dans l'entrebâillement.

Un corridor, long et sombre, s'étirait devant elle. En refermant la porte derrière elle, elle se trouva dans le noir.

Elle appuya sur le bouton de sa lampe-stylo qu'elle gardait toujours dans sa poche et plaça ses doigts devant le halo pour ne laisser passer qu'un infime rai lumineux. Elle se mit à avancer à pas de loup : si Krauter la découvrait, elle aurait des problèmes, mineurs comparés à ceux qui l'attendaient si Cullen était mis au courant de sa présence ici…

Au fond du couloir, elle aperçut soudain de la clarté. Quelqu'un avait éclairé. Elle se figea et écouta : des bruits de pas. Quelqu'un descendait un escalier. Krauter avait dû remonter dans son appartement et, maintenant, il regagnait le hall d'accueil.

Elle devait à tout prix se dissimuler. Elle poussa la première porte venue et se glissa dans une pièce sombre. Le froissement du tissu de sa robe de brocart contre le chambranle lui parut assourdissant. Satanée robe. Un jean eût été tout de même plus pratique mais elle n'avait pas pris le temps de passer chez elle pour se changer.

Les pas se rapprochaient. Krauter se dirigeait vers la pièce où elle s'était réfugiée ! Elle essaya de distinguer ce qui l'entourait. En vain. Il faisait aussi noir que dans une tombe et se servir de torche la trahirait.

On poussa la porte.

Elle se plaqua contre le mur, retenant son souffle. Le battant la dissimulait. Mais si Krauter entrait, il la découvrirait et quelle serait sa réaction ? Mais il ne bougeait pas, demeurant sur le seuil sans éclairer.

Une rampe de néons s'illumina au-dessus d'elle. Momentanément aveuglée, elle cilla.

On avait éclairé, mais on n'entrait pas. Qui se tenait là ? Elle doutait tout à coup qu'il s'agît de Krauter. La personne restait sur le seuil examinant les lieux… Pour s'assurer qu'aucun intrus ne s'y trouvait ?

— Dormez bien, madame Presco, entendit-elle.

A qui s'adressait cet homme ? Sa voix ressemblait à celle de Krauter. Mais elle avait une intonation inhabituelle, mielleuse, et en même temps ironique. La personne éteignit les lumières et referma doucement la porte. Elizabeth entendit ses pas décroître dans le corridor.

Du regard, elle chercha cette Mme Presco, dont elle ne comprenait pas pourquoi elle passait la nuit au funérarium, dans une pièce obscure…

Puis elle comprit.

Une femme inconnue était allongée dans un cercueil ouvert, reposant sur un capitonnage de satin.

Mme Presco était un cadavre.

Trente minutes plus tard, après que silence et totale obscurité furent revenus dans le funérarium, Elizabeth quitta sa cachette et se dirigea vers le vestibule, à l'avant de la maison.

Krauter était remonté chez lui, des voitures avaient démarré puis s'étaient éloignées… Au rez-de-chaussée, ne restait plus qu'elle, Mme Presco, et… Bethany. Restait encore à la trouver.

Elle arriva dans le vaste hall d'accueil. Tout était paisible. La mort n'induisait que le silence.

Dans ce cas, pourquoi se sentait-elle aussi troublée ? Elle frissonnait sans pouvoir s'arrêter, ses mains étaient agitées de tremblements… Finalement, la présence du policier dans la voiture garée sur le parking la rassurait.

Elle était venue s'assurer que l'homme avait, comme elle le supposait, préféré rester de garde dans son véhicule plutôt que dans la maison funéraire. Elle l'apercevait en ce moment à travers l'une des fenêtres, après avoir relevé légèrement l'épais rideau de velours.

Parfait. Le champ étant libre, elle pouvait aller dans la chambre froide.

Elle reprit le couloir en sens inverse et ouvrit la porte qui l'intéressait. A peine était-elle entrée que le battant se referma sur elle. Un mécanisme de sécurité, se dit-elle pour se rassurer. La température devait rester constante et la porte était donc munie d'une fermeture automatique.

Néanmoins, elle vérifia que la poignée jouait bien sous ses doigts. Oui.

La pièce était obscure. Elizabeth alluma sa torche. Par expérience, elle savait qu'une chambre froide était dépourvue d'ouvertures. Krauter avait dû faire murer les fenêtres de ce qui était peut-être la salle à manger d'une belle maison de maître. Eclairer ne trahirait pas sa présence.

Balayant les murs du faisceau de sa lampe, elle chercha le commutateur.

Bon sang… Rien ! L'éclairage devait être commandé d'un tableau central, probablement placé dans le vestibule. Condamnée à ne se servir que de sa torche, elle tenta de se faire une idée précise de l'agencement de la chambre froide.

Ce qui la frappa en premier, ce fut le treuil accroché au plafond. Muni de chaînes et de courroies, il servait sans doute à soulever les corps, pour les maintenir en position verticale pour les autopsies.

L'idée d'un cadavre se balançant au bout de cette potence perfectionnée lui donna la chair de poule. Une salle d'autopsie dans un hôpital était moins impressionnante, l'odeur mise à part. Il y avait plusieurs médecins, des étudiants, des techniciens… et une ambiance faussement décontractée régnait. Les plaisanteries paillardes fusaient sans cesse, de manière à alléger l'atmosphère.

Mais ici, elle était seule, dans un silence absolu... avec pour seule compagne la mort, cette inconnue.

Ce soir, elle ne parvenait pas à banaliser cette situation. L'impression de plonger dans l'inconnu, l'indicible, la tenaillait. La mort suscitait un cortège d'interrogations sans réponses. La science n'avait pas percé le mystère. Au-delà du dernier souffle, qu'y avait-il ? L'univers était hanté d'énigmes que les vivants n'avaient pu élucider. Ils s'y efforçaient depuis des siècles, en vain. Demeurait donc cette part d'inconnu qui angoissait Elizabeth, même si elle refusait la plupart du temps de se l'avouer.

Dès le début de ses études, elle avait été attirée par la psychologie et les mobiles des assassins. Les « profilers » tendaient à penser que ces monstres étaient génétiquement programmés pour tuer. La présence de ces gènes était facile à déceler d'après eux : mouiller son lit au cours de l'enfance et surtout de l'adolescence, torturer de petits animaux et être fasciné par le feu représentaient des signaux d'alarme. Les victimes d'abus sexuels à un très jeune âge entraient aussi dans la catégorie des personnes à risques pour autrui.

Mais Elizabeth en était venue à se demander si l'endroit où avait grandi le tueur, son environnement familial et social ne pouvaient pas aussi influer sur leur comportement.

Ses réflexions avaient abouti à une question : un lieu pouvait-il être maudit ?

Une petite ville comme Moriah's Landing, par exemple.

D'étranges ondes semblaient vibrer dans l'atmosphère de la cité. Et ce, depuis sa fondation. Aux environs de 1600, Moriah's Landing avait été le théâtre d'exécutions sommaires, de tortures, de jugements expéditifs amenant des sentences terribles comme la mort sur le bûcher. Ce qui s'était passé vingt ans auparavant confortait l'hypothèse de la jeune femme : une malédiction planait sur la ville.

L'épreuve vécue par Claire cinq ans plus tôt ajoutait de l'eau au moulin de son imagination. Un bizutage de mauvais goût, stupidement macabre, avait tourné au drame.

Et ce soir, Bethany Peters dormait de son dernier sommeil dans l'un de ces tiroirs de la chambre froide…

Elizabeth s'approcha de la porte de métal. La poignée énorme évoquait celle d'un réfrigérateur de boucherie. Elle céda dès que la jeune femme la tourna.

Une bouffée d'air glacial lui coupa la respiration, lui faisant monter les larmes aux yeux. Elle les essuya du revers de la main puis braqua la torche sur les tiroirs.

Elle s'était attendue à ce qu'il y en eût plusieurs. En fait, il n'y en avait qu'un, qui coulissa sans bruit, révélant deux corps. Bethany se trouvait sur le plateau supérieur.

Quelques secondes furent nécessaires à Elizabeth pour réunir tout son sang-froid. Elle inspira profondément, puis éclaira la jeune morte.

Un drap la recouvrait jusqu'au menton. Son visage d'une blancheur d'albâtre était d'une beauté éthérée bouleversante. La gorge nouée par l'émotion, Elizabeth commençait à tirer le plateau pour l'extraire en totalité du compartiment quand elle eut l'impression que quelque chose bougeait près d'elle.

Elle darda vivement le faisceau de la torche derrière elle, balaya la pièce d'un mur à l'autre.

Rien. Personne. Tout ce qu'elle avait éclairé, c'était un chariot poussé contre l'une des cloisons. Un drap recouvrait un corps dont les reliefs se dessinaient sous l'étoffe.

Le drap bougea. Un mouvement infime du tissu… et une main apparut.

Terrifiée, Elizabeth resta bouche bée, yeux écarquillés d'horreur.

5.

Les doigts d'Elizabeth lâchèrent la torche, qui tomba sur le carrelage. Le hublot de verre se brisa. Les ténèbres envahirent la pièce. Elle garda les yeux fixés sur l'emplacement du chariot. Elle ne le distinguait plus, mais son imagination palliait l'absence d'image.

Le drap… La main…

Pétrifiée, elle tendit l'oreille, attentive au moindre bruit. Le seul qu'elle percevait, c'était le battement effréné de son sang dans ses tympans.

Quelqu'un était là, elle le sentait. Son instinct le lui disait. Et l'avertissait : cette présence était maléfique… Elle attendait, tapie dans les ténèbres, observait, patientait…

Lentement, Elizabeth recula. Où trouver un refuge ? La pièce était dépourvue de tout meuble.

L'idée d'être prise au piège la plongea dans la panique : elle pivota sur ses talons et s'élança en avant. Elle heurta violemment le tiroir dans lequel reposait Bethany et une douleur lui transperça la poitrine en lui coupant le souffle. Elle s'effondra sur le sol. Elle essaya de se relever, tâtonna à la recherche d'une prise… et referma les doigts sur une main glacée. La main tomba, lui toucha le front. Elle la repoussa en poussant un cri étouffé.

La clarté qui illumina soudain la pièce déclencha des élancements dans ses rétines. Elle ferma les paupières et rampa dans l'ombre du long plateau de métal luisant, puis se tapit contre le panneau de la chambre froide.

Là seulement, elle rouvrit les yeux.

Et vit Cullen.

— Nom de Dieu… Qu'est-ce que tu fiches ici ? s'écria-t-il.

Elle cilla, se rendit compte qu'il était blême… En quelques enjambées, il fut auprès d'elle, l'agrippa par le bras, l'extirpa de dessous le plateau et la releva sans douceur.

— Que se passe-t-il, Lizzie ? Tu vas bien ?

— Je… je vais bien, bredouilla-t-elle entre deux claquements de dents. Il y avait quelqu'un, Cullen. On m'a…

— Mais que fiches-tu ici ?

— Les explications peuvent attendre, Cullen ! C'était peut-être le tueur qui se trouvait dans cette pièce ! Il est parti et… Oh ! Cullen, regarde…

Elle tendait le doigt en direction d'un objet sur le sol.

— Un tube à essai, énonça Cullen après avoir regardé le cylindre de verre fermé d'un bouchon de caoutchouc.

— C'est lui qui l'a laissé tomber ! Le tueur. Il est venu et a perdu ça quand il m'a vue. Il ne s'attendait pas à trouver quelqu'un ici !

— N'importe qui peut avoir perdu ce truc. Krauter ou l'un de ses assistants.

— Peut-être, mais dans le doute, tu vas l'envoyer au labo pour faire analyser les empreintes, n'est-ce pas, Cullen ?

Il hésita, puis sortit de sa poche une pochette transparente.

— Mmm. Ça vaut la peine de tenter le coup.

Il enfonça sa main dans la pochette, se baissa et ramassa le tube, les parois de plastique du sac empêchant ses doigts d'entrer en contact direct avec le verre.

— Cullen, si des empreintes étrangères à celles des gens qui travaillent ici apparaissent sur le verre, qu'en déduiras-tu ?

— Je n'en sais encore fichtre rien. Mais toi…

Il la regarda bien en face, étrécissant les yeux.

— … tu as une petite idée, n'est-ce pas ?

— Tu ne penses quand même pas que c'est moi qui ai apporté ce tube ici, Cullen ?

Face au silence qu'il lui opposait, elle s'insurgea.

— C'est ridicule !

— Vraiment ? Que fais-tu ici, Lizzie ?

Elle releva le menton d'un air de défi.

— Tu perds ton temps en questions oiseuses pendant que quelqu'un se balade dans le funérarium ! Tu ferais mieux de chercher qui, parce que cette personne détient peut-être pas mal de réponses à tes interrogations !

Il lui enserra le poignet.

— Viens.

— Quoi ? Où ça ? Attends, Cullen ! Tu n'as pas entendu ce que je viens de dire ? Le tueur est là et nous devons le chercher !

— Ensemble, *nous* ne devons rien faire du tout. Moi, j'ai du boulot. Et toi, tu sabotes des preuves. Au lieu de m'aider, comme tu clamais haut et fort en être capable, tu compliques mon enquête !

Il la traîna jusqu'à la porte, l'ouvrit, l'obligea à longer le couloir au pas de course et la fit sortir par l'issue arrière. L'air frais de la nuit parut délicieux à la jeune femme. Mais le respirer à pleins poumons ne lui apportait toutefois aucun soulagement : Cullen l'avait jetée dehors, réduisant son plan à néant.

Une voiture de police était garée à quelques mètres de la porte. Un agent en uniforme en sortit et s'approcha.

— Des ennuis, inspecteur Ryan ?

— Je ne sais pas encore. Il est possible que quelqu'un se soit introduit dans le funérarium. Allez surveiller l'entrée principale pendant que j'inspecte l'intérieur du bâtiment.

Tout en parlant à l'agent, Cullen avait ouvert la portière, s'acharnant à pousser une Elizabeth plus que rétive sur la banquette arrière. Finalement, sa force eut raison de la détermination de la jeune femme. Elle s'affala sur la banquette et sursauta quand Cullen claqua la portière.

Qui se verrouilla automatiquement, comme dans toutes les voitures de flics…

— Je m'occuperai de toi plus tard, Lizzie. Pour l'instant, si j'en crois tes élucubrations, j'ai à faire…

— Cullen, tu ne peux pas m'enfermer dans cette…

Elle n'eut pas le temps de finir, Cullen s'éloignait déjà. Elle le vit entrer dans le funérarium.

Bon sang, elle était prisonnière ! Pas de poignées, une grille bien solide entre les sièges, des vitres qui ne s'ouvraient pas… Jamais elle n'aurait imaginé se retrouver dans pareille situation. Elle n'avait commis aucun délit ! Cullen la punissait d'avoir voulu l'aider ! Quelle injustice !

Et quelle sottise ! Car elle aurait vraiment pu lui fournir des indications, trouver des indices qui l'auraient mis sur la bonne voie…

Tout ce qu'elle pouvait faire maintenant, c'était ronger son frein en attendant le retour de Cullen. Zut et zut ! Au lieu d'être actrice, elle se retrouvait spectatrice. C'était insupportable. Elle en était réduite à observer les fenêtres du premier étage qui s'illuminaient, Cullen ayant manifestement arraché Krauter à son lit, afin de fouiller le bâtiment de fond en comble. Seul le deuxième étage resta dans le noir. Le locataire devait être absent et, ayant trouvé porte close, Cullen ne pouvait pénétrer dans les lieux sans mandat de perquisition.

Bien plus tard, Cullen revint. Mais il alla s'entretenir avec l'agent en uniforme à bonne distance de la voiture. Probablement pour qu'elle n'entende pas ce qu'il disait, songea Elizabeth avec amertume.

Elle mourait de froid. La cape de velours ne lui prodiguait pas la chaleur dont elle avait besoin à cause du maudit décolleté de la robe.

Un instant, elle envisagea que Cullen eût oublié sa présence. Elle commença à frapper à la vitre pour attirer son attention.

Il lui tourna carrément le dos.

Le mufle. Pour la punir, il la laissait se geler !

Enfin, il revint débloquer la portière mais en empêcha l'ouverture avec son corps.

— Tu es bien installée, Lizzie ?

— Le rêve, jeta-t-elle en lui lançant un regard furieux. Alors ? Tu as trouvé quelque chose ?

— Non.

— Et le deuxième étage ? Tu n'y es pas entré ?

— Krauter le loue à un pêcheur du nom de Cross. Le type est parti en mer il y a plusieurs jours. Sans mandat, je ne peux pas pénétrer chez lui. Or je n'obtiendrai pas de mandat... parce que le juge exigera un motif pour le signer. Mais de toute façon, cela ne servirait à rien de pénétrer chez ce Cross : sa porte était solidement verrouillée. Personne n'a pu s'introduire chez lui.

— Et le rez-de-chaussée ? La chapelle ? Le...

— Lizzie, nous avons passé la baraque au peigne fin, O.K. ? S'il y a vraiment eu un visiteur, il a joué la fille de l'air.

— Il y avait vraiment quelqu'un, Cullen ! Je ne veux pas entendre de « si », parce que j'ai vu…

— Ah bon ? Tu as vu quelqu'un et tu ne le précisais pas ? Décris-moi donc cette personne. Nous gagnerons du temps.

— Je… je…

— Oui ? Ne bafouille pas. Donne-moi plutôt une description, ironisa-t-il.

— D'accord. Je n'ai pas réellement vu quelqu'un. La personne qui était là se cachait derrière un chariot, dans la chambre froide. Elle a fait bouger le drap et… la main du cadavre qu'il recouvrait a glissé. Ça m'a fait peur, j'ai reculé et je suis tombée. J'ai lâché la torche qui s'est cassée et ensuite je me suis retrouvée dans le noir le plus complet. Mais il doit y avoir des empreintes sur le chariot, sur le tube à essais aussi. Il ne peut pas ne pas en avoir laissé : pourquoi aurait-il porté des gants ? Il n'avait aucune raison de prendre des précautions. Il ne s'attendait pas à me trouver là…

— Tu t'obstines à dire « Il ». Ce pourrait tout aussi bien être une femme.

Ou une illusion suscitée par la peur, acheva Elizabeth à part elle. Cullen ne la croyait pas. Mais elle voulait l'entendre le dire.

— D'après toi, il n'y avait personne, n'est-ce pas ? Je ne serais donc qu'une petite femme impressionnable qui voit des fantômes quand il fait nuit ?

— Mais si, mais si, Elizabeth… tu as bien vu quelqu'un, assura Cullen d'une voix lénifiante, comme s'il s'adressait à une hystérique au bord de la crise de nerfs.

Elle sentit sa colère monter de plusieurs crans.

— Cullen, j'ai vu quelqu'un. Je ne mens pas, nom d'un chien !

— Je ne t'ai pas accusée de mensonge..., répondit-il, avec lassitude cette fois. Mais je me mets à ta place : tu étais seule dans le noir, dans une chambre froide avec un cadavre dans un tiroir et un autre sur un chariot. Il y a de quoi en impressionner plus d'un. Des gens aux nerfs d'ordinaire très solides, sous l'effet de la peur, sont victimes d'hallucinations et...

— Je n'avais pas peur ! J'ai eu peur après avoir vu quelqu'un !

— Lizzie, allons, tu es jeune, sensible... Avoir découvert le corps de Bethany chez les Pierce t'avait déjà largement secouée. Alors ensuite, tu...

— Et le tube à essais ? Je ne suis ni idiote ni délirante, Cullen. Je suis une scientifique qui ne croit que ce qu'elle voit. Or, j'ai vu quelqu'un dans la chambre froide.

— Voilà qui nous ramène à ma première question : que fichais-tu là ?

Elle soupira.

— Je te l'ai dit plus tôt, Cullen : je tenais à jeter un coup d'œil au corps.

— Bonté divine, combien de fois devrai-je te répéter que je ne veux pas que tu fourres ton nez dans cette affaire ? Ne m'oblige pas à t'inculper pour entrave au déroulement de l'enquête ! Rends-toi compte que si j'en venais à cette extrémité, tu aurais de très gros ennuis.

— Tu ne ferais pas ça !

— Si tu continues à te trouver dans mes pattes, tu y auras droit ! Car sais-tu ce qui arriverait si tu interférais dans la procédure et que j'attrape le coupable ? Son avocat aurait beau jeu de faire valoir que la fameuse procédure n'a pas été respectée… et le tueur serait remis en liberté pour vice de forme. C'est cela que tu voudrais ?

Elizabeth réfléchit à ce que venait de lui dire Cullen. Il avait raison sur ce point, mais elle avait ses raisons pour tenter de le convaincre une nouvelle fois :

— Je comprends tes craintes, Cullen. N'empêche… j'ai énormément d'expérience. Je pourrais t'être extrêmement utile. Pour éviter le vice de forme dont tu viens de me parler, il y a un moyen : intègre-moi officiellement à ton équipe en tant que consultant !

— Si j'avais besoin de ton aide, je te l'aurais fait savoir. M'as-tu entendu demander quoi que ce soit ?

Elle lui opposa un regard dur, sourcils froncés, et garda le silence.

— Alors, Lizzie, insista-t-il. T'ai-je demandé quelque chose ?

— Non, non ! Tu es content ? Je l'admets, tu ne m'as rien demandé. Mais cela ne changera rien au fait que j'ai remarqué un détail sur le corps… J'ai manqué de temps pour analyser l'information. Alors j'aimerais revenir dessus posément. Mon intuition me trompe rarement, Cullen. Je sais que je dois gratter un peu.

— Intuition ? C'est sur l'intuition que tu te bases ?

— Oui, tu sais, ce phénomène qui…

— Epargne-moi tes connaissances encyclopédiques : je connais parfaitement le sens du mot intuition. Et pour moi, l'intuition, ça ne vaut pas tripette.

— Cullen, ne me dis pas que tu ne te sers jamais de ton instinct, quand même !

— Mmm. Rarement. Je fais confiance à mon expérience. Pas à un truc fumeux comme l'instinct.

— Je vois. Tu te refuses à l'admettre…

— A admettre quoi ?

— Que j'ai autant d'expérience que toi. Qu'il serait possible que je te dame le pion dans pas mal de domaines.

— Tu te berces d'illusions, Lizzie. Ton savoir est celui d'un prof. Tu ne l'as jamais mis à l'épreuve sur le terrain. Va donc passer quelques mois dans la rue avec une brigade, et ensuite on reparlera de tout ça.

Il marqua une pause, le temps d'un soupir d'irritation, puis ajouta :

— En attendant, je vais te ramener chez toi.

Il s'écarta de la portière, libérant le passage, puis lui tendit une main qu'elle dédaigna : elle préférait se battre avec les mètres de brocart, se prendre les pieds dans l'ourlet, plutôt que d'accepter l'aide de ce macho borné. Dans un froissement de tissu martyrisé, elle réussit à sortir du véhicule de police.

— Merci, mais j'ai ma propre voiture et je n'ai pas besoin d'escorte.

— Que tu en aies besoin ou pas, la question ne se pose pas : je te raccompagne.

D'autorité, il lui prit le bras et la poussa jusqu'à son auto, garée derrière la voiture de patrouille.

— Je vais te reconduire, Lizzie. Comme ça, je suis sûr que tu arriveras à bon port.

— Mais j'ai ma voiture ! Elle est cachée au coin de la rue.

— On s'en occupera demain.

Et les voleurs d'autoradio ? Les vandales qui risquaient de rayer la carrosserie pour le plaisir ? Laisser un véhicule neuf toute la nuit en pleine rue, c'était provoquer les voyous !

Elle se calma. Après ce qu'elle venait de vivre au cours des dernières heures, ce qui pouvait arriver à une voiture était finalement bien peu de chose.

Cullen conduisait en silence depuis plusieurs minutes, le regard rivé devant lui quand tout à coup il tourna la tête vers elle, le sourire aux lèvres.

— Il y a une question qui me turlupine depuis que je t'ai vue chez les Pierce, Lizzie. C'est quoi, cet accoutrement ?

— Pour mémoire, monsieur l'inspecteur, les Pierce organisaient un bal costumé. Si tu avais de bons yeux de flic, tu aurais remarqué que tout le monde était déguisé !

— Cher docteur, je l'ai noté. Mais toi, tu avais l'air de participer à un carnaval.

Elle s'apprêtait à répliquer vertement, choquée par tant de goujaterie, quand elle se rendit compte que son sourire s'élargissait. Il la taquinait. Comme autrefois. Et comme autrefois, son sourire le rendait irrésistible. Tout habillé de noir, avec ses cheveux sombres et l'argent de ses yeux qui luisait dans la pénombre, il évoquait le chevalier héroïque des contes de fées. Un être complexe dont les actes et les paroles étaient toujours difficiles à interpréter. En fait, Cullen Ryan était depuis toujours une énigme insoluble.

Elle était amoureuse d'un mystère. Même avant l'adolescence, son cœur lui appartenait et il l'ignorait. Aberrant. Elle aimait un parfait inconnu.

Même si elle avait engrangé quelques menues informations, au fil des années. Cullen avait grandi dans un quartier difficile et eu maille à partir avec les autorités. Son père était mort peu après le départ de Cullen pour Boston, et le jeune homme n'avait pas d'autre famille à Moriah's Landing. Qu'il y fût revenu était étonnant, inexplicable. Rien ni personne ne l'y rattachait. Sauf des souvenirs qu'il aurait logiquement préféré oublier.

Il était parti avec une réputation de délinquant juvénile solidement accolée à son nom, et était revenu avec un badge d'inspecteur de police. Incroyable. Que s'était-il passé dans sa vie au cours des six années précédentes qui l'eût amené à changer à ce point ?

A moins qu'il n'ait pas changé du tout.

Les démons qui l'avaient animé étant adolescent l'aiguillonnaient peut-être toujours à l'âge adulte. Il pouvait avoir choisi d'intégrer la police pour utiliser sa violence dans l'exercice de son métier. Pour se mettre sur un pied d'égalité avec ceux qu'il traquait.

Cette supposition mit Elizabeth profondément mal à l'aise. Elle frissonna, et Cullen s'en aperçut.

— Désolé. Le chauffage ne fonctionne pas très bien, dans cette voiture.

— Ça va. Il fait assez chaud.

— Revenons à ton costume. En quoi étais-tu censée être déguisée ?

— En noble dame du XVIIe siècle.

— Ah bon.

L'air sceptique de Cullen retint Elizabeth d'expliquer que sa robe était parfaitement conforme à la mode de l'époque. Les aristocrates s'habillaient ainsi. Mais sans doute Cullen avait-il trop négligé ses cours d'histoire, à l'école. Il ne s'était même pas donné la peine de regarder les gravures, dans les livres. Quant à aller dans un musée rêver devant les tableaux des grands maîtres, il n'y avait certainement jamais pensé : il avait eu mieux à faire dans la rue.

La voiture franchit le croisement au bas de Main Street. Une brume épaisse remplaçait la pluie, masquant la clarté de l'aube naissante et engluant la ville dans un voile fantomatique qui estompait les contours des maisons.

Moriah's Landing était connue pour ces demeures vieilles de plus de trois siècles, occupées par des boutiques au rez-de-chaussée dont les vitrines volontairement désuètes ouvraient sur les trottoirs pavés. Leurs enseignes en fer forgé se balançaient doucement au bout de leurs chaînes, encore éclairées par des lampadaires au design imitant les becs de gaz.

Comme à Salem, nombre de commerces prospéraient sur le capital historique de la ville. Leurs propriétaires rivalisaient d'imagination pour parfaire l'illusion : sur les arêtes des toitures, des sorcières en métal peint chevauchaient leur balai, des chats noirs aux yeux vert émeraude trônaient sur les cheminées. Un petit magasin de souvenirs, coincé entre une pharmacie où les produits étaient stockés dans des pots en faïence, et une librairie si poussiéreuse qu'elle semblait n'offrir à la vente que parchemins et incunables, proposait des T-shirts à l'effigie de McFarland Leary. Tout au moins, l'idée que s'en faisait le dessinateur, auteur du portrait. Un autre commerce vantait les charmes terrifiants d'excursions nocturnes : la quête de fantômes en charrette à cheval.

Cette exploitation de l'histoire de Moriah's Landing était de mauvais goût, mais inoffensive. Son seul but consistait à attirer et à retenir les touristes.

Les habitants du cru étaient fiers de leur ville, de leur communauté. Ils se serraient les coudes en cas de besoin, et brandissaient leur héritage comme un étendard. Bien que superstitieux, ils ne craignaient pas de se servir des vieilles histoires pour gagner leur vie. Les légendes étaient rentables, avaient-ils découvert, aussi ne s'étaient-ils pas insurgés lorsqu'un groupe d'illuminés, les Wiccans, avaient élu Moriah's Landing centre de l'univers interstellaire et étaient venus camper des semaines durant à Raven's Cove, célébrant à minuit des messes rituelles et dansant nus sous la lune. Cette dernière excentricité avait d'ailleurs plu à plus d'un...

Oui, tout cela était bien inoffensif...

L'ennui, c'était qu'Elizabeth ne parvenait pas à s'en persuader. Moriah's Landing avait du charme. Rares étaient dans ce pays les cités aussi anciennes. Il était normal que les curieux y affluent et se laissent prendre à la magie du lieu. Mais, née comme ses ancêtres dans la petite ville, elle n'arrivait pas à se départir d'une angoisse diffuse et constante. Les mânes des aïeux, lui semblait-il, hantaient ces maisons, ces rues... Elles rendaient la lumière moins brillante à Moriah's Landing qu'ailleurs, elles créaient une atmosphère trouble, étouffante.

Du moins en avait-elle l'impression.

Sans doute parce que comme ses concitoyens, même si elle ne l'avouait pas, elle croyait en cette rémanence du passé... et elle était fascinée par le côté sombre, inconnu, de l'être humain.

En cette heure si matinale où les devantures évoquaient des yeux aveugles, où tout était noir derrière les vitres, elle frissonnait. Et laissait croire à Cullen que la responsabilité de ces frissons incombait au chauffage de sa voiture.

Sortir de la ville ne l'apaisa pas. La voiture suivait maintenant la petite route qui sillonnait à travers les collines verdoyantes... C'était ici qu'en 1689, des gens accusés de sorcellerie avaient été pendus ou brûlés. Le plus gros chêne de la futaie, dont les hautes et solides branches avaient été privilégiées, était toujours là, gigantesque. Une plaque commémorant les événements était placée à son pied.

Les habitants de Moriah's Landing croyaient la terre des environs hantée par les âmes de tous ces martyrs de l'obscurantisme.

Et croyaient aussi — paradoxalement — ces condamnés à mort coupables des méfaits dont on les accusait.

Elizabeth partageait leurs superstitions. Et se le reprochait. Elle, la scientifique, comment pouvait-elle imaginer un seul instant que ces gens eussent été des sorciers ?

Elle ne pouvait néanmoins s'empêcher de sentir son estomac se nouer dès qu'elle approchait du grand chêne et des champs alentour dont la terre avait été nourrie par les cendres des suppliciés. Il lui semblait distinguer de fluctuantes créatures, qui se dissolvaient dans le vent... Ces êtres sortis du néant l'observaient, menaçants.

Elle serait leur prochaine victime, se dit-elle, pour aussitôt se traiter, *in petto,* de sotte.

Lorsque la voiture passa près du chêne, elle ferma les yeux. Sans échapper à la sensation d'être scrutée par des centaines de regards hostiles. Derrière chaque feuille se cachaient des prunelles luisantes, encore brillantes du feu qui les avait consumées sur les bûchers. Le visage de Bethany apparaissait entre les branches, blafard, aux contours flous. Et aveugle : ses orbites creuses, cavités ténébreuses dans toute cette lividité de chair morte, formaient un contraste effroyable.

Le cœur battant à tout rompre, Elizabeth rouvrit les yeux, dissipant l'hallucination. Puis entreprit de se raisonner : voyons, Bethany n'avait pas rendu le dernier soupir sous ce chêne, mais dans la véranda des Pierce ! On ne l'avait pas sacrifiée comme une sorcière ! La malheureuse était la victime d'un sadique, un individu agissant seul, et non d'une bande de villageois arriérés mus par une hystérie collective !

Son imagination lui jouait de mauvais tours, se dit-elle. Mais le résultat était là, navrant : des personnages, des situations vieux de plusieurs siècles la hantaient.

Alors que ce dont elle avait été témoin ces dernières heures était infiniment plus effrayant et bien réel.

Elle s'adossa à son siège et posa son coude à la base de la vitre. Ainsi, elle pouvait placer sa main sur le côté de son visage, occultant la vision du chêne.

Mais son geste ne changea rien à la pénible sensation. Les yeux transperçaient sa paume et se rivaient aux siens. La menace dont ils étaient les messagers demeurait nette et précise : elle était en danger.

Tous les crimes étaient reliés. D'abord Claire, puis Tasha. Ensuite, Bethany.

Elle serait la prochaine… la prochaine… la prochaine, lui chuchotait une voix désincarnée, venue de nulle part…

6.

Elizabeth ne retrouva une respiration normale qu'au moment où les bâtiments de Heathrow College se dressèrent dans le lointain.

Son cocon protecteur, songea-t-elle avec soulagement : ceint de hauts murs percés d'une seule issue, une grille protégée vingt-quatre heures sur vingt-quatre par un système électronique qu'actionnait un gardien. Les parents, qui payaient des droits d'inscription très élevés, tenaient, en sus d'assurer d'excellentes études à leurs filles, à ce qu'elles soient en parfaite sécurité. Les élèves sortaient de Heathrow avec, en poche, un diplôme valant de l'or sur le marché du travail, et au cours de leur séjour étaient à l'abri des risques de la vie. Elles passaient plusieurs années hors du temps, de la réalité, sous la surveillance d'équipements au top de la technique.

Parfois, une élève se rebellait contre les règles en vigueur à Heathrow et ne respectait pas le couvre-feu. Elizabeth elle-même l'avait fait, poussée par Kat. Toutefois, jamais elle n'avait trouvé la discipline de l'établissement pesante. Que ce soit lorsqu'elle y était élève, ou maintenant, comme enseignante. Probablement parce qu'elle avait choisi ce mode de vie : recluse volontaire, elle exerçait son métier avec autant de ferveur qu'un sacerdoce.

N'en déplaise à ses parents, dont le regard qu'ils posaient sur elle trahissait leur déception. Marion et Edward Douglas avaient espéré que leur fille mettrait ses pas dans les leurs. Chercheurs de renom, ils s'illustraient dans deux domaines particulièrement pointus : la génétique pour Marion et la biologie moléculaire pour Edward.

Ils s'étaient rencontrés à Harvard et, en l'espace d'un an, s'étaient mariés et avaient eu un bébé.

Imaginer ses parents jeunes, amoureux et penchés sur un berceau, Elizabeth en était incapable. Les Douglas étaient tellement sérieux et solitaires ! Ils ne formaient pas un couple, mais un tandem. L'union de deux cerveaux hors du commun. Pas celle de deux corps et de deux cœurs. Ils consacraient tout leur temps à leurs recherches, n'accordant de place à rien ni à personne d'autre. Surtout pas à leur fille. Ni à leur fils Brandon, né des années plus tard.

Le seul effort consenti par les Douglas pour la fillette fut l'achat d'une superbe maison victorienne à Moriah's Landing, peu après leurs prises de fonction à la faculté d'Heathrow qui faisait un pont d'or aux diplômés d'Harvard. Originaire de la petite ville, Marion avait aisément convaincu son mari de quitter Boston pour la cité de ses ancêtres : il savait qu'à Heathrow, il pourrait travailler dans des conditions optimales et que sa fille en âge scolaire suivrait l'un des meilleurs cursus qui fût. Au cours de sa petite enfance, Elizabeth avait amplement profité de la belle maison. Explorer la grande bâtisse de la cave au grenier regorgeant de trésors avait enchanté la fillette imaginative et solitaire. Ses parents lui laissaient toute liberté pourvu qu'elle fît ses devoirs et obtînt de bonnes notes, ce en quoi elle avait comblé leurs espérances. Elizabeth s'était révélée une enfant surdouée, promise à un avenir aussi brillant que celui de Marion et d'Edward. Elle serait chercheur, elle aussi, étaient-ils persuadés. La science serait son domaine de prédilection. Heathrow était à même de lui prodiguer tout l'enseignement requis pour atteindre des sommets.

Mais à l'adolescence, Elizabeth s'était rebellée, faisant pour la première fois montre d'indépendance. Elle n'avait que quinze ans et déjà achevé ses études secondaires, avec quatre ans d'avance. Une prouesse. Non, elle ne ferait pas d'études de chimie ni de recherches en génétique ou en bactériologie. Pas question. Ce qui la passionnait, c'était la criminologie qui l'avait attirée à cause de ce qui était arrivé à Claire lors du bizutage.

Marion et Edward Douglas avaient plutôt mal pris ce choix, mais ils s'étaient désintéressés de ce qu'ils appelaient les excentricités de leur fille lorsqu'ils avaient découvert le Q.I. de Brandon, né seize ans après Elizabeth. Le petit garçon, âgé maintenant de quatre ans, présentait toutes les caractéristiques d'un enfant extrêmement précoce. Ses parents avaient donc reporté toutes leurs ambitions sur lui, laissant la bride sur le cou à la passionnée de criminologie.

Dans un premier temps, Elizabeth avait pu s'épanouir loin de l'attention exagérée de ses parents, mais elle avait plongé ensuite dans un état anxieux proche de la dépression lorsqu'elle s'était rendu compte du dressage — il n'y avait pas d'autre mot — que ses parents faisaient subir à son petit frère. Brandon n'avait pas d'enfance. Au moins, elle, elle avait pu jouer dans la vieille maison. Là où ils avaient échoué avec elle, ils réussiraient avec lui. Le peu de liberté dont elle avait joui, ils ne l'accorderaient pas à leur fils, de peur qu'il fasse des choix personnels qui le feraient sortir des rails tracés par son père et sa mère.

Brandon n'aurait jamais l'opportunité de manifester sa volonté propre.

Elle ne regrettait pas d'avoir rué dans les brancards. Non qu'elle fût devenue une jeune fille normale. Quand on réussit son bac à quinze ans et qu'on obtient un doctorat avec mention Très Bien à vingt, on sort fatalement du lot. N'empêche, en dépit de ses différences, elle était parvenue à se faire des amies, à profiter un peu de la vie et à garder intacte sa capacité à rêver.

Elle éprouvait des difficultés à communiquer, à s'intégrer socialement, mais elle ne s'en sortait néanmoins pas trop mal, estimait-elle. Il ne lui manquait qu'un petit ami pour être comme les autres.

L'ennui, c'était que son cœur battait pour le même garçon depuis six ans. Un garçon dénommé Cullen Ryan qu'elle laissait de marbre…

Il tourna soudain la tête vers elle. Elle sursauta. Il s'était rendu compte qu'elle l'observait…

Etait-il normal qu'elle ressente un tel émoi lorsque leurs regards se croisaient ?

— Qu'est-ce qu'il y a ? demanda-t-il.

— Pardon ?

— Tu me fixes. Pourquoi ?

— Eh bien, je, euh, je me demandais…

Que dire ? Trouver quelque chose, vite, avant qu'il ne finisse par deviner l'objet de son trouble…

— Concernant l'enquête, tu… as parlé d'expérience. Tu te bases uniquement sur ton expérience pour conduire celle-ci ?

— Pas seulement.

— Tu as découvert quelque chose ?

— Elizabeth, je n'ai pas l'intention de discuter de l'enquête avec toi. Ni avec personne en dehors des policiers, d'ailleurs.

S'il s'imaginait la faire taire sous ce fallacieux prétexte, il en serait pour ses frais…

— Ne trouves-tu pas étrange que le corps de Bethany n'ait pas porté de marques ? A croire que le tueur voulait qu'elle reste… intacte.

— Sacrée supposition que tu énonces là.

— Je ne fais pas de suppositions. Je pense à voix haute, c'est tout. Et je me pose des questions. A ton avis, le meurtrier de Bethany pourrait-il être celui des quatre femmes, il y a vingt ans ?

Ah, un point marqué : il était indubitablement étonné. et intéressé.

— Qu'est-ce qui t'amène à imaginer ça ?

— La logique… et les statistiques. Dans une ville de la taille de Moriah's Landing, il est rare que sévissent deux tueurs en série.

— Hé, ne t'emballe pas ! Nous sommes face à un seul assassinat. Pas à plusieurs sur le même mode opératoire. Et puis, vingt ans d'intervalle entre deux accès de folie meurtrière, c'est rare pour un tueur en série.

— Ces vingt ans de pause pourraient s'expliquer par un séjour de vingt ans en prison… L'homme a peut-être été relâché récemment. Quatre femmes sont mortes à Moriah's Landing il y a deux décennies. Puis il y a cinq ans, une de mes amies a été enlevée et torturée… Si elle n'avait pas réussi à s'enfuir, elle aurait sans doute été tuée aussi. Depuis, elle se trouve dans un hôpital psychiatrique. Pour finir, Bethany a été assassinée…

— Aucun point commun avec les autres : les quatre premières ont été retrouvées sur le sol. Pas pendues.

— Je sais. Mais il y a quand même un point commun, quoi que tu en dises.

— Lequel ?

— Je… non, rien.

— Lizzie, ce n'est pas un jeu de devinettes. Réponds-moi !

— Pour m'entendre dire que je suis trop jeune pour savoir quoi que ce soit ? Que je suis dingue, ou trop imaginative ? Non, merci.

Il la regarda, ramena ses yeux sur la route devant lui puis la regarda encore. Son expression trahissait les doutes qui l'assaillaient, constata la jeune femme avec satisfaction. Peut-être, enfin, allait-il la prendre au sérieux…

— Je t'écoute, Lizzie.

Oh, cette voix grave, chaude… Elle aurait aimé l'entendre au creux d'un oreiller, tout contre son oreille…

— D'accord, Cullen, lâcha-t-elle nerveusement. Je vais te parler, mais auparavant, promets-moi de ne pas te moquer de moi.

Il serra les lèvres. Non, il ne promettrait pas, comprit-elle. Il ne s'engagerait pas à la légère. Car, pour lui, exactement comme elle venait de le lui dire, elle n'était qu'une gamine à l'imagination débridée.

Tant pis. Quoi qu'il lui en coûte, elle devait parler. Il avait piètre opinion d'elle, mais elle allait faire table rase de son orgueil. Pour Bethany.

— Souvent, commença-t-elle prudemment, j'ai l'impression que cette ville est victime d'une malédiction. A cause de son passé, fait de violence, de meurtres abominables… Les gens d'ici, me semble-t-il, ont cette violence en eux comme si elle faisait partie de leur capital génétique.

Elle s'interrompit, attendant un rire qui ne vint pas. Les sourcils froncés, Cullen gardait son sérieux.

— Un lieu ne tue pas, Lizzie. Ce sont les gens qui abattent leurs semblables.

— Je le sais bien. Mais…

— … mais tu émets quand même cette supposition farfelue… Toi, la fille au Q.I. phénoménal, tu gobes donc ces histoires de bonnes femmes ? Je n'en crois pas mes oreilles !

— Cullen, c'est justement parce que je suis intelligente que j'admets qu'il existe des phénomènes inexplicables.

— Non. Tu t'exprimes mal. Il est des faits incompréhensibles… en l'état actuel des choses. Mais tout finira par s'expliquer.

Inutile d'entamer une discussion sur ce sujet : Cullen était trop pragmatique pour laisser le moindre doute infiltrer son esprit. Exactement comme Marion et Edward Douglas, qui s'empressaient de clore toute discussion sur ce sujet dès la première phrase. Elle ne parvenait pas plus à échanger ses vues avec ses parents qu'avec Cullen.

— Cette amie dont tu parlais tout à l'heure… S'agissait-il de Claire Cavendish ?

— Oui, mais comment le sais-tu ? Tu avais déjà quitté Moriah's Landing le jour du drame.

— J'ai entendu parler de cette histoire. Un bizutage qui a mal tourné…

Il regarda Elizabeth.

— Tu étais présente, n'est-ce pas ?

Hélas. Jamais elle n'oublierait. Evoquer cette épouvantable soirée la bouleversait toujours aussi intensément, même si cinq années s'étaient écoulées.

— Oui, j'étais là.

— Raconte-moi. Que s'est-il passé exactement ?

— Pourquoi veux-tu le savoir ?

— Parce que, contrairement à ce que tu penses, je ne suis pas complètement borné. S'il existe un lien entre cette affaire et le meurtre de Bethany, je le trouverai. Mais j'ai besoin de connaître tous les détails.

Face au silence que lui opposait Elizabeth, il reprit :

— Tu souhaites m'aider. Tu l'as dit et répété. Alors c'est le moment de le faire.

— Je ne songeais pas à ce qui est arrivé à Claire quand je t'ai proposé ma collaboration.

Un nouveau silence, long, ponctué de soupirs, puis elle commença à égrener les souvenirs de cette affreuse nuit :

— Nous étions cinq cette nuit-là. Kat Ridgemont, Tasha Pierce, Brie Dudley, Claire Cavendish et moi. Nous devions nous livrer à une cérémonie rituelle sur la tombe de McFarland Leary à l'issue de laquelle, après tirage au sort, l'une d'entre nous devrait pénétrer seule dans le caveau. Une vraie crypte par ses dimensions… que l'on prétend hantée par le fantôme de Leary.

La gorge d'Elizabeth se noua, l'obligeant à s'interrompre et à s'éclaircir la voix.

— L'idée était mauvaise. Stupide. Le bizutage était interdit au lycée. Bien entendu, le fait qu'il soit hors la loi enchantait les filles. Les nouvelles élèves devaient en passer par là. La plupart d'entre elles venaient de New York ou de Boston. S'opposer à cette cérémonie au cimetière ne nous serait pas venu à l'idée. Nous avons toutes trouvé que ce serait super… à l'exception de Claire. Aller dans un cimetière, entrer dans une tombe la terrorisait, mais elle n'a pas flanché : elle tenait tant à s'intégrer !

— Et alors ? Que s'est-il passé au cimetière ?

— Un orage terrible menaçait. Je me rappelle les éclairs dans le lointain, les coups de tonnerre. Et le vent. La lune brillait par intermittence, entre chaque passage d'énormes masses nuageuses. Il nous fallait donc nous servir de torches. Nous avons cherché la tombe de Leary puis tiré au sort celle qui descendrait dans le caveau. C'est tombé sur la pauvre Claire. Immédiatement, l'une de nous, je ne sais plus qui, a proposé d'y aller à sa place. J'ai fait la même offre : nous savions que, de nous toutes, Claire était la plus impressionnable, celle qui sortirait traumatisée d'une expérience de ce genre. Mais elle a refusé. De peur d'être rejetée par les autres élèves. Alors elle a ouvert la porte en fer et est entrée dans la crypte. Nous avons formé un cercle au-dessus de la pierre tombale, mains jointes, forces mentales unies pour la protéger du Mal et…

— Attends, Lizzie. Ai-je bien compris ? Vous croyiez au diable ?

L'incrédulité qui marquait l'intonation de Cullen plongea Elizabeth dans la confusion. Jamais elle n'avait parlé à quiconque de ce rituel venu d'un autre âge, de cette croyance en le démon qu'elles partageaient toutes… La police n'en avait rien su, ni les parents… D'un commun accord, les quatre filles avaient tu cet élément de l'histoire. De crainte que certains, à Moriah's Landing, les traitent de folles crédules, et que d'autres, au contraire, les soutiennent dans leur lutte contre les puissances démoniaques.

Le secret venait de lui échapper. Elle l'avait révélé à Cullen.

Qui attendait la suite, la mine sévère, critique.

— Tout ça était censé n'être qu'un simulacre d'un goût douteux…

Faux. Sur le moment, lorsque leurs doigts s'entrecroisaient, elles avaient toutes intimé au Mal de se tenir loin de Claire…

Toutes sauf elle : l'espace de quelques instants, au lieu de se concentrer, elle avait songé à Cullen Ryan.

— Continue, Lizzie.

— Eh bien… nous avons tout à coup entendu Claire hurler. Nous nous sommes précipitées sur la porte, que nous avons trouvée fermée à clé. Nous l'avons forcée et quand nous sommes enfin entrées dans la crypte, il n'y avait plus trace de Claire. Elle avait… disparu. Comme par magie.

— Qu'entends-tu par « pas de traces » ?

— C'était comme si Claire n'avait jamais pénétré dans ce caveau.

— Tu veux dire que la police n'a rien trouvé ?

— Rien.

— Et toi ou les autres, vous n'avez rien vu d'anormal ? Entendu un bruit autre que le cri de votre amie ?

— Non.

— Vous vous trouviez pourtant au-dessus de la crypte.

— C'est exact.

— Et donc, quelqu'un était tapi à l'intérieur, a enlevé Claire, et tout cela sans que vous vous rendiez compte de rien ?

Le doute de Cullen était patent.

L'envie de lui crier qu'elle n'affabulait pas, que tout s'était bien passé conformément à sa description la traversa, mais elle la refoula. A quoi bon ? Jamais il ne la croirait.

Et pourtant… Elle ne déformait rien. Les événements s'étaient bien déroulés tels qu'elle les rapportait. Cinq ans après, elle était capable de les revivre en pensée minute par minute. Elle revivait les violentes émotions éprouvées alors : la terreur, la culpabilité, la honte, aussi, face au scepticisme des policiers…

Et voilà que s'y ajoutait la réaction négative de Cullen. La seule personne qu'elle imaginait capable de la croire lui jetait des regards qui en disaient long. Lui aussi la prenait pour une illuminée.

— Je ne sais pas ce qui s'est passé ! lança-t-elle, sur la défensive. Ni pourquoi c'est arrivé. Mais le fait est que cela s'est passé comme je te le raconte, et que Claire n'a, depuis, plus jamais été la même.

— Que lui a-t-on fait ?

— On l'ignore. La police n'a jamais communiqué de détails à l'entourage et encore moins à la presse. Par prudence : à mon avis, nous avons toutes été suspectées à un moment ou à un autre. En ne dévoilant pas ses informations, les autorités espéraient sans doute que Brie, Kat, Tasha ou moi lâcherions un renseignement important…

— Donc, tu n'as pas la moindre idée des sévices qu'a subis Claire.

— Non. Tout ce que je sais, c'est qu'elle a été torturée, puis qu'elle a réussi à s'échapper. Mais le traumatisme a été tel qu'elle a perdu l'esprit. Lorsqu'elle a été retrouvée errant dans le cimetière quelques jours plus tard, elle était totalement confuse, incapable de dire où on l'avait emmenée, qui l'avait enlevée, ce qu'on lui avait fait. Sa mère l'a placée dans une clinique psychiatrique et elle s'y trouve encore.

— Peut-elle recevoir des visites ?

— Pourquoi me demandes-tu ça ?

— Parce que si tu as raison, si son enlèvement a quelque chose à voir avec le meurtre de Bethany, alors je crois que je dois lui parler.

— Tu perdras ton temps, car elle gardera le silence.

— Elle ne veut pas ou ne peut pas s'exprimer ?

— Elle en est malheureusement incapable.

— Même si cela ne sert à rien, je crois que j'irai quand même lui rendre visite.

— Drôle d'idée. Tu as dit que je me trompais, qu'en aucune manière ce qui était arrivé à Claire et la mort de Bethany n'avaient de rapport.

— Mmm. Tu as réussi à m'intriguer, avec tes suppositions.

— Cullen, il faut ménager Claire. Elle a tant souffert. Sa vie est entre parenthèses alors qu'elle n'a que vingt-trois ans… Si tu commences à évoquer ce qui s'est passé cette nuit-là, tu…

— Je saurai peut-être l'amener à se rappeler quelque chose, Lizzie.

Ils venaient d'arriver devant les grilles de l'université Heathrow. Cullen s'arrêta devant la guérite du gardien, qui se précipita vers la voiture. A l'évidence, il s'attendait à ce que le chauffeur baisse immédiatement sa vitre et lui livre son identité.

Mais Cullen ne se préoccupa pas de l'homme. Il se tourna vers Elizabeth.

La façon dont il la regardait faisait battre le cœur de la jeune femme. Légèrement penché vers elle, il semblait hésiter, comme mû par l'envie de se pencher un peu plus et de l'embrasser…

Si elle tendait la main, elle toucherait son visage, pourrait suivre les contours de son menton, le dessin de ses lèvres…

Et si elle se penchait, leurs bouches se rencontreraient.

— C'est bizarre, Lizzie, cette impression qui me taraude… Je suis persuadé que tu ne m'as pas tout dit concernant cette fameuse nuit au cimetière.

— Faux. Je ne t'ai rien caché.

— Non ? Dans ce cas, pourquoi trembles-tu ?

Elizabeth n'eut pas à répondre : Georges, le garde, impatient, scrutant les deux passagers de cette voiture inconnue, tapota la vitre de son index recourbé…

Cullen baissa lentement la vitre et le gardien reconnut Elizabeth. D'un signe de tête, il leur fit signe d'avancer dans l'allée avant de refermer les grilles derrière eux.

L'université logeait ses enseignants dans de jolis petits cottages disséminés sur le campus. Celui d'Elizabeth, caché derrière un épais rideau d'érables et de chênes, faisait partie des plus charmants. Un jardinet enclos d'un mur bas l'entourait. En été, il regorgeait de fleurs, plantées et entretenues par les jardiniers d'Heathrow. La jeune femme adorait s'y asseoir à cette saison, à l'ombre des frondaisons, grisée par le parfum des fleurs.

Mais en hiver, lorsque les grands arbres tendaient vers le ciel leurs branches noires, nues, une sensation de profond malaise l'envahissait parfois. La brume du matin restait longtemps accrochée aux ramures squelettiques, aucun oiseau ne s'aventurait dans cette ouate humide et glaciale, et le cottage lui semblait coupé du monde des vivants.

Une maison de poupée, voilà comment elle qualifiait sa maison : une pièce unique, aux murs percés de fenêtres en saillie à trois pans, sous un toit très pentu, afin que la neige ne s'y accumule pas. Les placards intégrés et les étagères ne manquaient pas… Elizabeth n'avait eu qu'à installer un lit, un bureau et un antique fauteuil à bascule devant la cheminée. Elle avait réchauffé le sol d'un joli tapis ancien.

Une longue allée dallée le reliait au bâtiment principal et au parking, commun à tous les résidents. Cullen suivit ses indications et arrêta le véhicule devant sa porte après avoir coupé le moteur.

Pourquoi ?

— J'aimerais donner un coup d'œil à ta maison, dit-il en ouvrant sa portière.

— Tu n'as pas à te donner ce mal. Le campus est parfaitement sûr.

Vraiment ? Bethany vivait sur ce campus, et peut-être y avait-elle été tuée si, comme elle le supposait, son corps avait été transporté chez les Pierce. Comment savoir si le meurtrier n'appartenait pas au personnel de l'université ?

Tout à coup, le système de sécurité censé garantir une protection absolue aux habitants du campus sembla à Elizabeth peu sûr. N'importe qui pouvait escalader le mur d'enceinte, déconnecter l'automatisme de la grille, assommer le garde…

L'un des petits cottages abritait peut-être le meurtrier. Il y dormait en ce moment même… Sur ses deux oreilles parce que la police ne le soupçonnait pas.

Elle décida alors de laisser Cullen l'accompagner jusqu'à sa porte.

— D'accord, tu peux venir.

Il lui ouvrit la portière et l'aida à quitter son siège. Se débarrasser de cette robe était une priorité.

— Je me demande comment les femmes se débrouillaient, autrefois. Toute cette étoffe, si lourde… Un cauchemar.

Cullen s'était reculé d'un pas pour la détailler. Une lueur d'amusement brillait dans ses yeux.

Une autre flamme y luisait aussi. Qui troubla Elizabeth : se pouvait-il qu'il y ait aussi du désir ? Bien sûr que non. Pourquoi Cullen Ryan l'aurait-il désirée ? Séduisant comme il l'était, Cullen devait fréquenter des créatures de rêve. Pas un prof à la peau aussi pâle que les feuilles de papier sortant d'une imprimante. Elle passait sa vie à travailler sur son ordinateur, et la lumière bleutée de l'écran avait sans doute fini par imprégner son teint… Pas de quoi attirer un homme !

L'ennui, c'était l'effet que produisait cet homme sur elle. Celui-là, et lui seul. Tout à coup, ses paumes devinrent moites, sa gorge se serra, son cœur battit la chamade.

— Par ici, souffla-t-elle en s'avançant dans l'allée.

Des bornes lumineuses éclairaient le dallage mais, autour de la maisonnette, l'obscurité régnait. Au loin, dans le grand bâtiment, on apercevait de la lumière à quelques fenêtres.

Des étudiantes consciencieuses qui passaient une nuit blanche à bûcher. Ou bien des étudiantes peu sérieuses qui buvaient en cachette, agglutinées dans la même chambre, assises par terre, se passant une bouteille en chuchotant…

Au matin, toutes apprendraient la nouvelle : Bethany Peters était morte. La porte de sa chambre serait scellée et barrée d'une bande jaune marquée « Police ». Les jeunes filles se rendraient compte que leur sécurité à Heathrow était un vain mot.

Et la peur régnerait. Un moment tout au moins. Car la faculté d'oubli des jeunes était sidérante. Puis la vie reprendrait comme si de rien n'était. Il ne resterait qu'Elizabeth Douglas pour penser à Bethany.

Et Cullen Ryan. Parce qu'il était chargé de découvrir qui avait ôté la vie à la jeune fille.

Elle s'immobilisa sous la marquise et inséra sa clé dans la serrure.

— Eh bien, j'y suis, dit-elle. Merci de m'avoir raccompagnée.

— Entre. Je te suis.

Quoi ? Il allait entrer ? Elle serait seule avec lui dans cet espace limité ? Sans un canapé pour l'y faire asseoir : il n'y avait que le lit…

Au moment de partir chez les Pierce, elle avait laissé une lampe allumée. Au lieu de dispenser une clarté rassurante, sa lumière trop tamisée rendait l'intérieur du cottage moins accueillant qu'à l'habitude.

Cullen regardait autour de lui, lentement, en flic qui essaie de définir la personnalité de l'occupant à partir de son environnement.

Le cottage allait la trahir beaucoup plus sûrement que des paroles, se dit-elle avec angoisse. Les rayonnages ployant sous le poids des livres, l'absence d'objets décoratifs, les piles de dossiers sur le bureau, l'ordinateur surdimensionné…

Elizabeth Douglas passait des heures à l'abri dans son cocon, à lire, à travailler.

Hors de la réalité.

Tout en se mordillant la lèvre inférieure, elle le suivit des yeux lorsqu'il se dirigea vers les photographies sépia, encadrées et accrochées au-dessus de la cheminée. Toutes restituaient des vues de Moriah's Landing au siècle passé. Il y avait aussi des parchemins, certains datant de 1689, des minutes des procès en sorcellerie de l'époque. D'autres relatant des faits un peu postérieurs, mais à peine moins sinistres…

Heureusement qu'elle gardait dans un placard ses albums, de superbes volumes reliés de cuir, contenant les annales de la ville de sa fondation à nos jours… S'il les avait vus, il l'eût prise pour une maniaque, obsédée par le macabre passé de la cité.

Mais qu'était-elle d'autre ?

— Il fait un froid de loup, ici, remarqua Cullen alors qu'elle s'attendait à quelque remarque méchamment ironique. Veux-tu que je rallume le feu ?

Dans la cheminée rougeoyaient encore les cendres d'un feu récent.

— Euh… Pourquoi pas ? Pendant ce temps, je ferai du thé.

Elle se précipita dans la kitchenette. Cullen semblait avoir froid alors qu'elle brûlait de l'intérieur. Le savoir là, tout près d'elle, la transportait. Depuis tant d'années, elle rêvait d'un moment pareil ! Ils allaient boire tranquillement le thé en devisant devant les flammes, dans le fauteuil à bascule tout près de l'âtre… Le bois sentirait bon, une douce léthargie s'emparerait d'eux, et alors, peut-être, s'embrasseraient-ils…

— Elizabeth ? Dépêche-toi de préparer ce thé : je ne peux pas rester plus de quelques minutes !

La délicieuse rêverie se fracassa en mille morceaux.

Elle posa la bouilloire sur le gaz puis se rendit dans la minuscule salle de bains attenante à la kitchenette. Là, elle arracha la robe plus qu'elle ne la retira, et enfila un peignoir. Devant le miroir, elle s'efforça de remettre de l'ordre dans sa chevelure. Dans l'après-midi, elle était allée chez le meilleur coiffeur de Moriah's Landing. Avec force épingles et laque, le styliste avait élaboré un savant chignon. Mais comme d'habitude, la masse indisciplinée avait repris son indépendance. Les épingles ne servant quasiment plus à rien, la jeune femme les enleva et ses boucles fauves s'épanouirent, jusqu'au milieu de son dos.

De retour dans la kitchenette, elle plaça tasses et sucrier sur un plateau, puis versa l'eau bouillante dans la théière, par-dessus les feuilles d'un délicat et rare mélange de Ceylan.

Elle apporta le tout dans le séjour et le posa sur un angle du bureau.

Un beau feu crépitait dans l'âtre. Cullen se tenait devant le foyer, examinant de nouveau les photos au-dessus de la cheminée.

— Comment veux-tu ton thé, Cullen ? Fort ou à peine infusé ?

Il ne répondit pas. Elle en déduisit qu'il ne l'avait pas entendue.

A tort, car il avait pivoté sur ses talons et la regardait. Sourcils froncés, l'air perplexe… puis intéressé.

Elle ne comprenait pas. Il fixait… sa poitrine ? Pourquoi diable… Oh, mon Dieu, son soutien-gorge… Il faisait saillir ses seins par l'échancrure du peignoir ! Saillir ? Non. Jaillir !

Le rouge lui monta aux joues en même temps que l'envie de battre en retraite aussi vite que ses jambes… et l'exiguïté de la pièce le lui permettraient.

Elle décida finalement de n'en rien faire. Elle rêvait de se lover dans les bras de Cullen ? Eh bien, peut-être songerait-il à l'y inviter maintenant qu'il la savait dotée de tous les appas d'une femme !

D'une main ferme, elle servit le thé. En se penchant. Ce qui accentua l'ampleur de son décolleté.

Cullen restait sans voix, nota-t-elle. Et qu'exprimait son visage ? Elle n'osait lever les yeux sur lui. Son audace n'allait pas jusqu'à croiser son regard qu'elle subodorait suggestif.

— Le thé… Il te convient ? demanda-t-elle d'une voix rauque qu'elle ne reconnut pas.

— Hein ?

— Le thé.

— Oh… Laisse tomber. Je n'ai pas le temps. Et je déteste le thé.

Il se leva d'un bond et fonça vers la porte.

Elizabeth replaça précipitamment la théière sur le plateau.

— Tu es sûr que tu n'en veux pas ? Que tu ne veux… rien ?

Elle l'avait rejoint à l'instant où il tournait la poignée.

— Oui, je veux, euh, je veux m'en aller. Il le faut, tu comprends ? Et puis, toi, tu dois te mettre au lit. Te reposer !

Il avait presque crié. Comme un homme qui sent un nœud coulant se serrer autour de son cou et appelle au secours.

Il ouvrit la porte à la volée.

— Bonne nuit, Lizzie.

— Bonne nuit, Cullen.

Elle le suivit des yeux lorsqu'il remonta l'allée. Quand il fut hors de vue, elle s'appuya au chambranle et relâcha son souffle.

Puis elle sentit un grand sourire lui relever les lèvres.

Elle l'avait fait ! Elle avait réussi ! Elizabeth Douglas venait de rendre un homme nerveux. Très nerveux. Et pas n'importe quel homme : Cullen Ryan en personne. Qui l'eût cru ? Pas elle… En tout cas jusqu'à maintenant.

Et pourtant. Après toutes ces années à fantasmer sur Cullen, elle venait d'emporter une manche : en cet instant, il devait fantasmer à son sujet.

Dire que tous les livres qu'elle avait lus, les examens qu'elle avait passés, les diplômes qu'elle avait obtenus et son super Q.I., ne lui avaient pas appris que, pour tourner la tête de Cullen Ryan, il suffisait d'un Wonderbra bien ajusté !

7.

La nuit blanche ne l'avait pas trop affectée. Une bonne douche, du café bien fort, quelques beignets, et elle retrouva son énergie coutumière.

Le soleil brillait de tous ses feux quand elle quitta son cottage pour aller retrouver Lucian LeCroix à la bibliothèque. L'orage de la veille avait considérablement fait baisser la température, constata-t-elle en frissonnant. Un vent glacial soufflait et des stalactites de givre pendaient aux branches des arbres et aux gouttières des toits, brillant comme des diamants, superbes... Le paysage offrait à ses yeux une féerie qui aurait dû la ravir. Mais cette beauté créée par la nature ne parvenait pas à dissiper sa tristesse.

Bethany était morte et elle n'aurait plus jamais l'occasion d'admirer un paysage d'hiver...

D'ordinaire, Elizabeth traversait le campus d'un pas tranquille, se dirigeait sans se presser vers le parking. A cette heure matinale, les pelouses étaient désertes et elle appréciait le calme qui régnait.

Pas aujourd'hui.

Elle jetait de fréquents coups d'œil par-dessus son épaule, et fut soulagée de croiser quelques étudiantes bruyantes. Le temps d'arriver à la bibliothèque, elle rencontra un groupe de jeunes filles à l'image de Bethany. Elles la saluèrent sans s'arrêter. D'autres la doublèrent, à vélo, pédalant énergiquement pour se réchauffer, un panache de buée s'échappant de leur bouche.

Les élèves d'Heathrow étaient à peine plus jeunes que leur professeur, songea Elizabeth. Leurs visages frais affichaient encore l'innocence de l'enfance. Etaient-elles au courant, pour la mort de Bethany ?

Probablement pas. Elles recevraient de plein fouet la nouvelle, incrédules : à vingt ans, on ne peut mourir. C'était inconcevable. La vie ne quittait que les vieux, voyons…

Par la suite, la curiosité prendrait le pas sur la peur, la tristesse. Il y aurait des échanges d'informations chuchotées, des questions suivies d'insinuations… Cette Bethany l'avait peut-être cherché après tout… Ce qui lui était arrivé ne pouvait se répéter parce que les autres ne lui ressemblaient pas…

Oui, il y aurait des rumeurs, parfois cruelles. Peu de compassion ou de chagrin, hormis dans le cercle d'amis proches de la jeune fille.

Puis la vie reprendrait son cours, et Bethany serait oubliée.

Mon Dieu ! Penserait-on à fermer ses yeux grands ouverts sur le néant avant de l'autopsier ?

Oh, quelle abomination ! Son existence commençait à peine. Quel monstre avait pu rompre le fil de cette vie pleine de promesses ? Quel mobile se cachait derrière ce meurtre atroce ? Une raison passionnelle serait tellement… rassurante. Car un petit ami délaissé, devenu fou de rage et de jalousie, ne ferait pas une autre victime.

Cullen ne croyait pas à l'hypothèse d'un tueur en série qui aurait recommencé à sévir hier après avoir commis quatre meurtres vingt ans auparavant.

Sauf s'il était très malin, se dit Elizabeth. Il avait pu se contenir pendant vingt ans. En suivant un traitement, peut-être. Ou à force de volonté tout simplement. La plupart des tueurs en série se prenaient pour des êtres supérieurs, capables de tenir la dragée haute à la police. Ils se montraient prudents, aussi. Les confondre relevait de la gageure. Que l'assassin des quatre femmes ait rongé son frein pendant deux décennies avant de céder de nouveau à ses démons était possible, quoi que prétendît Cullen. Il avait patienté jusqu'au moment où, las de lutter contre lui-même, il avait laissé les forces du Mal qui le hantaient l'emporter sur sa volonté.

David Bryson, reclus dans son nid d'aigle, invisible du campus, était-il cet être damné ? Las d'arpenter les salles et les couloirs de son château, avait-il fini par succomber au chant de sirènes démoniaques et, sorti en pleine nuit comme il le faisait toujours, avait-il attaqué la première proie que le hasard avait mise devant lui... Bethany ? Avait-il assouvi ses monstrueux besoins de sang et vingt années s'écouleraient-elles encore avant qu'ils ne se manifestent de nouveau ? Ou bien toutes les jeunes filles de Moriah's Landing étaient-elles désormais en danger de mort ?

Ce n'était pas un raisonnement de scientifique, se morigéna Elizabeth. Elle se faisait le relais de la rumeur publique, qui accusait certainement déjà Bryson.

La police l'avait interrogé, autrefois, et placé en garde à vue. Il n'était qu'un très jeune homme, que l'enquête avait blanchi. Bien. Mais cette enquête avait pu être bâclée. Et puis, Bryson était riche. L'efficacité d'un avocat de Boston, grassement payé, n'avait-elle pas pu changer le cours du dossier ?

Comment savoir ? Des hypothèses, voilà tout ce qu'elle était en mesure de faire, se dit Elizabeth en frissonnant. Elle était transie. Non pas de froid, mais de tristesse, de peur… Il lui semblait que tant que le meurtrier de Bethany serait en liberté, elle ne parviendrait pas à se réchauffer. Resserrer les pans de son manteau autour d'elle comme elle le faisait ne servait à rien.

Les bras croisés sur la poitrine, elle accéléra le pas.

Lucian l'attendait sur le perron de la bibliothèque. Très élégant dans son pardessus en cachemire. Trop élégant pour un samedi matin à Moriah's Landing… Qu'allait-il penser d'elle ? Elle portait un jean et un vieux pull sous son manteau. En choisissant ses vêtements, elle ne s'était pas souciée de son apparence mais de la température extérieure… Lucian LeCroix lui trouverait piètre allure, surtout à cause de ce bonnet enfoncé jusqu'aux oreilles. La femme qu'il avait vue la veille au bal chez les Pierce présentait peu de points communs avec celle qui s'avançait vers lui en cet instant…

Pourtant, il lui sourit chaleureusement dès qu'elle le rejoignit. Ainsi, il l'avait assez bien observée, hier soir, pour graver ses traits dans sa mémoire…

Exactement comme elle, elle avait gravé le visage de cet homme dans la sienne. Ses yeux, particulièrement. Ils étaient tellement fascinants… Noirs. Jamais elle n'aurait imaginé que des yeux puissent l'être vraiment. Marron foncé, oui. Mais aussi sombres, non. Ni capables d'irradier autant d'intelligence. Ils étaient également mystérieux, intrigants. Une grande partie de la séduction de LeCroix résidait dans ce regard.

Une grande partie seulement.

Car le reste de sa personne ne la laissait pas non plus indifférente. Haute stature, larges épaules, traits virils adoucis par une chevelure un peu trop longue, avec une mèche folle sur le front… Lucian LeCroix évoquait l'un de ces mannequins sophistiqués et néanmoins très virils qui faisaient la couverture des magazines de mode, genre *Vogue*.

— Bonjour, mademoiselle Douglas ! lui dit-il avec un large sourire.

Sa voix lui faisait l'effet du miel coulant sur de l'acier.

Elizabeth lui tendit la main, sans retirer son gant de laine.

— Bonjour. Je ne suis pas en retard, j'espère ?

— Pile à l'heure. Je n'en reviens d'ailleurs pas : je m'étais dit que vous ne viendriez pas.

— Pourquoi ?

— A cause de ce qui est arrivé cette nuit. J'ai appris que c'était vous qui aviez découvert le cadavre.

— Qui vous a mis au courant ?

— Dès que la police est arrivée, la nouvelle a couru parmi tous les invités.

— Oh, je vois.

Le regard d'Elizabeth s'égara sur le campus désert.

— Qu'y a-t-il, mademoiselle Douglas ? Ça ne va pas ?

— Hein ? Si, ça va. C'est juste que je…

A quoi bon poursuivre ? LeCroix pouvait imaginer les images insoutenables qui jaillissaient de sa mémoire.

— Le choc a dû être terrible, pour vous, reprit-il d'un ton empreint de compassion. Est-ce que… est-ce que c'est vrai que le corps ne portait aucune lésion ? Pourquoi la police a-t-elle conclu à un meurtre ? Et pourquoi pas à un suicide ?

— Non. Bethany a été tuée ailleurs puis transportée chez les Pierce. Elle était morte lorsque on l'a pendue.

— Epouvantable. Pourtant…

— Monsieur LeCroix, s'il vous plaît, changeons de sujet. Je ne veux pas parler de cela aujourd'hui. Le soleil brille, le ciel est limpide…

Une belle journée en perspective. La mort de Bethany paraissait soudain irréelle, estompée par la clarté du matin. Le soleil éloignait le Mal, qui avait besoin de ténèbres pour s'épanouir, comme une fleur vénéneuse.

— Commençons la visite guidée, si vous le voulez bien, monsieur LeCroix.

— Entendu. A condition que vous m'appeliez Lucian.

— Entendu. Moi, c'est Elizabeth.

Il hocha la tête, mais elle le sentait contrarié. Sans doute aurait-il aimé discuter du meurtre, lui poser des questions… Il devait être frustré de ne pas pouvoir lui soutirer plus d'informations, alors que c'était elle qui avait découvert le corps.

Mais son mécontentement fut de courte durée. Son sourire revint, charmeur, et c'était plus qu'un simple sourire affable, se rendit compte Elizabeth. Il exprimait un… vrai plaisir.

Celui de la regarder ? Un autre homme, après Cullen, s'intéressait à elle ? Incroyable.

Hier soir, pour la première fois, Cullen l'avait désirée. Du moins, lui semblait-il. Elle avait si peu d'expérience en la matière…

Allons, un peu de lucidité, ma fille.

Comment aurait-elle pu tout à coup plaire à Cullen ? Il ne la considérait pas comme une femme, mais une gamine insupportable, une petite prétentieuse avide de l'éblouir par son savoir. Ce qu'elle avait pris pour une lueur de convoitise dans ses yeux n'était que de l'étonnement. Le décolleté magnifié par le soutien-gorge pigeonnant l'avait laissé stupéfait, voire choqué. C'était tout.

— Elizabeth ?

— Mmm ?

Ses pensées dérivant, elle avait oublié avec qui elle se trouvait et pour quelle raison.

— Excusez-moi, Lucian. Je réfléchissais à quelque chose.

— Ah. J'avais peur que vous ne pensiez que cette visite du campus était une corvée.

— Pas du tout. Mais peut-être trouvez-vous qu'il fait trop froid et préférez-vous remettre cette visite lorsque le temps sera plus clément ?

— Absolument pas. En fait, j'adore le froid.

Il souriait toujours, montrant une dentition à faire pâlir d'envie un acteur de cinéma. Il était, vraiment, séduisant. Pas autant que Cullen, bien sûr. Mais tout de même, cela faisait plaisir d'être admirée par un homme comme lui.

Grâce à lui, elle prenait conscience de sa féminité. Elle n'était plus le vilain petit canard qu'elle croyait être. Le cygne s'éveillait en elle.

— Je suis prête, Lucian. On y va ?

— Volontiers. Je suis tout à vous, chère Elizabeth.

Il flirtait ! Oh, mon Dieu… Elle ignorait le mode d'emploi du flirt, mais pressentait qu'elle ne serait pas longue à le connaître. La méthode empirique était certainement la plus fiable.

— Avez-vous trouvé un logement ? s'enquit-elle. Y êtes-vous déjà installé ?

Ils s'engageaient dans l'allée principale, marchant côte à côte, accordant leur pas.

— Oui, j'ai loué un charmant pied-à-terre à Raven's Cove. J'espère que vous m'y rendrez visite.

L'embarras assourdit la voix d'Elizabeth lorsqu'elle répondit :

— J'aimerais bien, oui…

Une visite chez Lucian ? Impensable !

Vite, changer de sujet… Celui-là était brûlant.

— Euh… La faculté est relativement petite, comme vous avez dû vous en rendre compte. Nous allons faire le tour du bâtiment pour que vous vous fassiez une idée précise. Ensuite, nous jetterons un coup d'œil à l'intérieur : le samedi matin, peu de classes sont occupées.

Flanquée de Lucian, la jeune femme se dirigea vers l'aile sud, là où les hauts murs de l'établissement touchaient presque la forêt. Nombre de grosses branches passaient par-dessus le faîte du mur… Une invitation à l'évasion pour les étudiantes sportives. Une fois de l'autre côté, gagner la route qui conduisait en ville était un jeu d'enfant. Mais la ville n'était pas leur seule destination : il y avait aussi la plage, et le front de mer bordé de bars et de dancings ouverts jusque tard dans la nuit.

Kat, toujours intrépide et pleine de vie, avait souvent entraîné Elizabeth dans des escapades discrètes grâce à ces branches basses.

— Considère que ces écarts par rapport à la discipline font partie de ton éducation, lui assurait Kat tout en l'aidant à franchir le mur. Tu auras de bonnes histoires à raconter à tes petits-enfants.

Par prudence, Kat s'habillait de noir lors de ces sorties. Pantalon et blouson de cuir avaient sa préférence. Prête à affronter tout ce qui l'attendait « dans le monde réel », comme elle disait. Aussi agile qu'un chat, elle retombait toujours sur ses pieds après avoir lâché la dernière branche. Elizabeth, elle, se retrouvait sur les fesses, mais la chute ne la refroidissait pas. Elle suivait aveuglément Kat, dont l'un de leurs professeurs avait dit qu'elle exerçait une mauvaise influence sur elle. Balivernes ! Kat la forçait à sortir de sa coquille et c'était une bonne chose.

Qu'aurait dit Kat de son incursion dans le funérarium ? Et de ces quelques minutes passées en tête à tête avec Cullen dans le cottage ?

— Vas-y, ma fille ! Fonce ! lui aurait-elle conseillé.

— Quel charmant sourire, Elizabeth, remarqua Lucian, l'arrachant à ses pensées.

— Oh, pardon. J'étais loin. Je songeais à ma vie lorsque j'étais étudiante ici… Heathrow College est le premier endroit où je me sois vraiment sentie chez moi, vous savez.

Qu'une information aussi personnelle lui eût échappé la consterna. Pourvu que Lucian ne pose pas de questions…

— C'est un très beau campus, dit-il seulement.

— Oh, oui, approuva-t-elle.

La mort de Bethany ternissait cette beauté.

Etait-elle décédée ici ? Après s'être trouvée seule avec un homme, comme elle-même en cet instant ? Il n'y avait personne alentour… et elle ne savait rien de Lucian LeCroix.

Quelques instants auparavant, l'intérêt manifeste que lui portait Lucian l'avait flattée. Mais maintenant, elle se sentait mal à l'aise. Plus âgé qu'elle, manifestement très expérimenté avec les femmes, il se méprenait peut-être sur ses intentions : elle avait accepté ce rendez-vous, rendait sourire pour sourire… Allait-il la considérer comme une proie facile ? Après tout, il avait certainement remarqué qu'elle était arrivée seule à la soirée des Pierce et qu'elle avait fait… tapisserie.

Il ne se trompait pas, elle était disponible, mais pas pour lui !

— Venez, dit-elle, pressée de quitter cette partie du campus éloignée des bâtiments et trop déserte à son goût pour rester en compagnie d'un homme comme Lucian LeCroix.

Elle l'amena devant l'aile dévolue aux sciences naturelles, qui portait le nom de Natasha Pierce.

— Ce bâtiment a été édifié récemment, expliqua-t-elle, mais l'on ne s'en rend pas compte. L'architecte a fait en sorte de l'intégrer au style existant.

Lucian s'approcha de la plaque de marbre incrustée dans le granite de la façade.

— Pierce ? Le même nom que celui de nos hôtes d'hier soir ?

— Oui. L'histoire des Pierce est étroitement liée avec celle de l'université. La construction a été réalisée grâce aux dons de la Fondation Pierce, laquelle a été créée il y a bien longtemps par un des membres de la famille, scientifique de renom. Les générations suivantes ont eu à cœur de maintenir cette fondation très active. Cette aile est dédiée à la mémoire de Natasha, morte il y a cinq ans dans un accident de bateau.

Elizabeth, le cœur lourd comme chaque fois qu'elle songeait à Tasha, commença à gravir les marches du perron.

— Voulez-vous jeter un coup d'œil à l'intérieur ? Le département de biologie possède un laboratoire de recherche qui est un modèle du genre.

— Allons voir, mais je dois vous avouer que la science n'est pas ma tasse de thé. Disséquer des grenouilles ou des embryons de cochon ne me séduit guère.

Mais il visiterait même la déchetterie pourvu qu'elle reste auprès de lui, semblaient lui dire ses yeux…

Elizabeth secoua doucement la tête. Pour dire non. A son imagination : sa compagnie ne charmait pas Lucian LeCroix. Il se sentait seul, à Heathrow College, il n'avait fait la connaissance d'aucun autre collègue. Tout ce qu'il recherchait, c'était un peu de chaleur amicale.

Voilà. Dans sa tête, elle avait remis les choses à leur place. LeCroix ne fantasmait pas sur elle. Comment l'aurait-il pu ? Mal fagotée, les traits tirés, elle n'était pas le genre de femme à faire rêver les hommes. Surtout pas ceux de l'espèce de LeCroix : Un don Juan expérimenté, qui savait donner à la moins attractive des femmes l'impression d'être ensorcelante.

« Un brise-cœur », aurait dit Brie.

« Une source d'ennuis et de déconvenues », aurait renchéri Kat.

— Elizabeth ?

Elle sursauta.

— Oui ?

— Vous m'intriguez. Où s'en va votre esprit lorsque vous avez l'air si lointaine ?

— Oh, nulle part d'intéressant.

Ils avaient franchi le seuil du vestibule. Du doigt, elle montra la cage de l'ascenseur.

— On y va ?

Le laboratoire ultramoderne, pourvu d'un équipement de plusieurs millions de dollars, occupait tout le sous-sol du bâtiment. Et même plus. Car plus de trois mille mètres carrés avaient été creusés directement dans la roche. La générosité des Pierce n'avait pas de bornes. Dès qu'une machine de haute technologie sortait sur le marché, la fondation en faisait l'acquisition.

L'ascenseur les déposa dans un hall aux cloisons de verre dépoli.

De la lumière filtrait à travers les vitres opaques. Quelqu'un travaillait. Sans doute une étudiante procédant à une expérience.

En ouvrant la porte, Elizabeth reconnut Paul Fortier, l'un des professeurs de biochimie, habillé d'une blouse blanche et penché sur une paillasse,

— Docteur Fortier ? demanda-t-elle.

Manifestement pris par surprise, l'homme sursauta. Si vivement qu'il lâcha le tube à essais qu'il tenait à la main.

Son contenu se renversa sur le carrelage blanc.

Un liquide épais. Rouge.

8.

— Oh, je suis désolée, docteur, je ne voulais pas vous faire peur.

Paul Fortier s'était rapidement ressaisi, mais un spasme nerveux agitait la commissure de ses lèvres.

— Docteur Douglas, vous auriez pu songer à frapper avant d'entrer !

— La porte était ouverte. Et jusqu'à maintenant, je suis toujours entrée sans frapper dans le laboratoire.

— Euh oui, oui. N'empêche, ce n'est pas une bonne idée de prendre quelqu'un au dépourvu…

— Je vais vous aider à nettoyer, docteur Fortier.

— Non !

Elizabeth le regarda avec étonnement. Sa proposition semblait l'affoler.

— Je m'en occuperai moi-même.

Mais au lieu d'essuyer la flaque écarlate, il récupéra une boîte en plastique sur la paillasse et courut la ranger dans le réfrigérateur. Le plastique translucide permit à Elizabeth de voir plusieurs tubes pleins de liquide rouge à l'intérieur.

Cela lui remit à la mémoire le tube à essais trouvé dans la chambre froide du funérarium. Qui l'avait laissé là ? Certainement pas un membre de l'équipe de Krauter. Les substances qu'ils utilisaient pour les embaumements se trouvaient dans la salle réservée à cette opération. Pas dans la chambre froide. Et on les gardait dans de grands flacons, pas dans de petits tubes à essais...

Pourtant, quelqu'un avait laissé l'un de ces cylindres de verre dans la salle où reposait Bethany. Qui ? Le tueur ? Non. L'hypothèse ne tenait pas debout. S'il avait désiré prélever un échantillon du sang de Bethany, il aurait eu tout le loisir de le faire plus tôt. Juste après l'avoir assassinée.

Le regard d'Elizabeth alla des débris de verre sur le carrelage au visage de Fortier. Quelles expériences menait-il ici ? Il n'en parlait jamais.

A vrai dire, il ne parlait de rien à personne. Nul ne savait grand-chose concernant Fortier, mis à part ses écarts avec des étudiantes, qui alimentaient la rumeur de son donjuanisme.

C'était à n'y rien comprendre, d'ailleurs, se dit Elizabeth. Fortier était un banal quadragénaire, barbu et moustachu. Pas de quoi chavirer des cœurs juvéniles... A moins que les jeunes filles n'aiment son air pincé, son allure hautaine et son grand nez !

Il donnait satisfaction dans son domaine, la thérapie génique, c'était certain. Par ses parents, Elizabeth savait qu'il avait autrefois travaillé pour un grand laboratoire de Boston, puis avait abandonné la recherche pour devenir professeur. Un choix que les Douglas ne comprenaient pas, bien entendu.

Mais Fortier ne se contentait pas de donner des cours. Il procédait encore à des expériences : sa présence ici en ce samedi matin l'attestait.

Et avoir été dérangé le contrariait.

— Vous vouliez quelque chose, docteur Douglas ? s'enquit-il d'un ton sec.

— Oui. Vous présenter le Pr Lucian LeCroix qui va occuper la chaire de littérature anglaise.

Elle se tourna vers Lucian.

— Voici le Dr Fortier, responsable du département de biologie.

— Vous m'excuserez si je ne vous serre pas la main, professeur LeCroix…

Fortier portait des gants en latex, mais Lucian ne parut pas remarquer son geste quand le biologiste leva les mains en guise d'explication. Pétrifié, il rivait les yeux sur la tache rouge qui maculait le carrelage.

— Est-ce… du sang ? interrogea-t-il d'une voix nouée.

— Oui, le sang d'un rat.

Un seul rat ? Oh, non ! rectifia Elizabeth à part elle. Une telle quantité de sang aurait impliqué le sacrifice d'une bonne douzaine de rongeurs. A quelle sorte d'expérience Fortier se livrait-il donc pour avoir besoin d'autant de sang ?

Elle brûlait de le lui demander, mais s'en abstint. Fortier lui répliquerait sans doute que cela ne la regardait pas.

— Elizabeth ?

Lucian avait posé la main sur son bras. Dans son intonation, la jeune femme avait perçu une note angoissée.

— Vous allez bien, Lucian ?

Il retira sa main et la porta à sa gorge, comme si tout à coup le col de sa chemise l'étouffait.

— Elizabeth, cela ne vous ferait rien si j'allais vous attendre dehors ? J'ai besoin d'un peu d'air.

— Oh, je comprends et…

Elle n'eut pas le temps de poursuivre. Lucian avait déjà tourné les talons, traversé le hall et s'était engouffré dans l'ascenseur.

— Eh bien, notre nouveau collègue me fait l'effet d'une petite nature, fit Fortier d'un ton condescendant.

— On le dirait, oui. Il est vrai que la littérature anglaise est exempte de sujets d'émotion brutale.

— Oh, je n'en suis pas si sûr. Les romans d'aujourd'hui sont parfois si violents… Ne vous en êtes-vous pas rendu compte, docteur Douglas ?

— Je ne lis guère de fiction.

Ce n'était pas tout à faite exact. Elle prisait un genre de fiction… particulière, qu'elle gardait dans un placard, bien caché, sous clé.

— Vous ne voulez vraiment pas un coup de main, docteur Fortier ? demanda-t-elle, montrant du doigt la tache sur le sol. Après tout, c'est ma faute si vous avez laissé tomber le tube.

— Non, merci. Je vais m'en occuper. Mais pourquoi êtes-vous venue ? Vous cherchez quelque chose de précis ?

Dans un premier temps, il avait donné à Elizabeth l'impression d'être une intruse. Maintenant, bizarrement, il semblait désireux de la retenir dans le laboratoire.

— Eh bien… Vous n'étiez pas au bal masqué des Pierce, hier soir, n'est-ce pas, docteur Fortier ?

Il eut un rire sarcastique.

— Non. J'imagine que l'invitation qui m'était destinée a été oubliée au centre de tri postal… Pourquoi me posez-vous cette question ? J'ai manqué l'événement du siècle ?

La jeune femme fixait le biologiste, troublée. Le corps de Bethany ne portait ni marque ni trace de sang. Il n'y avait pas non plus de sang dans la véranda.

Le tueur avait veillé à préserver l'intégrité du corps. Pourquoi ?

— Oui, il s'est passé quelque chose, hier soir. Une étudiante a été retrouvée morte chez les Pierce.

Elizabeth marqua un temps, puis elle ajouta en fixant Fortier droit dans les yeux :

— Bethany Peters. Vous la connaissiez ?

Dans le regard du biologiste passa une lueur qu'Elizabeth fut incapable d'interpréter.

Il se détourna, revint vers la paillasse, et prit un carnet de notes et un crayon. Il se comportait comme quelqu'un désireux de gagner du temps.

— Bethany Peters ? répéta-t-il finalement, très calme. Que lui est-il arrivé ?

— Elle a été assassinée.

— Mon Dieu ! Le coupable a-t-il été arrêté ?

— Pas encore.

— Comment est-elle morte ?

Maintenant, il lui tournait carrément le dos. Elizabeth remarqua à ce moment-là sur sa blouse, à hauteur du coude, un accroc et des marques rouges. De longues stries, comme si des doigts sanguinolents avaient agrippé le tissu avant de glisser dessus. Et de le déchirer !

Lentement, il lui fit de nouveau face. Son visage n'exprimait pas le moindre émoi. Pourtant, Bethany avait dû faire partie de ses élèves.

— Elle était pendue dans la véranda des Pierce.

— Eh bien ? La cause de son décès est donc évidente !

— Non. La police est certaine que Bethany était déjà morte quand on l'a pendue. Qu'elle a été tuée ailleurs que chez les Pierce et transportée là.

Les sourcils de Fortier se relevèrent en accent circonflexe.

— Pourquoi diable ferait-on une chose pareille, aussi compliquée, et aussi risquée ?

Etrange façon de considérer le problème, se dit la jeune femme. Dans l'optique du tueur.

— Je l'ignore, docteur Fortier. Dites-moi, Bethany faisait partie de vos élèves, n'est-ce pas ?

Les sourcils de Paul Fortier se froncèrent.

— J'ose espérer que vous n'insinuez pas que…

— Je n'insinue rien. Je voulais seulement savoir si elle était présente aux cours ces derniers jours.

— Ah. Laissez-moi réfléchir… Elle a été absente un jour ou deux, me semble-t-il. J'ai pensé qu'elle avait la grippe. Il y a une épidémie sur le campus. J'ai moi-même été malade… et vous aussi, si je me rappelle bien.

— C'est exact. Je suppose que la police va vous interroger.

— La police ? Et pourquoi ?

— L'inspecteur en charge de l'enquête voudra parler aux dernières personnes susceptibles d'avoir vu Bethany la veille ou le jour même de sa mort. Savoir avec qui elle était amie, si elle avait un petit copain, ce genre de choses… Cela peut fournir des indices aux enquêteurs.

La mine de Fortier s'assombrissait à vue d'œil.

— Je ne vois pas pourquoi les flics me demanderaient ça à moi. Je ne sais rien, voyons. Bethany Peters était l'une de mes élèves, c'est tout. Très médiocre, je dois le préciser.

Il prit le temps de retirer ses gants en latex et de les poser sur la paillasse avant d'ajouter :

— Pourquoi vous mêlez-vous de cette affaire, docteur Douglas ?

— Bethany était étudiante ici, vous venez de le dire. Il est donc normal que je me sente concernée.

— Vous me semblez plus que concernée. J'ai même l'impression que vous êtes en train de me faire subir un interrogatoire en règle.

— Mais pas tout, assura Elizabeth, le cœur battant.

Malin, Paul Fortier. Très malin.

— Non ? Que faites-vous alors ?

— Je… je vous prépare simplement à ce qui va suivre, à savoir que la police vous interrogera et vous demandera la même chose que moi.

— Vous me rendez service, donc. Comme c'est gentil à vous…

Elizabeth préféra ignorer l'ironie qu'elle percevait dans le ton doucereux de Paul Fortier.

— Je vous en prie, c'est normal. Mais vous ne m'avez pas répondu. Que savez-vous de la vie sociale de Bethany ?

— Je ne tiens pas un registre sur l'emploi du temps de mes élèves, docteur Douglas. Pas plus que vous ne le faites, n'est-ce pas ?

— Non. Euh, je…

— Je suis tout de même en mesure de vous fournir un élément. Je l'ai gardé en tête parce qu'il m'a étonné. Bethany aurait adhéré à une secte.

— Une secte ? De quel genre ?

— Aucune idée. Je ne sais même pas si c'est vrai. Vous savez comment sont les étudiants sur un campus. C'est un milieu en vase clos. On parle, on colporte des informations difficiles à vérifier. C'est pour cela que je ne prête guère attention aux rumeurs.

Elizabeth en doutait. Elle aurait mis sa main au feu que, contrairement à ses assertions, Fortier était en permanence à l'affût des ragots, des bruits de couloir. Par prudence : il tenait à savoir ce que l'on disait de lui.

— Je vais vous rendre à vos occupations, docteur Fortier, dit Elizabeth en se dirigeant vers la porte. Vous étiez en plein travail et je vous ai interrompu. Au fait, votre blouse a un accroc.

Immédiatement, il tendit le bras et regarda sa manche.

Tiens, tiens…

Volontairement, elle n'avait pas précisé l'endroit où la blouse était déchirée.

— Ah, oui. Je me suis accroché à un clou, hier.

— On dirait que vous vous êtes écorché en même temps, insista Elizabeth, il y a du sang sur l'étoffe.

Tout d'abord, Fortier parut étonné par la remarque. Puis amusé.

— Du sang ? Ah oui. Vous savez à quel point les travaux pratiques peuvent être salissants… Vous en avez eu un exemple à votre arrivée, avec le tube à essais.

Il retroussa sa manche et récupéra ses gants.

— Je me remets au boulot. Au revoir, docteur Douglas.

— Au revoir, lâcha-t-elle après un dernier regard sur le sang répandu par terre.

Lucian lui décocha un coup d'œil piteux quand elle ressortit du bâtiment.

— Désolé d'avoir pris mes jambes à mon cou comme ça, Elizabeth… Il fallait vraiment que je prenne l'air.

Pourquoi ne pas simplement avouer qu'il ne supportait pas la vue du sang ? Par pudeur ? Ou plutôt, parce qu'il avait honte de montrer une faiblesse ?

— Ça va mieux, maintenant, Lucian ?

Il sourit et, dans la lumière du soleil, ses dents scintillèrent comme de la nacre polie.

— Je vais très bien. On continue la visite ?

Elizabeth proposa d'entrer dans la bibliothèque, tout en précisant qu'ils allaient devoir affronter le froid pour la rejoindre.

— J'aime le froid, je vous l'ai déjà dit.

Un temps, celui de resserrer son cache-nez, puis il demanda :

— Dites-moi, Elizabeth, ce Fortier, vous le connaissez bien ?

— Cela fait plusieurs années qu'il est à Heathrow mais je ne peux pas dire que je le connais bien. Pourquoi ?

— Ce type m'a fichu mal à l'aise. J'ai ressenti des ondes très négatives.

— C'est vrai qu'il est un peu étrange. Je suis sûre que vous aurez très vite l'occasion d'entendre de drôles d'histoires sur son compte.

— Quel genre d'histoires ?

Elle hésita.

— Eh bien... Je crois que je ne devrais pas contribuer à alimenter les rumeurs sur mes collègues... nos collègues, Lucian. Je n'aimerais pas que l'on parle de moi dans mon dos. Alors j'ai à cœur de...

— Attendez, Elizabeth. C'est vous qui venez de mentionner ces rumeurs. Maintenant, vous êtes obligée d'aller jusqu'au bout. Surtout si vous pensez que je dois être au courant.

— Mmm. Vous avez raison. Heathrow est une université de filles et Moriah's Landing est une petite ville dans laquelle il n'y a guère de femmes disponibles. Les hormones étant ce qu'elles sont...

— Celles de Fortier en particulier ?

— On a souvent chuchoté qu'il avait des aventures avec des élèves.

— Etait-ce vrai ?

— Peut-être. Il y a de fortes présomptions pour que cela soit vrai.

Elizabeth se décida à en dire plus :

— Il y a eu un incident qui remonte à quelques années qui a failli valoir à Fortier son renvoi de l'université. Une étudiante l'a accusé de l'avoir violée. Elle s'est rétractée peu après, avouant avoir cherché à se venger de mauvaises notes qu'il lui avait données. Paul a été totalement blanchi et l'étudiante transférée dans une autre fac. Au bout d'un moment, les ragots ont cessé, mais, à la moindre occasion, ils resurgissent. Moi-même, je me suis souvent interrogée…

— Vous vous êtes demandé si Fortier n'avait pas vraiment essayé de violer la jeune fille et ne se serait pas débrouillé pour qu'elle revienne sur sa dénonciation.

— Oui, mais je serais plus avisée de me taire.

— Je comprends vos scrupules…

Un bref silence, puis :

— Selon vous, Elizabeth, à quel genre d'expérience se livre Fortier, au laboratoire ?

— Sa spécialité, c'est la biologie moléculaire. Il s'y connaît aussi un brin en génétique. Avant de venir ici, il travaillait pour l'Institut de thérapie génique du Massachusetts.

— Et qu'est-ce qui l'a amené à quitter un établissement aussi prestigieux pour venir à Moriah's Landing ?

— Je l'ignore. Et je me pose la même question. Quoique Heathrow College soit très renommé.

Elizabeth s'interrompit, secouant la tête d'un air étonné.

— Et vous, Lucian, vous êtes très brillant. Alors, comme pour Fortier, je me demande ce qui vous a conduit à Heathrow.

— Eh bien… Disons que j'avais besoin de prendre du champ.

— De… fuir ?

— Oui. J'étouffais à Boston. Sans entrer dans les détails, je dirai que le Dr Barloft est venu me trouver au moment opportun.

— Je vois.

En fait, elle ne voyait pas. Lucian LeCroix se dissimulait derrière un mur de brouillard, qu'il densifiait à volonté.

Sans doute se rendit-il compte du trouble de la jeune femme, car il précisa :

— Une relation… très privée a mal fini. Il me fallait prendre de la distance. Géographiquement et mentalement.

Lucian se tut pendant quelques secondes, comme s'il revivait ce qu'il l'avait poussé à fuir.

— Pour dire les choses clairement, reprit-il en souriant, j'avais une liaison avec une femme mariée. Je n'en pouvais plus de cette double vie qu'elle menait, de la clandestinité… Je lui ai posé un ultimatum en lui demandant de choisir. Eh bien, elle l'a fait. Elle est restée avec son mari. La seule sortie en beauté à ma portée, c'était de disparaître de son horizon.

— Lucian, je… je ne voulais pas vous forcer à me révéler tout cela. C'est votre vie privée, comme vous l'avez précisé, et…

— Vous vous demandiez pourquoi j'étais venu à Moriah's Landing. Maintenant, vous savez. Mais…

Il s'immobilisa à la croisée de deux allées et se plaça face à la jeune femme.

— … ce qui m'intrigue, moi, c'est pourquoi vous n'êtes pas partie de Heathrow après vos études.

— Je vous l'ai dit. Parce que je m'y sens chez moi.

— Vous avez dû avoir une enfance bien triste, pour penser cela…

— Je… j'ai eu une enfance solitaire.

— Vous êtes fille unique ?

— Je l'étais jusqu'il y a quatre ans. J'ai désormais un adorable petit frère.

— Par exemple ! Pourquoi vos parents ont-ils attendu si longtemps avant d'avoir un deuxième enfant ?

— J'avoue moi aussi me l'être demandé.

Elle avait trouvé la réponse. Marion et Edward Douglas s'étaient résignés au fait qu'Elizabeth refusait obstinément de se fondre dans le moule qu'ils avaient façonné pour elle. Leur petit garçon, plus tard, comblerait peut-être leurs attentes.

Ce ne fut pas ce qu'elle dit à Lucian.

— Ils se sentaient vieillir... Ils ont dû traverser une sorte de crise. D'autres auraient voyagé, se seraient offert une voiture de sport... ou auraient eu des liaisons à droite et à gauche. Eux, ils ont fait un bébé.

Elle discerna une lueur de tristesse dans les yeux de Lucian. Sans doute songeait-il que lui aussi aurait pu avoir un enfant, si cette femme qu'il aimait ne lui avait pas préféré son mari...

— Revenons à Fortier, dit-il avec un entrain manifestement forcé. Il travaillait dans la génétique, Elizabeth ? Cela me rappelle que...

Lucian s'interrompit abruptement. Son regard fixait un point dans le lointain. Elizabeth regarda dans la même direction et découvrit Cullen sur les marches du perron de la bibliothèque. Il faisait les cent pas. Comme Lucian, il portait un long manteau que le vent faisait voleter autour de ses jambes élancées. Les mains enfoncées dans les poches, il semblait incommodé par le froid et... énervé.

Dès qu'il aperçut Elizabeth et Lucian, il dévala les marches et fonça vers eux.

— Elizabeth..., commença-t-il après avoir salué Lucian d'un léger hochement de tête.

— Bonjour, Cullen.

Que faisait-il là ? Et comment avait-il su où la trouver ?

Mais pourquoi l'aurait-il cherchée ? Le hasard l'avait amené devant la bibliothèque, tout simplement.

Non. Son regard aigu disait autre chose.

Intriguée, Elizabeth attendit sans mot dire. Se pouvait-il que Cullen ait eu envie de la revoir… en dehors de l'enquête ?

Cette idée lui donna un frisson de plaisir. Le fait que Cullen dévisage Lucian sans aménité confortait cette hypothèse. Le considérait-il comme un rival ? Manifestement, il l'évaluait. Sans sourire et en silence.

— Cullen, je te présente le Pr Lucian LeCroix qui…

— Nous nous sommes déjà rencontrés, coupa Cullen.

— Oui, cette nuit, ajouta Lucian. Je faisais partie des invités de la soirée… L'inspecteur Ryan m'a interrogé.

L'embarras gagna Elizabeth. Elle ignorait pourquoi, mais elle se sentait affreusement mal à l'aise. Coupable. Mais de quoi, grands dieux ? Décidément, il fallait qu'elle soit sacrément perturbée pour avoir des réactions aussi incompréhensibles.

A moins que la contrariété évidente de Cullen n'en soit à l'origine. Une expression renfrognée sur le visage, il lui demanda sèchement :

— Elizabeth, as-tu une minute à me consacrer ?

— Oui, bien sûr. Je faisais visiter le campus à Lucian et…

— Vous vous êtes suffisamment dévouée pour ce matin, Elizabeth, intervint Lucian d'un ton aimable. J'ai abusé de votre temps. Et j'y ai pris beaucoup de plaisir… Nous continuerons une autre fois. D'accord ?

— Sans problème. J'espère que vous serez heureux à Heathrow, Lucian.

— Tous les atouts sont réunis pour que ce soit le cas…

Il ponctua sa remarque d'un sourire entendu qui fit monter le rouge aux joues de la jeune femme.

— A bientôt, ajouta-t-il.

Il prit la main gantée d'Elizabeth et la porta à quelques centimètres de ses lèvres, puis s'en fut.

Lorsque sa haute et élégante silhouette eut disparu à l'angle du bâtiment, Cullen haussa les épaules.

— Quel snobinard prétentieux ! commenta-t-il.

— Chut ! Il pourrait t'entendre ! Il n'est pas très loin.

Et il n'était ni snob ni prétentieux, rectifia Elizabeth intérieurement. Seulement courtois et distingué.

— Depuis quand Elizabeth Douglas se préoccupe-t-elle des sentiments de quelqu'un ? Hein, Lizzie ? Qu'est-ce que ça peut te faire que j'aie vexé ce type ?

— Ne m'appelle pas Lizzie ! Je déteste ce diminutif !

— Pour moi, tu es Lizzie.

— Non. Je ne suis plus une gosse. Lizzie, ça allait quand j'avais quinze ans. Plus maintenant. Que fais-tu là, Cullen ?

— Je te cherchais.

Ainsi, elle ne s'était pas trompée…

— Qui t'a dit où me trouver ?

— Quelqu'un t'a entendue donner rendez-vous à LeCroix sur le campus.

— Qui donc ?

— Lizzie, un bon flic ne révèle jamais ses sources, répondit-il avec un petit sourire.

— Pfff…

La source, c'était Becca, évidemment. Cullen et Becca avaient parlé d'elle.

A propos du meurtre de Bethany, bien sûr. Comme Lucian, Becca faisait partie des invités du bal. N'empêche, avoir été le sujet d'une conversation entre Cullen et son amie ne lui plaisait pas.

— Pourquoi me cherchais-tu, Cullen ?

— Je voulais te demander de m'aider.

Elle resta quelques instants interdite avant de bredouiller :

— Mon aide ? Tu veux mon aide ? Dans quel domaine ?

— L'enquête.

— Tu te moques de moi !

Après tout ce qu'il lui avait dit, il avait changé d'avis ? Impossible. Un tel revirement n'était pas dans la nature de Cullen Ryan.

Sauf si quelqu'un avait estimé la collaboration d'Elizabeth Douglas intéressante.

Redfern. Le chef de la police. Elle savait qu'il avait de l'estime pour elle.

— Redfern t'a demandé de faire appel à moi, hein ?

— Pourquoi penses-tu ça ?

— Parce que tu as été on ne peut plus clair, cette nuit. Tu m'as dit d'aller au diable avec mes théories fumeuses et mon savoir livresque… Ce n'est pas un coup de baguette magique qui t'a fait changer d'avis.

— En quoi est-ce important que j'aie changé d'avis, Lizzie ?

Elle croisa les bras sur sa poitrine et le défia du regard.

— Pour moi, c'est important.

— Lizzie, tu es très douée pour rendre les choses encore plus difficiles qu'elles ne l'étaient déjà…

— Je t'écoute, Cullen Ryan !

— Eh, zut ! Si tu le prends sur ce ton, je ne vais pas y arriver !

— A quoi ? demanda-t-elle, imperturbable.

— A te prier de m'excuser, nom d'un chien ! cria-t-il.

— Parce que c'est ce que tu fais, là, en ce moment ? Tu me présentes des excuses ? Par exemple ! Je ne m'en étais pas rendu compte.

— Effectivement, je n'ai pas dû être très explicite, grommela Cullen.

Elle cilla sous l'intensité des yeux gris rivés aux siens. Son visage se trouvait si proche qu'elle distinguait une fine cicatrice au-dessus du sourcil droit. Il ne l'avait pas, autrefois. Elle en était certaine. Elle n'avait rien oublié de Cullen Ryan.

Sauf, peut-être, l'attraction inouïe qu'il exerçait sur elle…

Lucian était séduisant.

Cullen, irrésistible.

Le problème, c'était de ne pas savoir ce qu'il voyait en elle. Toujours une adolescente insupportable ou une femme ?

— O.K., Lizzie, je vais essayer encore. Alors voilà. J'ai eu tort de refuser ta collaboration. Mais tu m'avais mis en colère en allant au funérarium toute seule.

— C'est ça, tes excuses ?

Elle eut envie de rire… Il fallait pourtant qu'elle garde son sérieux !

— Ouais, c'est ça, docteur Douglas. Contente-toi de cette amende honorable, parce que si tu penses que je vais me traîner à tes genoux pour te demander pardon, tu peux toujours courir !

— Très bien. Tu ne pourras pas dire que je ne suis pas conciliante… On oublie tout et on recommence.

Cullen poussa un long soupir.

— Ouf… Je me sens mieux. Débarrassé d'un fardeau. Parce que faire des excuses, ça me coûte.

Là, elle ne put s'empêcher de sourire.

— Bien, on repart de zéro comme tu l'as suggéré, Cullen. Je t'écoute.

— Le bureau de police de Moriah's Landing n'a pas beaucoup de moyens. On m'a offert ce poste parce que je suis un très bon flic, mais aussi parce que personne n'en voulait. Trop de paperasserie, des horaires de dingue... Je suis le seul inspecteur affecté aux enquêtes criminelles, Lizzie. La Crim', à Moriah's Landing, c'est le parent pauvre. Logique, quand on pense qu'il n'y a qu'un meurtre tous les trente-six du mois. L'ennui, c'est que le commissariat tout entier est sous-développé. L'ordinateur est poussif, et mes adjoints, s'ils sont de braves types, sont très peu expérimentés. Boston nous enverrait un super flic si Redfern le demandait, mais il semble se contenter de moi. Pourtant j'aurai bien besoin d'un coup de main et c'est pour cela que...

— ... tu fais appel à moi. J'ai compris. Comme Redfern avec toi, tu prends ce qui se présente, c'est-à-dire un prof de criminologie.

— Lizzie, j'ai jeté un coup d'œil à tes diplômes. Ils sont impressionnants. Personne n'en sait autant que toi, ici. Et puis... je ne suis pas assez stupide pour rejeter une aide précieuse sous prétexte de fierté mal placée. Tu es une femme, tu as vingt ans, mais un sacré cerveau. Donc, bossons main dans la main, si tu le veux bien.

Elizabeth se rendait compte que cette reddition lui coûtait. Cullen, quoi qu'il prétendît, était la fierté incarnée.

— Qu'aimerais-tu que je fasse ?

— Eh bien, pour commencer, que tu examines le corps.

Elle ravala les paroles désobligeantes qui lui venaient à la bouche. A quoi bon faire remarquer à Cullen que c'était dans ce but qu'elle s'était introduite dans le funérarium ? Que depuis le début, elle savait que l'examen attentif de la dépouille de la malheureuse jeune fille était important pour l'enquête ?

Qu'il croie donc que l'idée venait de lui. Elle pouvait bien lui accorder cette petite victoire…

— Cela me semble une excellente idée, Cullen, répondit-elle avec un large sourire.

9.

— On dirait une incision faite au scalpel, fit Elizabeth, penchée sur le corps de Bethany.

Une minuscule coupure sur la gorge de la jeune fille était la seule blessure visible.

Bethany se trouvait toujours dans la chambre froide du funérarium, en attente de son transport vers l'hôpital où aurait lieu l'autopsie.

— Tu as remarqué ça la nuit dernière, Cullen ?

— Pas moi. Le Dr Vogel.

— Qu'a-t-il dit ?

— Que cela évoquait pour lui une mise à nu de la carotide.

Horrifiée, Elizabeth porta la main à sa propre gorge.

— Mon Dieu… Bethany aurait été saignée à blanc ?

— L'autopsie nous renseignera.

A contrecœur, Elizabeth ramena son regard sur le corps.

— Ces marques, à l'intérieur du coude… Elles évoquent des piqûres d'aiguille.

— Je les ai notées. Penses-tu qu'elle pouvait se droguer ?

Elizabeth secoua la tête, tout en déplaçant le bras de Bethany de ses mains gantées de latex comme celles de Cullen.

— Des aiguilles ont été enfoncées là, c'est indubitable, mais je doute qu'elles l'aient été par Bethany.

— Moi aussi. Elle ne se serait pas donné la peine de les camoufler. D'autant moins que l'entaille sur la carotide l'était de la même façon… Le fond de teint qu'on voit a été appliqué *post mortem*. Mais ce qui m'intrigue le plus, c'est pourquoi le tueur se serait donné tout ce mal pour finir par la pendre, une fois morte.

— Le pendaison symbolise certainement quelque chose.

— Oui, mais quoi ?

— Le châtiment réservé aux sorcières qui avaient avoué ? On ne brûlait que celles qui niaient.

— C'est tiré par les cheveux, Lizzie.

— Pas tant que cela. J'ai appris aujourd'hui que Bethany fréquentait une secte.

— Qui t'a dit ça ?

— Paul Fortier. Tu le connais ?

— Non.

— Il occupe la chaire de biologie. Bethany était l'une de ses élèves.

— Et alors ?

— Il prétend avoir entendu cette rumeur sur le campus.

Elizabeth frissonna. Ce plateau de métal sur lequel reposait la jeune fille, cet air glacé soufflé par les régulateurs de température… Mon Dieu, qu'elle avait froid.

— Mmm. Ce Fortier, que sais-tu de lui ? J'ai la sensation que tu me caches quelque chose.

Oui. Des impressions, des intuitions. Rien de concret à livrer à Cullen. Avait-elle le droit de stigmatiser le professeur, simplement parce qu'elle n'aimait pas l'homme ? Il lui faisait peur et elle se méfiait de lui. Sa manche de blouse déchirée, les taches de sang sur le tissu nourrissaient son malaise.

A tort, sans doute. Les expériences avec du sang étaient forcément salissantes. Et la couleur de l'hémoglobine toujours choquante... Tout à l'heure, cette flaque sur le carrelage l'avait hypnotisée. Pourtant, le contenu d'un seul tube à essais s'était répandu par terre.

Ce sang... d'où Fortier le tenait-il ?

— Lizzie... Dis-moi à quoi tu penses.

— A Paul Fortier.

Et elle lui raconta. Sans faire état de ses soupçons. Mais Cullen savait entendre les non-dits.

— Tu crois que Fortier était dans son labo cette nuit ?

— Je ne sais pas. Cullen, nous devrions parler aux amies de Bethany. Essayer de découvrir si elle avait, ou avait eu, une relation intime avec Fortier.

— Donc, ce type est un amateur de chair très fraîche. Il séduit ses étudiantes, des gamines.

— C'est le bruit qui court sur le campus, oui.

— Et toi ? A-t-il jamais tenté de te séduire ?

— Comment ?

— Réponds à ma question, Lizzie.

— Eh bien... Il ne s'est pas vraiment montré entreprenant, c'est le moins que je puisse dire. Au début, il m'a vaguement tourné autour, mais je l'ai vite éconduit et ça s'est arrêté là. Il n'a pas insisté mais depuis, je le sens hostile. Il ne m'aime pas, c'est sûr.

— Cet homme te met mal à l'aise, je m'en rends compte.

— Pas parce qu'il m'a fait un brin de cour, il y a longtemps, Cullen. Ce qui me trouble, c'est quelque chose qu'il m'a dit.

— Qu'est-ce que c'était ?

— Une réflexion en rapport avec un mauvais rhume dont je souffrais… Je l'avais bousculé à la sortie d'une réunion. J'avais attrapé une espèce de grippe… tu sais comment on se sent dans ces cas-là. On n'est bien qu'au lit, et encore. Je m'étais contrainte à me lever pour aller à cette réunion et voilà que j'entre en collision avec Fortier. Je me suis écartée vivement de lui comme si j'avais la peste, en lui disant de s'éloigner car j'étais mourante. C'était une boutade, mais j'ai immédiatement regretté de l'avoir lancée : il m'a regardée bizarrement, plissant les yeux, la tête inclinée… et il m'a dit que je ne lui avais jamais semblé aussi jolie, pâle comme je l'étais… Qu'il ne connaissait rien de plus beau qu'une femme à l'article de la mort. Que c'était très romantique… Qu'une morte évoquait pour lui une statue de marbre, la perfection absolue…

— Bon sang !

— Sur le moment, je n'ai pas attaché d'importance à ses paroles. Je me sentais tellement mal qu'elles me sont sorties de l'esprit.

— Il doit aimer Edgar Allan Poe…

— Pardon ?

— Il paraphrase Poe qui a écrit quelque chose de ce genre : « La mort d'une belle femme est sans l'ombre d'un doute le sujet le plus poétique qui soit. »

Elizabeth écarquilla les yeux, sidérée.

— Eh, ne me regarde pas comme ça, Lizzie… Je sais lire.

Cullen amateur de littérature… Incroyable.

— Je… j'aurais moi-même dû songer à Poe, Cullen. Si je l'avais fait, je n'aurais pas mal interprété les mots de Fortier.

Il a juste fait son petit malin. Il a essayé de m'éblouir avec sa culture.

— Je pense qu'effectivement il ne te livrait pas ses goûts morbides, mais faisait étalage de son savoir. Le jour où il t'a sorti cela, ça ne t'a pas inquiétée, parce que Bethany était en vie.

— N'empêche, c'est horrible à dire, mais nous avons sous les yeux la confirmation de l'opinion de Poe... Bethany est magnifique. Plus que cela. Magnifiée par la mort.

— Poe était obsédé par les femmes mortes. C'est un thème récurrent dans son œuvre. Songe à ses poèmes les plus célèbres : *The Raven*, *To Helen*, *Annabel Lee*...

— Fortier partage cette attirance, Cullen. Imagine-le sous l'influence de son auteur préféré, cherchant à recréer la magie que décrit si bien Poe...

— Il ne faut pas exclure cette possibilité, c'est sûr. Fortier est un excellent suspect. Surtout si nous apprenons qu'il avait une liaison avec Bethany.

Avait-elle eu une relation avec un homme assez gravement perturbé pour aller jusqu'au bout de ses fantasmes morbides, ou s'était-elle simplement trouvée par hasard au mauvais endroit, au mauvais moment ?

— Si le tueur connaissait sa victime, reprit Cullen, il aurait pu la tuer sur un coup de colère... Dans ces cas-là, la victime n'est pas jolie à voir. Les coups, ça abîme un visage, un corps... Or Bethany est intacte.

— C'est l'heure.

Cullen et Elizabeth sursautèrent. La voix douce les avait pris au dépourvu. Ils se croyaient seuls dans la chambre froide et voilà qu'on leur parlait.

Ned Krauter venait d'entrer. Vêtu d'un costume noir et de chaussures noires à semelles de gomme souple, il se tenait à un mètre du seuil, la mine grave.

De petite taille, très mince, il se caressait le menton.

Ses doigts retinrent l'attention d'Elizabeth. Longs, la dernière phalange légèrement recourbée, ils avaient quelque chose de féminin.

Mal à l'aise, elle imagina ses doigts œuvrant sur le corps de Bethany. Ils allaient donner au visage de la défunte une vie factice pour son dernier voyage, appliquer du rouge sur ses lèvres, de la poudre sur ses joues, du fard sur ses pommettes.

Fortier n'était peut-être pas le seul à trouver séduisantes les femmes mortes. Pour avoir déjà vu le résultat de son travail, Elizabeth savait que Krauter entourait ses cadavres de sollicitude. Ceux des femmes en particulier. Il devait les maquiller, les coiffer avec amour... Celles qu'il n'aurait jamais pu approcher d'aussi près vivantes, car elles auraient repoussé le petit homme, lui appartenaient, une fois mortes.

Il s'avança lentement vers le long plateau de métal et regarda la jeune fille sans vie. Sa main se tendit, son pouce frôla le bras froid et blanc...

— C'est l'heure, répéta-t-il, comme à l'intention de Bethany, et d'elle seule.

— L'heure ? Quelle heure ? s'enquit Cullen.

Krauter leva sur lui des yeux brumeux.

— Quoi ?

— Vous avez dit « c'est l'heure » à deux reprises, monsieur Krauter.

— Ah... Oui. L'autopsie. L'ambulance de l'hôpital du comté est là. Mais...

Il ramena son regard sur Bethany.

— .... il ne faut pas s'inquiéter... L'épreuve ne durera pas longtemps, murmura-t-il à l'adresse de la jeune fille.

Ce soir-là, Cullen alla manger un sandwich au Beachway Diner avant de revenir au poste de police. Plusieurs heures de travail nocturne l'attendaient. Prendre un peu de repos était hors de question. Il lui fallait revoir les dossiers et relire les dépositions des témoins, invités au bal costumé.

La salle du restaurant était quasiment vide. Rien d'étonnant à cela. La nouvelle de l'assassinat de Bethany avait dû courir dans la ville comme une traînée de poudre et les gens s'étaient calfeutrés chez eux, pétrifiés de peur.

Près du comptoir, se tenaient les deux mêmes clients que la veille, Shamus McManus et Marley Glasgow. Assis au bar, des tabourets vides à côté d'eux, ils passaient la soirée devant des verres de bière. Silencieux, les deux habitués paraissaient perdus dans leurs pensées.

Pour Cullen, c'était parfait. Il n'éprouvait pas la moindre envie de se perdre en bavardages stériles avec deux poivrots.

Brie était de nouveau de service. Lorsqu'elle vint s'enquérir de sa commande, Cullen nota sa mine fatiguée. Ses yeux, d'ordinaire brillants, étaient ternes.

Découvrant de la soupe de clams sur le menu, il renonça au sandwich prévu. Quand Brie posa devant lui l'assiette fumante, il lui demanda :

— Ils ne te laissent jamais une minute, hein ?

D'un mouvement du menton, il montra Shamus et Glasgow.

— Oh, eux, ça va. Ils font partie des meubles. Ce sont mes employeurs qui m'enquiquinent, Cullen. Je dois me plier à leurs exigences, et ils m'ont imposé de drôles d'horaires, depuis que les cours ont repris. Pour m'organiser, c'est un cauchemar.

— Où trouves-tu le temps de te reposer, te détendre, sortir ?

— La moindre minute dont je dispose, je la consacre à Nicole.

— Nicole ?

— Ma fille. La plus belle gamine de trois ans qui ait jamais existé.

— Par exemple ! Je n'en reviens pas. Tu as déjà une fille de trois ans ?

Brie sourit.

— Merci de simuler l'admiration et l'émerveillement, Cullen. Tu es un chic type, toi, au moins. Remarque, ce que les gens disent, je m'en fiche.

Ainsi, Brie avait un enfant. Alors qu'elle était plus jeune que lui. Cela le surprenait, et surtout le plongeait dans l'incompréhension : pourquoi vouloir être père ou mère ? Lui, en tout cas, il ne le deviendrait jamais. L'enfance vécue auprès de son père l'avait vacciné contre toute idée de paternité.

— Ça va, Cullen ? lui demanda Brie après l'avoir longuement observé. Tu as l'air crevé. C'est cette histoire de meurtre… Tu travailles là-dessus jour et nuit, n'est-ce pas ?

— Oui.

— Sale affaire. C'est vraiment moche, ce qui est arrivé à cette petite.

— Sûr.

— J'ai entendu dire que c'était Elizabeth Douglas qui avait trouvé le corps, chez les Pierce.

— Oui. Elizabeth et toi êtes amies ?

— Nous l'étions. Nous nous sommes un peu perdues de vue quand j'ai quitté l'école. Nous avons pris des chemins divergents. Tu sais comment c'est… Chacun suit sa voie.

— Je crois que je sais, oui. Tu occupes une position stratégique, ici au café, Brie. Tu as dû entendre mille choses à propos de ce meurtre.

Brie baissa la voix.

— On dit que McFarland Leary est sorti de sa tombe la nuit dernière pour tuer la pauvre petite. Il l'a pendue… comme on l'avait pendu, lui. On dit aussi qu'il a tué ces femmes, il y a vingt ans. Ainsi que la mère de Kat Ridgemont.

— Ouais. J'ai entendu tout ça. Et que David Bryson, le mystérieux châtelain, était peut-être le coupable.

— Les gens parlent d'organiser une milice, ajouta Brie, pour le punir.

L'horreur absolue. Une bande d'illuminés voulait gravir la colline, torches et cordes en main, et essayer de capturer Bryson. Pour le pendre haut et court. Une justice expéditive qui ne reposait sur aucune preuve, pas même une présomption.

La police allait devoir se placer en première ligne pour protéger Bryson, si nécessaire.

« Comme si je n'avais que ça à faire », se dit Cullen.

— Tu veux que je te dise ce que je pense vraiment, Cullen ?

— Je t'écoute.

— Que ni Leary ni Bryson ne sont mêlés à cette affaire.

— Qui alors ?

Du regard, Brie lui désigna Marley Glasgow.

— A ta place, Cullen, je lui demanderais où il était hier soir.

Cullen l'avait déjà fait. Mais rien n'incriminait Glasgow.

Néanmoins, il fallait fouiller un peu plus, et un peu plus profondément.

Elizabeth avait parlé d'un flash de lumière jaune, dans la véranda. Se pouvait-il que Glasgow, qui portait un ciré jaune, se fût trouvé là ? La lumière d'un éclair se reflétant sur le tissu imperméabilisé aurait très bien pu être à l'origine du phénomène remarqué par la jeune femme.

Ces cirés, tous les anciens du village en portaient. Shamus aussi en avait un. En cas de tempête, il n'y avait pas mieux pour se protéger des éléments déchaînés.

Shamus ? Non. Trop âgé. Pas assez costaud pour hisser le corps jusqu'au nœud coulant.

Mais cet homme connaissait tout le monde à Moriah's Landing. Et toutes les vieilles histoires de fantômes, de sorcellerie… Peut-être quelque chose d'intéressant concernant le meurtre lui était-il arrivé aux oreilles. Mais, imprégné de bière comme il l'était, Shamus serait capable de mettre la mort de Bethany sur le compte des mauvais esprits qui hantaient la ville.

Une perte de temps plutôt qu'autre chose, se dit Cullen. Et s'il commençait à suspecter les gens possédant un ciré, il lui faudrait mettre les trois quarts de la population de Moriah's Landing en garde à vue.

Tout à ses réflexions, Cullen fixait sans vraiment les voir les deux hommes affalés sur leur tabouret. Shamus ne bougeait pas, mais Glasgow releva soudain la tête et croisa le regard de Cullen.

Cet homme avait des yeux de bête fauve affamée.

10.

Le lundi après-midi, Cullen revint sur le campus d'Heathrow College. Il cherchait Elizabeth. Une habitude désormais, songea-t-il. Qui devenait un plaisir.

Mauvais, ça. Il devait cantonner Lizzie au rôle d'amie et de collaboratrice. Et oublier qu'en six ans, elle était devenue une femme. D'accord, elle n'avait que vingt ans. Mais physiquement et intellectuellement, elle était devenue une vraie femme. Dotée d'un corps et d'un visage qui le bouleversaient. Comment la petite fille avait-elle pu se métamorphoser aussi radicalement en si peu de temps ?

Bon sang, qu'est-ce qu'elle était sexy, samedi soir… La vision de ces seins offerts, ronds, lui avait coupé le souffle. Le désir l'avait enflammé, torride, exigeant. Jamais un tel émoi ne s'était emparé de lui.

Il était pris de désir pour une petite peste au Q.I. de génie qui le prenait de haut à l'école ! Ça alors… C'était d'autant plus incompréhensible que, dans un premier temps, elle s'était montrée aussi enquiquinante qu'autrefois. Mademoiselle je-sais-tout, encore et toujours.

Dire qu'à l'adolescence, il s'était voulu chevalier servant et protecteur de cette fille qui affichait des grands airs…

Lizzie et lui venaient de deux mondes à des années lumière l'un de l'autre. Classe sociale, niveau intellectuel, tout les séparait.

Il était parti de Moriah's Landing, car il savait que s'il était resté, il serait devenu un bon à rien. Intégrer la police, passer son diplôme de droit était la meilleure idée qu'il ait jamais eue. Le problème, c'étaient ses origines qui lui collaient à la peau. A Boston, l'illusion fonctionnait. On le considérait comme un type plein de classe. Mais, ici, pour les habitants de Moriah's Landing, il était toujours ce petit voyou de Ryan, le fils de l'ivrogne.

Toute sa vie, Cullen avait eu honte. De sa mère, partie sans laisser d'adresse, de son père, alcoolique... de lui-même, tête brûlée prompte à cogner sur tout ce qui bougeait. Il avait l'impression d'avoir passé davantage de nuits au poste de police que chez lui.

Mais qu'attendre d'autre d'un gamin élevé par des bons à rien, sans principes ni amour ? Il était le pur produit d'un couple de minables. Son hérédité le marquait mieux que ne l'eût fait un fer rouge.

Seule son appartenance à la police lui fournissait une source de fierté. Il était un très bon flic. Jusqu'à aujourd'hui, tout au moins.

Car il venait de découvrir que plus doué que lui en matière d'investigations criminelles, cela existait. La petite Lizzie Douglas était à même de réussir là où lui pouvait échouer. C'était à cause de cette certitude qu'il avait dans un premier temps refusé son aide. Elle lui volerait son enquête, son succès. Elle verrait ce qu'il aurait laissé échapper. Le privant de ce qui faisait son bonheur : ses lauriers de super flic.

Il se reprocha sa petitesse d'esprit. Si Lizzie pouvait contribuer à la résolution de l'énigme, il aurait été fou de laisser passer cette chance ! Arrêter le tueur avant qu'il ne récidive, cela seul comptait. Et tant pis pour son ego si la solution lui était fournie par une gamine ! Son concours permettrait peut-être de sauver la vie d'autres jeunes filles.

Tout en réfléchissant, il avait longé les salles de classe, regardant par les fenêtres ou écoutant la voix des professeurs.

Il trouva enfin la salle où Lizzie donnait son cours. Il poussa discrètement la porte-fenêtre et se glissa sur un banc tout au fond. A ce moment-là, Lizzie lui tournait le dos, écrivant au tableau noir. Seules quelques élèves dans les derniers rangs remarquèrent son entrée.

— La relation entre la maladie mentale et le comportement criminel est établie par l'expertise psychiatrique qui...

Elizabeth se retourna, le vit, et se tut. Il se rendit compte qu'elle se crispait. Son regard croisa celui de la jeune femme. Il cilla. L'impression d'avoir reçu une légère décharge électrique le traversa.

Prise au dépourvu, Elizabeth se ressaisit néanmoins très vite. Elle se redressa, semblant tout de suite beaucoup plus grande qu'elle ne l'était en réalité. Ses élèves ne bronchaient pas, respectueux de leur professeur, à peine plus âgée qu'eux.

Pourquoi avait-il éprouvé le besoin de la protéger autrefois ? se demanda-t-il soudain. Elle était tout à fait capable de veiller sur elle-même...

Il essaya de se concentrer sur ce que disait Elizabeth, sans résultat. Peu lui importait le sujet traité dans ce cours de criminologie, c'était la criminologue qui le passionnait ! Et dire qu'il avait fallu cet épisode dans le petit cottage... où, en tête à tête avec elle, il avait eu cette exquise vision de ses seins prêts à jaillir de son soutien-gorge... Jusque-là, il n'avait pas même envisagé que Lizzie eût des seins... Lui découvrir une si arrogante poitrine avait éveillé ses sens.

Pourquoi se cantonnait-elle aux jupes trop longues, aux chandails informes, aux pantalons larges ? Elle ne portait jamais rien de sexy.

Et puis samedi… La révélation. Depuis, il fantasmait sans répit. Il n'avait guère eu le temps de dormir. Peu importait, finalement : il aurait passé deux nuits blanches à penser à Elizabeth Douglas.

Une agitation soudaine le ramena à la réalité : le cours était terminé. Les élèves se levaient bruyamment. En un éclair, il se trouva cerné de juvéniles créatures au sourire éclatant. Une blonde, en passant près de lui, glissa un morceau de papier dans sa main. Lorsque la dernière élève fut sortie, il regarda le papier. Un numéro de téléphone portable y était inscrit.

La blonde était à peu près de l'âge d'Elizabeth. Majeure, sans doute. Pourtant, il ne l'appellerait pas. Depuis deux jours, aucune femme ne l'intéressait.

Une catastrophe. Tomber amoureux d'Elizabeth serait une catastrophe. Jamais elle ne voudrait de lui.

De toute façon, même si par miracle le coup de foudre se révélait réciproque, où cela les mènerait-il ? Il n'avait rien à offrir à une femme.

— Hello !

Elle venait vers lui, et il imaginait, sous la jupe grise et le tricot trop grand, les jambes fines, les hanches gracieuses. Il devinait les seins ronds, le ventre plat… et, tout à coup, il respira avec difficulté.

— Tu t'intéresses à la criminologie, maintenant, Cullen ? C'est nouveau, dis-moi !

Elizabeth le faisait gentiment marcher, un sourire sur ses lèvres qu'il aurai bien aimé embrasser.

Il dut s'éclaircir la voix avant de répondre :

— Je voulais parler à Fortier.

— Oh ? Et ça a donné quelque chose d'intéressant ? Que t'a-t-il dit ?

L'excitation faisait trembler sa voix.

Cullen leva la main.

— Du calme ! Il n'y a pas matière à s'énerver comme ça.

Immédiatement, la jeune femme rougit et baissa la tête. Une vraie gamine, se dit Cullen avec attendrissement. Une femme ne réagirait pas ainsi. Lizzie, elle, se comportait en petite fille sensible aux critiques des adultes.

Quelle différence avec les créatures qu'il fréquentait à Boston… Pas de maquillage, des vêtements hors mode, une chevelure attachée en chignon sévère…

Bon sang, pourquoi alors lui faisait-elle tant d'effet ?

— Fortier ne m'a rien révélé de plus qu'à toi. Il en a même dit moins, puisqu'il s'est rétracté sur l'histoire de la secte. Il n'est plus sûr que ce soit Bethany dont parlaient les filles.

— Tu le crois ?

— Difficile à dire… Ce type semble cacher quelque chose mais ça n'a rien d'extraordinaire. Les innocents, face aux flics, se montrent souvent maladroits, évasifs… Ils ont souvent moins d'assurance que les coupables.

Il fit une pause, le temps d'un geste fataliste, puis reprit :

— Je ne suis pas venu seulement pour Fortier. Je voulais te dire que le résultat de l'autopsie est arrivé. Je pensais que tu aimerais être tenue au courant.

— Oh, oui !

— Bon. Alors, l'incision sur la carotide… Elle a bien servi à vider Bethany de son sang. Le corps n'en contient quasiment plus.

— Seigneur… Et les marques d'aiguilles à la saignée du coude ?

— Les analyses toxicologiques révèlent que Bethany ne se droguait pas. En revanche, on lui a vraisemblablement injecté un produit.

— C'est horrible…

— Le médecin légiste pense que la trachée a été mise à nue puis qu'une canule a été placée à l'intérieur. Connectée à une pompe, elle a servi à aspirer le sang. C'est ainsi que l'on procède lors des embaumements. Dans le même temps, on envoie le fluide conservateur dans les artères… C'est assez long, mais si c'est fait sur un corps encore en vie, eh bien, le cœur, en battant, accélère le processus… Le sang est expulsé extrêmement vite.

L'horreur agrandissait les yeux d'Elizabeth. La bouche entrouverte, elle semblait sur le point de suffoquer.

— Mon Dieu, Cullen… quel monstre pourrait avoir fait cela ? Et dans quel but ? A qui avons-nous affaire ?

— A un tueur d'une espèce effroyable. Un sadique, un fou…

Elizabeth s'éloigna en direction de l'estrade, puis pivota.

— Ned Krauter pourrait nous renseigner. Il sait tout sur l'embaumement.

— Lui, et tous les autres gérants de pompes funèbres. Ainsi que la plupart des toubibs. Et les responsables des services d'urgence dans les hôpitaux… Tous ces gens possèdent l'équipement requis pour une exsanguination.

— C'est exact. Ce qu'a subi Bethany exige de vraies connaissances médicales et anatomiques. Sans parler de l'équipement adéquat nécessaire. Cela limite le champ des recherches. Je vois mal un homme seul dans une cave ou un garage se livrer à une telle atrocité.

Elizabeth s'interrompit. Une idée traversa son esprit.

— Cullen, reprit-elle lentement, tu te rappelles ces meurtres, il y a vingt ans ?

— Pas vraiment. Je n'étais qu'un gosse, à l'époque.

— Et moi, je n'étais même pas née quand on a trouvé le premier cadavre. Mais je sais qu'il s'agissait de la mère de Kat Ridgemont. Le corps était, paraît-il, dans un état étrange... Rien d'autre n'a filtré. Je suis sûre que les dossiers se trouvent encore aux archives du commissariat. Tu pourrais y jeter un coup d'œil.

— Allons-y. Ma voiture est garée près de l'entrée.

— Tu me proposes de t'accompagner ?

— C'est ton idée, Lizzie.

— Je sais, mais je ne me sens pas à l'aise, Cullen. J'ai l'impression que ça te coûte d'accepter mon aide, et qu'à la première occasion, tu me renverras à mes cours théoriques.

Quelle intuition ! songea Cullen, admiratif.

— Je suis venu ici, Lizzie. C'est la preuve de ma bonne volonté, non ?

— Mmm. Le chef Redfern est-il au courant que je t'assiste dans ton enquête ?

— Lizzie, je me fiche comme d'une guigne de ce que pense Redfern. Tout ce qui m'intéresse, c'est que ce qui s'est passé ici ne se renouvelle pas. Et je travaillerais avec le diable si je le croyais capable de me filer un coup de main !

Elizabeth se mit à rire et le regarda avec un air espiègle.

— Eh bien... espérons que tu ne seras pas obligé d'en arriver là !

Cullen acceptait son concours. Elle remportait donc une petite victoire... Mais, comme il venait de le lui dire, il aurait saisi n'importe quelle main tendue. Il ne l'admirait donc pas pour ses connaissances en criminologie. Il aurait sans doute préféré travailler avec un enquêteur chevronné. Moriah's Landing étant ce qu'elle était, c'est-à-dire une petite ville dépourvue de vraie brigade criminelle, il se contentait de la petite Elizabeth Douglas. Faute de merle...

Elizabeth se sentait triste, mais elle décida de faire contre mauvaise fortune bon cœur. Elle était là, disponible, pleine de bonne volonté... et avait déjà fait une ou deux suggestions pas trop stupides.

Et puis Cullen n'était pas du genre à se satisfaire de la médiocrité. S'il s'était incliné face à son insistance, c'était parce qu'il la respectait, se consola-t-elle.

A moins que ce ne fût à cause du troublant épisode au cottage, dans la nuit de samedi à dimanche... Cullen avait peut-être envie de passer un peu de temps avec elle. La collaboration pouvait n'être qu'un prétexte.

Elle posa les yeux sur son profil pendant qu'il conduisait. Cullen fixait la route devant lui. Elle pouvait en profiter pour le regarder. Elle aimait son nez fin, droit, qu'aucune bagarre n'avait abîmé. Elle adorait son menton volontaire, piqué d'une fossette. Elle s'émouvait au spectacle de ses cils incroyablement longs, qui en ce moment battaient nerveusement au rythme des paupières.

Il se tourna brièvement vers elle, et le gris acier de ses prunelles la bouleversa.

— Quand Fortier est-il arrivé à Heathrow, Elizabeth ?

— Il y a quelques années.

— Plus précisément ?

— Attends... Laisse-moi réfléchir. Voyons, il me semble qu'il est apparu lorsque j'entamais ma première année, cela fait cinq ans.

— Juste avant le bizutage de Claire Cavendish, donc.

— Oui. Je n'y avais pas songé.

— Sais-tu si elle suivait l'un de ses cours ?

— Elle faisait certainement partie de ses élèves. Les quatre filles du groupe, Kat, Brie, Tasha et Claire parlaient souvent de lui. A cette époque-là, elles sortaient toutes du lycée et étaient donc nouvelles à la fac. Moi aussi, à cette différence près que j'avais déjà obtenu quelques diplômes en dehors d'Heathrow. Je n'assistais pas aux cours de Fortier, qui ne concernaient que les débutantes.

— Quand je pense que tu n'avais que quinze ans !

— Oui, et j'étais très naïve. Incapable de saisir les allusions des quatre autres concernant les hommes… Fortier leur plaisait et je me demande s'il n'a pas eu une relation avec Claire. Je n'en suis pas sûre. Mais nous pourrions demander à Brie et à Kat si elles s'en souviennent.

Elle ne rencontrait plus que rarement ses anciennes amies. Non qu'elles se soient fâchées. Simplement, la vie avait désuni le groupe. Brie, semblait-il, s'était réinscrite à la fac, mais elle ne l'avait jamais vue sur le campus.

— Et le Pr LeCroix ?

L'intonation de Cullen venait de changer. Une sécheresse soudaine la marquait.

— Lucian ?

— Ah, c'est ça, le petit nom de ce bellâtre ?

— Cullen, le Pr LeCroix est un collègue !

— Et alors ? Fortier aussi. Pourtant, tu ne l'appelles pas Paul !

— Parce que je n'aime pas Fortier.

— Mais tu aimes LeCroix ?

Ça, alors ! Cullen faisait une crise de jalousie !

Eberluée, elle répliqua :

— Je ne le connais pas encore assez pour savoir si je l'apprécie ou non. Mais le peu de temps que j'ai passé avec lui, il m'a plu, oui. C'est un homme charmant.

De nouveau, Cullen lui adressa un bref regard. Cette fois, les yeux gris luisaient.

— T'est-il passé par l'esprit que Bethany a été retrouvée pendue le jour de l'arrivée de LeCroix ?

— Sois logique, Cullen : Bethany a certainement été tuée plusieurs jours avant d'être pendue bien en évidence chez les Pierce ! LeCroix n'était pas en ville et…

— Le médecin légiste n'a pas été capable de déterminer avec exactitude le moment de sa mort, l'interrompit-il. Si Bethany a séjourné dans une chambre froide, la date du décès est beaucoup plus difficile à connaître.

— Lucian ne la connaissait pas.

— Pfff… Comment peux-tu affirmer cela ? Tu ne connais pas LeCroix non plus.

— Tu viens de dire que Lucian est arrivé à Moriah's Landing le jour de la mort de Bethany !

— Lizzie, tu ergotes. C'est exaspérant ! Bon sang, ne te rends-tu pas compte que LeCroix et Bethany se fréquentaient peut-être à Boston ?

— Bethany était de Boston ?

— Oui.

— D'accord, mais cela n'implique pas que LeCroix et elle se connaissaient.

— Cela n'implique pas le contraire non plus, je te le ferai remarquer. D'après mes renseignements, Bethany appartenait à une riche famille. LeCroix aussi. Venant du même milieu, ils auraient très bien pu se fréquenter à Boston. Etre amis… ou davantage.

— Je ne le crois pas, non.

— Et pourquoi donc ?

Elizabeth poussa un soupir. Rapporter les confidences de Lucian lui déplaisait, mais si c'était à ce prix que Cullen abandonnerait ses soupçons…

— Lucian m'a parlé. Il est venu à Heathrow pour prendre du champ par rapport à une histoire de cœur qui a mal tourné. Une liaison avec une femme mariée. Pour l'oublier, il a laissé tomber un poste dans une prestigieuse fac.

— Cette femme l'a quitté ?

— Oui. Elle a choisi son mari.

— Eh bien… Ce cher LeCroix est un gentilhomme, railla Cullen. Il abandonne le terrain au vainqueur. Chapeau ! C'est lui qui t'a raconté ça ?

— Oui. Ensuite, j'ai écouté les rumeurs sur le campus. Heathrow a ouvert grandes ses portes à Lucian parce que le doyen Barloft est l'un de ses plus vieux amis. Ce qui, à mes yeux, est une garantie de moralité pour Lucian.

— Super. Je suis impressionné !

— Cullen, pourquoi tant de suspicion vis-à-vis de Lucian ? Il n'a vraiment pas le profil d'un tueur.

— Qu'en sais-tu ?

— Il n'a aucun antécédent médical. J'ai consulté son dossier.

— Son dossier professionnel, peut-être. Mais son dossier d'étudiant, hein ? Tu ignores s'il n'avalait pas des psychotropes à la louche étant jeune, si un psy ne le recevait pas dans son cabinet trois fois par semaine…

— Cullen, saurais-tu quelque chose que tu ne me dirais pas ?

— Euh, non. J'extrapolais, c'est tout.

— Tu t'acharnes sur Lucian.

— Ce type me chiffonne.

— C'est-à-dire ?

— Je ne sais pas. Je n'arrive pas à mettre le doigt dessus. J'ai l'impression que Lucian LeCroix présente une personnalité trop lisse, trop parfaite pour être honnête.

— Il est charmant…

— Ouais. Quand on aime ce genre de mec.

— Beaucoup de femmes aiment ce genre de… mec, comme tu le dis si élégamment.

Cullen marmonna quelques paroles inintelligibles alors qu'il se garait devant le poste de police. Elizabeth se sentit soulagée de ne pas les avoir comprises.

— Sois prudente, Lizzie.

— Je le suis.

— Avec ce mec !

Il venait de hausser le ton. Heureusement, les vitres de la voiture étaient remontées.

— Il va te tourner autour, continua-t-il. Une vraie mouche autour d'un pot de miel ! Je vois clair dans son jeu, Lizzie. Pour lui, tu es une proie facile et délectable. Une fille comme toi…

— Qu'entends-tu par « une fille comme toi » ?

— Eh bien… Tu pourrais tomber tête la première dans le panneau.

— Je suis flattée que tu me prennes pour une idiote… Merci pour l'avertissement, Cullen Ryan, mais il était superflu. Au cas où tu ne l'aurais pas remarqué, j'ai grandi.

— Oh, je m'en suis bien rendu compte, que tu as grandi… Alors, là, oui, je m'en suis aperçu…

La nuit tombait. Ils fouillaient les archives depuis des heures, au point d'en avoir les yeux brûlants et le dos brisé.

En pure perte.

Les dossiers des quatre meurtres vieux de vingt ans ne se trouvaient nulle part. Un agent en uniforme avait parlé d'un incendie dans le local, longtemps auparavant, et d'un transfert des classeurs dans une autre partie du bâtiment. Vérification faite, les dossiers n'y étaient pas non plus. Qu'ils aient été réduits en cendre, ceux-là et aucun autre, semblait invraisemblable.

Elizabeth en était réduite à solliciter sa mémoire. Hélas, tout ce qu'elle savait, elle l'avait appris par des on-dit et cela se résumait à peu de chose : le suspect numéro un était David Bryson. Faute de preuve, il n'avait pas été poursuivi. Quelques années plus tard, devenu très riche, il s'était attaché les services d'un avocat de Boston qu'il opposait à quiconque lançait de nouveau le bruit de sa culpabilité. Les policiers ne pouvaient plus l'interroger sans passer par le filtre du ténor du barreau. Ils avaient donc renoncé, et Bryson s'était retiré dans son château, d'où il ne sortait que la nuit.

Las et désappointés, Elizabeth et Cullen quittèrent les locaux de la police et repartirent en voiture vers Heathrow College.

La nuque calée contre le dossier de son siège, Elizabeth gardait le silence. Elle réfléchissait. Le meurtre de Bethany demeurait une énigme. Pas de suspect, pas de mobile, pas le plus petit indice… Les premières quarante-huit heures après le crime, si importantes pour récolter les principaux indices, étaient passées sans que la moindre lumière éclairât l'affaire. Ce laps de temps écoulé, si l'enquête restait au point mort, c'était mauvais signe. Les éléments déterminants, ensuite, avaient tendance à se diluer puis à disparaître. Tous les policiers de la criminelle le savaient, Elizabeth aussi. Conforté par l'incapacité des policiers à le démasquer, le tueur pouvait récidiver, persuadé de son impunité.

Un lourd soupir souleva la poitrine de la jeune femme. Le temps était en adéquation avec son humeur, songea-t-elle en regardant à travers le pare-brise le faisceau des phares percer avec peine un épais brouillard. Il montait de l'océan et, au-dessus de lui, de gros nuages occultaient le ciel.

Cullen conduisait en silence, prudemment. A le voir, les sourcils froncés, les mâchoires crispées, la jeune femme en venait même à se demander si Cullen se souvenait de sa présence sur le siège du passager.

Profitant de la situation, Elizabeth le regardait, sans crainte d'être prise en pleine contemplation.

Son visage avait toujours été l'un de ses atouts majeurs. Les filles à l'époque craquaient pour ce brun ténébreux aux yeux couleur de lac sous l'orage. Qu'il soit en permanence en délicatesse avec les forces de l'ordre ajoutait à sa séduction. Son genre James Dean dans *La Fureur de vivre* faisait fondre les adolescentes.

Aujourd'hui, passé de l'autre côté de la barrière, il arborait une plaque officielle… ce qui le rendait encore plus attirant. Il ne pouvait rivaliser avec Lucian LeCroix sur le plan de l'élégance, du savoir-vivre, de la classe, mais sa séduction réduisait à néant celle de l'enseignant en littérature.

Pourtant, Cullen n'avait pas abordé l'existence avec de bonnes cartes en main. Sa mère, partie un beau matin pour des horizons meilleurs sans laisser d'adresse, son père, qui l'avait élevé à la va-comme-je-te-pousse entre deux comas éthyliques et deux campagnes de pêche en haute mer… Personne ne s'occupait du jeune Cullen lors des absences de celui-ci. Il avait été obligé de se débrouiller seul.

Comme elle, dans un certain sens.

Elle ne lui dirait pas qu'elle voyait les choses ainsi. Il ne partagerait pas cet avis. Il rétorquerait qu'elle avait grandi dans une superbe maison avec deux parents, une nurse… Jamais elle n'avait manqué de rien. L'argent coulait à flots.

Et pourtant, elle avait été aussi seule que lui. Combien d'heures avait-elle passé à attendre… Quoi ? Que quelqu'un se soucie d'elle, lui montre un peu d'affection.

Jamais son attente n'avait été satisfaite. Elle s'était résignée : elle devait apprendre à vivre dans la solitude.

— Qu'y a-t-il ?

Cullen s'était brièvement tourné vers elle.

— Hein ?

— Lizzie, ce n'est pas la première fois que tu me fais le coup ni que je te demande pourquoi tu me dévisages. Je veux savoir pourquoi.

Il souriait. Qu'elle l'observe aussi ostensiblement ne le gênait pas vraiment. Mais de là à lui avouer qu'elle prenait plaisir à le regarder…

— Je réfléchissais à l'enquête… Selon toi, le meurtre de Bethany est lié aux autres, ceux d'il y a vingt ans ?

— Mmm. Aucune idée. Ma seule certitude, c'est que nous avons affaire à un malade.

Elizabeth regarda par la vitre. La campagne de Nouvelle-Angleterre disparaissait sous un voile grisâtre. En adéquation avec son humeur maussade.

Le tueur passait-il lui aussi son temps à songer à Bethany ? Avait-il peur d'être démasqué, ou bien, soulagé d'être passé entre les mailles du filet de la police, envisageait-il avec délectation de réitérer son forfait ?

Etait-ce lui, le bourreau de Claire ?

Claire qui avait eu la chance de survivre. Mais à quel prix ! Cette nuit-là, dans le cimetière, une page avait été tournée pour les cinq jeunes filles présentes. Pour Claire, surtout. Néanmoins, aucune d'elles n'était sortie intacte de cette nuit horrible.

Marquée à vie, Claire ne serait plus jamais la même. Quelque chose s'était bloqué dans son cerveau. Sa mémoire se refusait à restituer les événements. Elle ne se souvenait de rien. Ni de ce qu'on lui avait fait, ni de qui le lui avait fait.

Elle se levait le matin, dormait la nuit… et entre-temps, traversait la journée comme un zombie. D'une certaine façon, le monstre l'avait aussi sûrement privée de sa vie qu'il l'avait fait pour Bethany ou, vingt ans plus tôt, Leslie Ridgemont, la mère de Kat.

Le brouillard était chaque fois de la partie, rideau d'un décor sinistre. Il masquait la réalité, l'enrobait d'un linceul… Lorsqu'il se levait, les horreurs qu'il cachait apparaissaient soudain. Le brouillard était un magicien démoniaque.

Elle murmura :

— Cullen… Tu crois aux fantômes ?

— Non. Et toi ?

Elle hésita à répondre, puis se dit qu'elle se devait d'être sincère.

— Oui.

— Par exemple ! Là, tu me sidères, Lizzie !

Elle ramena son regard sur lui.

— Pourquoi donc ?

— Eh bien, qu'une personne aussi intelligente que toi accorde le moindre crédit à ces vieilles légendes, je n'en reviens pas. Lizzie, ce ne sont que des bobards ! Il n'y a rien de vrai là-dedans !

— Les légendes reposent la plupart du temps sur des faits bien concrets.

— Tu penses vraiment que Leary sort de sa tombe à intervalles réguliers, c'est-à-dire tous les cinq ans, pour terroriser la population de Moriah's Landing ?

Elle hésita. Répondre par l'affirmative allait lui valoir des sarcasmes.

Tant pis.

— La nuit où nous sommes allées au cimetière, mes amies et moi… Leary était censé être sorti de son tombeau. Et c'est ce soir-là que Claire a été enlevée.

— Ce n'est pas un fantôme qui a torturé Claire. Ni un fantôme qui a tué Bethany Peters ! C'est un être humain dévoyé, un cinglé de chair et de sang, comme toi et moi. Il peut être arrêté, tué d'une balle, emprisonné… Nous l'aurons, il ne va pas courir encore longtemps.

Fugacement, il lui caressa la main.

— Les fantômes n'existent pas, Lizzie.

De nouveau, elle se tourna vers la vitre. Le brouillard se dissipait par endroits, se réduisant à des lambeaux accrochés aux branches des arbres.

Révélant tout à coup une silhouette… Au bord de la route, il y avait quelqu'un ! Les phares éclairaient une forme.

— Cullen, attention !

Elle avait hurlé.

Il freina. Si brutalement que, sans la ceinture de sécurité, elle aurait été projetée contre le pare-brise.

11.

— Nom de Dieu !

La voiture s'arrêta dans un grincement de freins. Aucun choc n'avait été perceptible.

— Ne bouge pas ! intima Cullen en ouvrant sa portière.

Mais elle était déjà dehors. Courait vers l'arrière de la voiture, sur la route éclairée par intermittence du rouge sang des feux de détresse.

Tout d'abord, elle songea à un tas de chiffons. Puis distingua un homme recroquevillé. Il se redressait avec peine lorsque Elizabeth le rejoignit.

Il portait un épais pardessus, un chapeau à larges bords, des gants... Maintenant qu'il était debout, il paraissait vigoureux. A moins que le manteau ne fût pas à sa taille, ne servant qu'à dissimuler une corpulence frêle.

— Hé ! Ça va ? demanda Cullen, le souffle court. Est-ce que je vous ai touché ?

— Non, non. Ne vous inquiétez pas.

Les accents de la voix étaient distingués. Il ne s'agissait pas d'un clochard.

— Je faisais une promenade... J'ai glissé sur la chaussée verglacée et je suis tombé. Vous êtes arrivé à ce moment-là.

Je ne vous avais pas entendu. Pas plus que je n'ai remarqué les phares. J'étais perdu dans mes pensées...

— Vous vous promeniez ? demanda Cullen d'un ton empreint d'incrédulité. Par une nuit comme celle-là ?

— Oh, le froid ne me gêne pas. Ni le brouillard. En fait, j'adore le brouillard. Il me procure une délicieuse sensation d'isolement. Il me coupe du monde. Et l'air glacé m'aide à réfléchir.

— Chacun ses goûts... Mais je ne trouve personnellement pas raisonnable de se balader au bord d'une route par ce temps et à cette heure.

— Je suis libre de...

— Inspecteur Cullen Ryan, coupa Cullen. De la police de Moriah's Landing. Auriez-vous des papiers à me montrer ?

— Des papiers ?

L'homme tapota ses poches sans y plonger la main.

— Je les ai laissés chez moi, j'en ai peur. Mais j'habite près d'ici. Mon nom est Leland Manning.

— Docteur Manning ? s'exclama Elizabeth.

— Eh bien... oui.

L'homme la regardait, même si elle ne distinguait pas ses yeux sous le rabat du chapeau. Mais elle sentait son regard sur elle.

— Est-ce que je vous connais, mademoiselle ?

— Je suis Elizabeth Douglas. La fille de Marion et Edward Douglas.

— Oh, bien sûr. La ressemblance est troublante avec votre mère. Une femme étonnante. Aussi brillante que belle.

— Euh, merci.

— Vous habitez par ici, avez-vous dit ? reprit Cullen.

— Oui. A côté du campus.

— Nous allons vous raccompagner. A mon avis, ce ne serait pas une bonne idée de poursuivre votre… promenade.

— Oh, mais je ferai attention maintenant.

— Peut-être, mais…

— Inspecteur Ryan, j'ai passé la journée enfermé dans mon laboratoire. J'ai vraiment besoin d'une bouffée d'air frais.

— Je comprends. Mais il fait nuit. Vous devriez prendre garde à vous après le crépuscule, docteur Manning.

— Inspecteur, je sais ce qui motive votre sollicitude. C'est à cause de cette étudiante qui a été assassinée… Vous n'avez pas encore trouvé le coupable, n'est-ce pas ?

— Non, mais on y travaille, je vous le garantis.

Manning secoua la tête, l'air navré.

— Cette jeune fille était tellement adorable… Mon Dieu, que c'est dommage…

Malgré la pénombre, Elizabeth se rendit compte qu'il s'adressait à elle.

— Tant de potentiel réduit à néant… un vrai gâchis. Bon, eh bien, je vais continuer ma promenade. Bonsoir, mademoiselle Douglas, bonsoir, monsieur Ryan.

Il toucha le bord de son chapeau d'un doigt et se remit à marcher.

— Quel drôle de type, remarqua Cullen après avoir redémarré.

Il venait de jeter un coup d'œil dans le rétroviseur. La silhouette de Manning s'était déjà fondue dans le brouillard.

— C'est le moins qu'on puisse dire, approuva Elizabeth. On aurait dit Hannibal Lecter…

— Plutôt l'acteur qui interprète le rôle, corrigea Cullen. Tu connais donc ce Manning.

— De réputation seulement. Son nom est une légende pour toute la communauté scientifique. Il a été l'un des pionniers de la recherche génétique, et la thérapie génique. Qui permet de guérir certaines déficiences héréditaires.

— Explique-moi, s'il te plaît.

— Eh bien, il y a la thérapie génétique somatique qui nécessite la manipulation de gènes à l'intérieur des cellules... Le patient peut être soigné, mais le bénéfice du soin ne traversera pas les générations. Ses enfants souffriront peut-être du même mal.

— Jusqu'à maintenant, je comprends...

— Ensuite, il y a la modification du code génétique, définitive celle-là. Elle sera transmise aux générations suivantes. Là, on touche à quelque chose de plus délicat, puisqu'il s'agit ni plus ni moins de modifier l'évolution. Du point de vue éthique, il faut agir avec des pincettes, parce que toutes les dérives sont envisageables.

— Je vois. Enfin, j'essaie. Pour moi, tout ça évoque la science fiction. Manning joue donc avec le patrimoine génétique des gens ? C'est inquiétant.

— D'autant plus qu'il soutient une théorie bizarre sur les sorcières.

— Les sorcières ? Alors, là, c'est carrément la Quatrième Dimension !

— Tu ne crois pas si bien dire... Manning prétend que les sorcières ont réellement un pouvoir qui n'a rien à voir avec la magie noire. Il est persuadé que certaines personnes naissent avec un gène très particulier qui leur procure des pouvoirs surnaturels.

— Nom d'un chien ! On est en plein délire ! Et ce type est une sommité scientifique ? Eh bien...

— Cette histoire de gènes des sorcières est son dada. Et… flûte, je ne me souviens plus.

— De quoi ?

— Il y a quelque chose qui m'échappe à la seconde. Un truc qui concerne Manning et sa théorie.

— Il ne se transforme pas en loup-garou à la pleine lune, par hasard ?

— Non. Ça, je me le rappellerais ! Ce que j'ai oublié, c'est une histoire à laquelle il a été mêlé. Un scandale. Attends…

Elizabeth se concentra, laissant s'écouler quelques instants de silence que Cullen se garda de rompre.

— Ça y est ! Je me souviens. L'histoire remonte à plusieurs années. Manning a été impliqué avec un autre scientifique, son protégé à l'époque, un homme qui avait un drôle de nom… Ah, oui : Rathfastar. C'est ça, le Dr René Rathfastar.

— D'où était-il originaire ?

— Je ne sais pas. Il me semble que les deux hommes travaillaient sur un projet appelé Génome humain et que l'on a découvert qu'en fait ce projet en cachait un autre, nettement moins honorable… Les protocoles choisis allaient à l'encontre de l'éthique. Pour percer le mystère de l'ADN, Manning et ce Rathfastar estimaient que tous les moyens étaient bons.

— Bon sang… Que faisaient-ils ? Ils fouillaient les cercueils, fauchaient des squelettes et se livraient à des messes noires ?

— Non. Mais ce devait être aussi inquiétant. Ils avaient rallié à leur thèse nombre de scientifiques et fondé un groupe bien organisé. Composé uniquement de chercheurs très doués et très influents. Remarque, ce n'était qu'une rumeur, mais tu vas comprendre à quel point elle est liée à Moriah's Landing…

— C'est-à-dire ?

— Manning et ses amis auraient ressuscité une société savante fondée au XVIIe siècle ici, à Moriah's Landing. Le but des hommes qui l'avaient créée à l'époque était de percer le mystère des sorcières. Ils se livraient à des expériences sur les femmes accusées de pratiques maléfiques.

— C'est dément ! Et Manning appartiendrait à ce groupe, et en serait même l'une des têtes pensantes…

— C'est ce qu'on dit avec le Dr Rathfastar comme bras droit. Et parmi les membres les plus actifs de ce charmant collège, il y aurait Geoffrey Pierce.

— Alors là, je suis perdu. Que vient-il faire là-dedans ?

— Je ne sais pas s'il est encore d'actualité de parler de lui à propos de cette histoire mais, à l'époque, Geoffrey était un scientifique amateur qui dépensait sans compter l'argent de sa famille pour mener à bien des projets pour le moins fantaisistes. Etant donné qu'il n'avait aucun diplôme, il n'a jamais rien publié sur ses recherches.

— Et David Bryson ? Fait-il partie de cette clique ? Lui aussi se pique d'être un scientifique, je crois.

— Son nom n'a jamais été associé à celui du collège.

Elizabeth se demandait si Cullen en venait, comme elle, à se dire que tous les hommes mentionnés pouvaient disposer d'un équipement adéquat pour vider un cadavre de son sang… Comme celui de Bethany.

Mais pour quel motif ?

— J'ai essayé d'entrer en contact avec Bryson, reprit Cullen. Je me suis rendu à la porte de son château… et un maître d'hôtel m'a opposé une fin de non-recevoir.

— Tu le soupçonnes d'être mêlé à l'assassinat de Bethany ?

— Eh bien, Bryson a été suspecté, il y a vingt ans. Les habitants de Moriah's Landing disent de drôles de choses sur lui, quand ils veulent bien délier leur langue. Mais…

Cullen rectifia la position de la manette de chauffage, qui envoyait trop d'air sur le sol. Il la positionna en direction du pare-brise.

— … revenons à Manning. Que te rappelles-tu d'autre à son sujet ?

— Une controverse concernant ses recherches. Rathfastar l'a accusé de publier des résultats qui ne lui appartenaient pas. En retour, Manning l'a descendu en flammes. Il a clamé que Rathfastar était un dangereux fanatique qui se servait de cobayes humains. D'après lui, il réalisait ses expériences *in vivo*, ce qui est déontologiquement inacceptable.

— Un émule du Dr Frankenstein…

Elizabeth hocha la tête. Une image venait de lui traverser l'esprit. Ses parents, assis à la table de la cuisine au beau milieu de la nuit… Réveillée par la soif, elle était venue chercher un verre d'eau et avait trouvé Marion et Edward en grande discussion, les coudes sur la table, les yeux dans les yeux.

Persuadée que, pour une fois, ils discutaient d'autre chose que de leur travail, la fillette avait pris une chaise pour se joindre à eux. Ils lui avaient immédiatement signifié qu'elle était de trop. Sans douceur et sans ambages.

Elle s'était éclipsée mais, intriguée par ce conciliabule, elle s'était cachée derrière la porte pour écouter.

Marion et Edward parlaient bas, d'un ton grave…

— Je n'ai jamais gardé mes soupçons secrets, Edward, tu le sais fort bien. Je considère Leland Manning comme un fraudeur, et ce depuis longtemps. Un sale fraudeur doublé d'un escroc.

— Marion, pour l'amour du ciel, cet homme est un pur génie ! Ses recherches sur le génome humain sont tout bonnement extraordinaires.

— Des recherches qui ont échoué. Les résultats qu'il a publiés sous son nom, il les a volés à son collègue.

Un silence, ponctué d'un tapotement de doigts sur la table, puis la voix d'Edward :

— Alors c'est comme ça, Marion ? Tu prends fait et cause pour Rathfastar ?

— Je crois René, oui.

— Oh ? René ? Tu l'appelles René ?

— Ne sois pas ridicule ! René est un confrère ! Comment voudrais-tu que je l'appelle ? Monsieur ?

— Je me fous que tu lui donnes du « René », du « Monsieur » ou du « Hé, Machin ! » ! Tout ce qui m'intéresse, c'est que tu ne me parles plus jamais de ce type, Marion !

Le souvenir donna la chair de poule à Elizabeth.

— Hé, ça va ?

Cullen venait de lui effleurer légèrement le bras, et il la regardait d'un air attentif.

— Oui, Cullen, ça va.

— Qu'est-il advenu de ce Rathfastar ?

— Il a disparu. Pendant un moment, des bruits ont couru. On chuchotait que Manning s'était débarrassé de lui pour de bon… Jusqu'à ce que quelqu'un voie Rathfastar en Europe, lors d'un congrès. A Bruxelles, je crois. Et puis, plus tard, il a eu un accident de voiture. Il en est sorti dans un tel état que l'on ne donnait pas cher de sa survie.

— Il a survécu ?

— Je ne sais pas. Plus personne n'a parlé de lui, et son nom a disparu des revues spécialisées.

— Le film de science fiction continue, à ce que je constate. Doublé d'un scénario de film d'épouvante.

— Tu as tort de voir les choses sous cet angle. La recherche génétique et la thérapie génique sont à l'ordre du jour. Comme le clonage. L'espèce humaine va devoir placer des garde-fous, sinon c'est la porte ouverte à toutes les dérives.

— Je partage tes craintes. Il y a peu de chances que l'assassinat de Bethany ait un lien avec tout ça mais, par prudence, j'aimerais mieux savoir le tueur sous les verrous...

— Moi aussi. Le plus tôt sera le mieux. Parce que l'hypothèse du savant fou est la pire de toutes.

Cullen soupira et mit la voiture au point mort. Ils venaient d'arriver devant la faculté.

Le garde sortit de sa guérite et s'approcha de la voiture. Il se pencha et regarda à travers la vitre. Cullen la baissa. Le faisceau d'une puissante torche balaya son visage puis celui d'Elizabeth.

— Oh, docteur Douglas, c'est vous.

— Bonsoir, Georges.

Le garde éteignit la torche.

— Ce n'est pas une soirée à courir les routes, mademoiselle Douglas...

— J'étais en bonne compagnie, Georges. Vous connaissez l'inspecteur Ryan ?

— Ah, oui. Vous êtes en mission, inspecteur ?

— A la minute, non. Je ne fais que raccompagner le Dr Douglas. Pouvez-vous ouvrir cette grille ?

L'irritation perçait dans l'intonation de Cullen, mais Georges n'était pas quelqu'un à qui l'on disait comment exécuter son travail. Son visage se ferma et, pendant quelques instants, Elizabeth craignit qu'il refuse d'actionner le système d'ouverture. Bien qu'âgé d'à peine trente ans, Georges prenait sa fonction très au sérieux.

— Soyez prudente, docteur Douglas, lança-t-il avant de rentrer dans la guérite sans se hâter.

Il se tourna vers le tableau de commande. La grille commença à coulisser sur son rail.

Cullen passa en première et entra sur le campus avant que la grille soit totalement ouverte.

— Ce type est un vrai chien de garde, commenta Cullen tout en se dirigeant vers la partie du domaine sur laquelle se dressaient les cottages.

— Georges ? Oui. Il est extrêmement vigilant et scrupuleux.

— Depuis quand travaille-t-il ici ?

— Je le connais depuis mon enfance.

— Que faisait-il, avant ?

— Aucune idée. Mais il doit avoir un dossier, au service administratif de la fac… Cullen, ne me dis pas que tu soupçonnes Georges ! Il est inoffensif !

— Vraiment ?

Le doute de Cullen était logique, se dit la jeune femme. Après tout, elle ne savait rien de Georges. Si ce n'est que Wiley était son nom de famille. Mais à part cela…

Non, elle ne le connaissait pas. Et ne connaissait pas davantage les autres employés du campus. Ni les habitants de Moriah's Landing.

N'empêche, Georges avait toujours été gentil et aimable avec elle. Un jour, il les avait prises sur le fait, Kat et elle, alors qu'elles franchissaient le mur d'enceinte à l'aide des grosses branches du chêne. Il leur avait fait la leçon, lu la liste des sanctions encourues, sévèrement sermonnées, mais ne les avait pas dénoncées.

— Georges essayait juste de t'impressionner favorablement, Elizabeth, avait dit Kat, riant après coup. Il a le béguin pour toi.

Quelque temps plus tard, elle affublait le garde d'un vilain surnom : le Nazi. Ajoutant :

— Je ne serais pas étonnée qu'il ait placé des caméras de surveillance dans les dortoirs et les salles de bains.

— Kat, tu es méchante ! Georges est adorable, voilà tout.

— Ce que tu peux être naïve, Elizabeth ! Tout le monde sait que ce mec est un pervers.

Troublée, Elizabeth s'était demandé si Kat pouvait avoir raison.

— Nous y sommes, dit Cullen en se garant sur l'emplacement de parking marqué « Dr Douglas ».

Il sortit de la voiture, la contourna et vint ouvrir la portière d'Elizabeth. Il se pencha vers elle, et elle crut un instant qu'il s'apprêtait à l'embrasser.

Il se redressa immédiatement, mais elle avait eu le temps de percevoir la chaleur de son corps, d'humer son parfum un peu musqué…

Son imagination battit aussitôt la campagne : il allait de nouveau entrer dans le cottage. A elle de jouer…

Sur le seuil, elle pivota sur ses talons, lui fit face et proposa :

— Il gèle à pierre fendre. Une tasse de thé, Cullen ?

— Je t'ai dit que je n'aimais pas le thé.

Sa réponse manquait de conviction, nota-t-elle. Elle le sentait hésitant. Il se balançait d'un pied sur l'autre comme s'il ne savait dans quelle direction diriger ses pas : vers l'intérieur du cottage… ou le parking ?

— Je crois que je ferais mieux de m'en aller, Lizzie.

Mais il restait là, bras ballants, passant nerveusement la langue sur ses lèvres.

— Du café, peut-être, Cullen ?

Il secoua la tête. Sa main se leva, se posa sur la joue de la jeune femme… Une caresse si légère et si rapide qu'elle crut l'avoir rêvée.

La main qui était retombée revint à hauteur de son visage, mais, au dernier moment, elle se plaqua sur le chambranle de la porte.

— Je ne devrais pas faire ça, l'entendit-elle marmonner.

— Faire quoi ?

Il s'était rapproché imperceptiblement.

— T'embrasser.

Elle arrondissait la bouche, sur le point de lâcher une exclamation étonnée quand les lèvres de Cullen frôlèrent les siennes.

Puis il se recula, et se raidit.

— Tu vas le faire ? s'enquit-il.

— Mais… qu'est-ce que je vais faire ?

— Me gifler.

Elle prit soudain conscience d'avoir posé ses doigts sur ses propres lèvres, comme pour y capturer la rémanence du baiser.

— Alors, Lizzie ?

Elle ne put que secouer la tête. L'émotion ressentie était si puissante qu'elle la rendait muette.

Comme un film en Cinémascope, elle vit le visage de Cullen s'élargir jusqu'à occuper tout son champ de vision… Elle ferma les yeux. Sa bouche reprit la sienne. Pour un baiser qui n'avait rien de fugace cette fois. Long, profond, intense, il la chavira.

Mon Dieu… Elle rêvait de ce moment depuis si longtemps… Le vivait-elle vraiment ou ne s'agissait-il que d'un fantasme ?

Les fantasmes ne déclenchaient pas de voluptueuses sensations en cascade. Ne dégageaient pas de chaleur, ne rendaient pas moite de désir.

Le baiser était un vrai baiser, sensuel, brûlant de fièvre. Porteur de tant de promesses… Que se passerait-il ensuite ? Ses mains entreraient en jeu, son corps contre le sien se ferait pesant, suggestif… Sans se presser, enlacés, ils marcheraient vers le lit…

Depuis toujours, Elizabeth se répétait que jamais elle ne succomberait à une simple passion charnelle. Le jour où elle ferait l'amour, elle aimerait son partenaire. Il s'agirait d'un don total, absolu.

Or, elle n'avait aimé que Cullen. Elle l'attendait. L'attendrait encore s'il le fallait. S'il se dérobait maintenant, elle se ressaisirait, s'armerait de patience… et recommencerait à se languir de lui.

Jusqu'à quand ? Eh bien, toute sa vie s'il le fallait.

Et ce qu'elle redoutait tant arriva : il se déroba.

Le souffle court, les yeux brillants, il se dressa devant elle après l'avoir repoussée avec douceur.

— Lizzie, tu as tort de jouer à ça avec un type comme moi !

— Que veux-tu dire ?

— Tu le sais pertinemment.

— Cullen, je…

— Tais-toi et écoute-moi. Il y a trop de zones d'ombre dans mon passé. Des actes dont je ne suis vraiment pas fier.

— Et alors ? Tout le monde a des cadavres dans son placard. Des sujets de honte. Des regrets et des remords.

Du bout des doigts, il ramena l'une des mèches détachées du chignon derrière l'oreille de la jeune femme.

— Toi, tu aurais des remords ? l'interrogea-t-il d'un ton moqueur.

Elle ne répondit pas. Il cessa de sourire.

— Je ne veux pas me lancer dans une histoire sérieuse, Lizzie. Ni avec toi ni avec une autre.

Elle sentit son cœur devenir lourd dans sa poitrine.

— Qui te dit que j'en ai envie, Cullen ? repartit-elle d'un ton qu'elle espérait léger et mutin.

— De quoi as-tu envie, alors ?

— Eh bien... que tu m'embrasses encore. C'est tout.

Il eut l'air de réfléchir, mais elle percevait les frissons qui le traversaient.

— Ça, je peux faire.

Et il reprit sa bouche, jusqu'à ce qu'elle eût l'impression de voir des étoiles. Ses jambes flageolaient, elle s'accrochait aux épaules de Cullen, persuadée de défaillir.

L'expérience, car pour elle c'en était une, se révélait infiniment plus troublante que tout ce qu'elle avait pu imaginer. Et elle ne vivait là que ses prémices ! Qu'en serait-il lorsque Cullen s'enhardirait ?

Elle ne le saurait pas ce soir, comprit-elle, dépitée, quand il la repoussa gentiment de nouveau.

— Eh bien... pour une sacrée surprise, c'en est une ! s'écria-t-il, ébahi. Tu me sidères, Lizzie Douglas.

— Moi ? Pourquoi ?

Il se mit à rire. Un rire juvénile comme celui du Cullen malicieux d'autrefois.

— Je ne m'attendais pas à ça avec toi, Lizzie.

— Et pourquoi donc ? Je ne suis pas une oie blanche !

— Mmm. Je commence à te croire...

Il lui caressa le menton du revers de la main.

— Il fait froid. Tu devrais rentrer, Lizzie.

Froid ? Elle bouillait !

— Tu pourrais entrer avec moi, Cullen...

— Non. Je ne peux pas. Pas ce soir.

— Oh ? Pour quelle raison ?

— Parce qu'il ne faut pas précipiter les choses. Un pas à la fois, mademoiselle Douglas.

Il posa un petit baiser sur le bout du nez de la jeune femme puis tourna les talons.

12.

Après ce baiser, Elizabeth se mit à considérer l'avenir sous un angle différent.

Depuis que Cullen lui avait finalement demandé son aide pour l'enquête, elle avait compris qu'il était obligé de la regarder différemment. Elle n'était plus une gamine, mais une femme. Lorsqu'il lui parlait, il ne pouvait que se rendre compte de sa métamorphose.

Leur étreinte l'avait confortée dans l'idée qu'elle avait gravi une nouvelle marche vers Cullen. Son amour d'adolescence ne resterait peut-être pas seulement romanesque. Il deviendrait réalité… si le destin lui donnait un coup de pouce favorable. De professionnelle, leur relation allait tout doucement devenir intime…

Croyait-elle.

En effet, tout changea à partir de ce soir-là.

Mais pas comme elle l'avait imaginé, le temps d'une nuit blanche où Cullen n'avait pas quitté ses pensées.

Dès le lendemain, ses relations avec Cullen prirent un virage à cent quatre-vingts degrés.

Il ne se rapprocha pas d'elle.

Il se mit à la fuir.

Elle supposait que c'était par peur de s'engager. Au fond de lui, il savait qu'elle n'était pas la femme d'une nuit. Ou il s'embarquait dans une véritable histoire d'amour ou il restait à distance.

La balance avait penché en faveur de l'éloignement.

Elle le comprenait. Depuis son enfance, il avait appris à ne compter que sur lui-même et à n'avoir besoin de personne.

Et si Elizabeth le quittait un jour ? devait-il se dire. Il ne le supporterait pas. Réapprendre à vivre seul après un chagrin était infiniment plus difficile que se résigner comme il l'avait fait dès l'enfance.

Elle-même s'était caparaçonnée contre les déceptions. Ne parler qu'à son miroir ne pouvait pas causer de douloureux traumatisme… En revanche, faire le pari d'une vie à deux, tout miser sur un partenaire, et perdre, lui semblait trop dangereux pour être tenté.

Malgré tout, elle était prête à défier le sort. Elle voulait aimer et être aimée, fonder une famille. Avoir un foyer.

Elle voulait Cullen.

Pourtant, les statistiques ne parlaient pas en leur faveur. Les couples formés trop jeunes ne duraient que l'espace d'un hiver, lisait-elle régulièrement dans les journaux.

Ce ne serait pas le cas du sien. Cullen et elle étaient très mûrs. Leur jeunesse empreinte de tristesse les avait endurcis. Ils connaissaient la valeur de l'amour, la douleur induite par son manque. Ils sauraient tirer profit de l'expérience cruelle qui leur avait été infligée.

Elle voyait les choses ainsi. Et Cullen ? Pour lui, aimer n'était-il pas qu'un piège conçu pour lui retirer sa liberté, son indépendance ?

Pas de découragement. Elle briserait les défenses dont il s'était entouré. A force de patience, de tendresse, d'obstination aussi.

A condition que Cullen lui en donne l'occasion.

Or, l'enquête piétinant, il n'avait nul besoin de venir la chercher pour l'amener quelque part. Lui téléphoner suffisait.

Il l'appelait donc régulièrement pour faire le point. Quelques phrases brèves car, hélas, il n'y avait rien de nouveau, puis il lui disait gentiment au revoir…

Et les jours passaient, les semaines s'écoulaient.

La patience de la jeune femme commença à s'émousser, sa tendresse se mua en frustration mêlée de colère et sa détermination fondit comme neige au soleil.

A bout de nerfs, elle tenait bon malgré tout, à cause de l'affaire Bethany Peters. Il lui fallait rester sur le qui-vive, à l'affût de toute information, si minime fût-elle, susceptible de faire avancer les recherches.

La copie du rapport d'autopsie était arrivée, elle avait lu et relu le dossier, essayant de déceler un indice qui lui aurait échappé. Elle étudiait à la loupe les clichés pris chez les Pierce puis à la morgue. Reprenait inlassablement les interrogatoires réalisés par Cullen, lors du bal costumé, puis en ville et sur le campus. Au point de connaître par cœur les réponses.

Sans résultat.

Le printemps approcha. Les vacances de Pâques ayant vidé le campus, elle profita de ces quelques jours de congé pour établir une liste de suspects, avec leurs possibles mobiles. A côté de chaque nom, elle inscrivit leur emploi du temps le soir de l'assassinat de Bethany.

Geoffrey Pierce venait en tête de liste.

Non qu'elle le considérât comme le suspect idéal. Mais son attitude lors de la découverte du corps lui paraissait un peu étrange, avec le recul. La vision du corps de Bethany au bout de la corde dans la véranda de son frère n'avait semblé ni le troubler ni l'étonner.

Même si aucun diplôme n'avait sanctionné ses compétences, il possédait un excellent bagage scientifique... La technique requise pour vider Bethany de son sang ne lui aurait posé aucun problème.

Venait ensuite Lucian LeCroix.

Il fallait se résoudre à envisager sa culpabilité, se dit Elizabeth, le cœur serré. Cullen avait raison : personne, à Moriah's Landing, ne pouvait donner de renseignements à son sujet. Même les coups de fil passés à Boston n'avaient rien donné. Lucian était inconnu des services de police.

Ned Krauter arrivait en troisième position sur sa liste.

Professionnel de la thanatopraxie, équipé de tous les accessoires et appareillages nécessaires pour embaumer, donc exsanguiner, un cadavre. Pas de quoi alarmer un juge et l'amener à délivrer un mandat, c'était évident. Mais il méritait sa place sur la liste.

Paul Fortier, maintenant.

L'enseignant retenait toute l'attention d'Elizabeth. Un signal clignotait dans son esprit lorsqu'elle songeait à lui. Il connaissait Bethany, et même si aucune preuve d'une liaison avec la jeune fille n'avait pu être trouvée, le doute demeurait permis. De surcroît, le jour où Elizabeth l'avait surpris dans le laboratoire, il s'était conduit bizarrement. Le sang dans le tube à essais, la manche de sa blouse déchirée et tachée de rouge...

Mais son intuition ne recouvrait rien de concret. Aucun juge ne ferait saisir les dossiers dans lesquels étaient consignées les expériences de Fortier. Le carrelage avait été lavé cent fois depuis, et la blouse à maintes reprises passée à l'eau de Javel, évidemment.

Fallait-il aussi inscrire Leland Manning sur la liste ?

Seules véritables raisons, sa fascination pour les sorcières d'antan et ses énigmatiques travaux sur le génome humain. Le sang de Bethany aurait pu l'intéresser et…

— Echec et mat !

Elizabeth tressaillit. Ses pensées avaient vraiment dérivé très loin de l'échiquier sur lequel elle disputait une partie avec Brandon, son petit frère de quatre ans.

Et le génial gamin en avait profité pour la battre à plates coutures.

— Ce n'est pas vrai, Brandon ! Tu ne m'as pas battue !

— Si. Navré, Elizabeth.

L'enfant la regardait d'un air narquois dépourvu de toute malice. Le garçonnet était adorable. Gentil, rieur et doté d'une intelligence hors normes. Son Q.I. était supérieur à celui d'Elizabeth au même âge.

— On fait une autre partie ? quémanda-t-il. Tu gagneras peut-être ce coup-ci.

— Non. Il est l'heure d'aller te coucher. Si tu n'es pas dans ton lit d'ici à deux minutes, Annie va venir te sonner les cloches. A moi aussi par la même occasion. Je ne suis pas censée te tenir éveillé si tard.

— Oh, allez, Elizabeth, une autre partie…

Elle repoussa son tabouret et se mit debout.

— Non, mon garçon. Au dodo.

Il fit la moue, puis son regard s'éclaira.

— Tu vas me lire une histoire ?

— Tu es parfaitement capable de lire tout seul, jeune homme.

— Je sais. Mais j'aime quand tu lis. C'est chouette. Après, je fais de jolis rêves.

Elizabeth ne savait pas résister à ce bout de chou.

— D'accord. Mais pas longtemps, hein ? Dès que je refermerai le livre, j'éteindrai. Et je ne veux pas entendre de protestations.

— Promis. Croix de bois, croix de fer…

La jeune femme s'approcha de la bibliothèque.

— Qu'est-ce qui te plairait, Brandon ?

— Indiana Jones !

— Pfff… Tu n'en as pas marre de ces histoires qui se passent dans des cavernes pleines de serpents, d'araignées, et de Dieu sait quoi d'autre d'épouvantable ?

— Non. J'aime ça. Quand je serai grand, je serai archéologue. J'entrerai dans de vieilles tombes et…

D'un geste de la main, Elizabeth fit taire son frère. Les vieux tombeaux lui rappelaient de trop mauvais souvenirs. Et puis, mieux valait que l'enfant garde son ambition secrète. Marion et Edward Douglas n'apprécieraient guère de l'entendre parler ainsi. Leur fils devait mettre ses pas dans les leurs, forcément.

— Tu feras ce que tu voudras quand tu seras grand, Brandon. Ne te laisse surtout pas influencer par qui que ce soit.

Il la regarda avec inquiétude. Si jeune, pressentait-il déjà que ses parents essaieraient de lui barrer tout chemin qui ne fût pas celui de la recherche scientifique ?

La tristesse au cœur, Elizabeth accompagna l'enfant jusqu'à sa chambre. Il se mit docilement au lit et elle s'assit à son chevet. Elle ouvrit le livre, un roman élaboré à partir du scénario du film *Indiana Jones.*

Elle s'apprêtait à tourner la deuxième page quand elle interrompit sa lecture : les immenses yeux bleus du petit garçon s'étaient fermés. Brandon dormait déjà.

Elle l'embrassa sur le front et quitta la pièce à pas de loup. Dans le couloir, en passant devant la chambre de sa mère, elle remarqua un rai de lumière sous la porte. Marion était montée se coucher… sans se donner la peine de souhaiter bonne nuit à son fils. Quant à songer à lui lire une histoire… jamais l'idée ne l'aurait effleurée. Ce genre de « pensum » incombait à Annie, la nurse.

Pourquoi mettre des enfants au monde si l'on ne souhaite pas s'en occuper ? se demanda Elizabeth. Leurs parents attendaient avec impatience que Brandon sorte de la petite enfance pour devenir un interlocuteur valable. A ce moment-là, ils seraient très présents. Intellectuellement, mais pas affectivement. Seul le savoir scientifique comptait. Elizabeth avait déçu leurs espérances. Brandon allait reprendre le flambeau. Croyaient-ils. Sinon, ils n'auraient pas fait cet enfant si tard.

Mais en attendant, ils privaient le petit garçon de tendresse. Les seules marques d'affection que recevait le bambin émanaient de sa sœur. La nurse avait été choisie pour sa sévérité et son sens de la discipline.

Marion et Edward, chercheurs de très haut niveau, internationalement connus, étaient de bien étranges parents…

Elisabeth s'arrêta devant la porte close et, après une hésitation, frappa timidement.

Le silence. Elle frappa un deuxième coup plus appuyé que le premier.

— Oui ?

L'agacement perçait dans l'intonation.

— Mère, c'est Elizabeth. Puis-je entrer une minute ?

— Pourquoi ? Quelque chose ne va pas ?

La jeune femme ouvrit la porte et franchit le seuil, avant de s'immobiliser. A son âge encore, pénétrer dans la chambre maternelle lui semblait un sacrilège. Marion préservait jalousement son intimité. Elle semblait vivre les visites de ses enfants comme des intrusions. Exactement comme Edward, qui occupait une chambre accolée à son bureau à l'autre bout de la maison.

Combien de fois dans sa vie Elizabeth était-elle entrée chez sa mère ? Les doigts d'une seule main suffisaient à les compter…

Mais finalement, qu'avait-elle manqué en ne forçant pas plus souvent cette porte ? Rien. L'atmosphère qui se dégageait de l'immense chambre, meublée d'un lit et d'un bureau, était glaciale. Pas la moindre touche personnelle, rien qui fournît une indication sur les goûts de Marion. Sinon des dossiers sur le bureau, et un ordinateur en marche.

Marion n'aimait que son travail.

Assise devant son écran, elle leva un regard inquisiteur sur sa fille.

A quarante-cinq ans, elle possédait une beauté saisissante et une allure juvénile étonnante. Difficile de l'imaginer mère d'une fille de vingt ans… Pourtant, les deux femmes se ressemblaient. Mêmes cheveux châtain doré tirant sur le fauve, mêmes yeux couleur d'ambre. Face à sa mère, Elizabeth imaginait aisément sa propre apparence dans deux décennies.

Les points communs ne s'arrêtaient pas aux ressemblances physiques. Elles avaient la même passion pour leur travail, et une tendance à vivre dans un décor impersonnel.

— Alors, Elizabeth ? Quelque chose ne va pas ?

— Non, non. Rien de spécial.

— Que fais-tu là, dans ce cas ?

Ainsi, il fallait une raison pour venir à la maison et parler à ses parents…

— J'ai dîné avec Brandon.

— Ah. Bien. J'espère que Doris s'est bien occupée de vous.

Oui, la cuisinière n'avait pas failli. Mais quoi de plus normal ? Marion ne tolérait autour d'elle que des gens hyper qualifiés. Elle n'aurait jamais embauché une cuisinière qui ne fût pas une perle. Doris avait préparé des plats parfaits, parfaitement servis sur une table parfaitement dressée dans la salle à manger... Le service, impeccable et stylé, avait donné à ce repas entre un frère et une sœur un côté guindé désagréable... qu'Elizabeth avait oublié dès que Brandon avait commencé à rire. Elle faisait de fréquents passages dans la demeure familiale à cause du petit garçon. Elle adorait sa compagnie.

Et ne pouvait s'empêcher de se demander comment il tenait le coup dans cette cage dorée, lorsque sa sœur se trouvait à Heathrow College.

— Eh bien, Elizabeth ?

La jeune femme prit une chaise et la tira devant le bureau. Le froncement de sourcils de sa mère ne lui échappa pas.

— Il faut que je te parle, mère.

— Je suis occupée et...

— Ce ne sera pas long.

Marion soupira puis cliqua sur la souris. Sa fille la dérangeait. Elle était obligée de stocker les données sur lesquelles elle travaillait. De précieuses minutes perdues...

Elizabeth lisait les pensées de Marion sur son visage.

— Bon. Je t'écoute, Elizabeth.

— Connais-tu bien Leland Manning ?

— Pardon ?

— Leland Manning.

— Pourquoi diable faudrait-il que je te parle de lui ?

— Parce que je l'ai vu, un soir... et cela m'a rappelé un incident dont père et toi aviez discuté. Un scandale, si j'ai bonne mémoire.

— Cela ne m'évoque rien.

Marion avait ramené son regard sur l'écran mais, dans la lumière bleuâtre du moniteur, la soudaine crispation de ses mâchoires n'en était que plus visible.

— Mais si, mère. Tu n'as pas oublié. Tu n'oublies jamais rien… Manning a été mêlé à une histoire de groupe scientifique secret avec son protégé, René Rathfastar…

— Je ne…

— Si, mère, tu vois très bien à quoi je fais allusion.

Marion Douglas lança un regard sévère à sa fille.

— Je ne sais rien d'une quelconque association de savants œuvrant sous le manteau, Elizabeth. Tu te trompes.

— Mais tu étais au courant, pour l'accusation de René Rathfastar contre Manning au sujet de la publication de découvertes…

— Pourquoi toutes ces questions ? demanda Marion d'un ton coupant.

— Je te l'ai dit. Parce que j'ai vu Manning, il y a quelque temps. Il m'intrigue. Ce Rathfastar aussi. Que lui est-il arrivé ?

— Je n'en ai pas la moindre idée.

L'expression du visage de sa mère fascinait Elizabeth. Jamais ses traits n'avaient affiché un tel émoi.

— Il aurait eu un accident de voiture, mère. A-t-il survécu ?

— Comment le saurais-je ?

— La communauté scientifique est un tout petit monde. Tous ses membres se connaissent, se tiennent au courant de leurs travaux respectifs. Ils restent en contact permanent. Père, toi, Manning et Rathfastar travaillez dans le même domaine. Tu es nécessairement au courant de son sort. S'il a échappé à la mort lors de l'accident, tu as dû être au courant. Pourquoi faire semblant de ne rien savoir ? Car tu fais semblant…

La colère fit scintiller les yeux de Marion.

— Elizabeth, tu dépasses les bornes… Je vais néanmoins te donner un bon conseil : tiens-toi à distance de Manning. C'est un mégalomane, qui a une personnalité extrêmement bizarre.

Marion reprit la souris et ramena son attention sur l'écran de l'ordinateur. Cela signifiait, comprit Elizabeth, la fin de l'entretien. Le sujet était clos et le temps imparti à sa fille écoulé. Le visage s'était fermé et, par expérience, Elizabeth savait qu'elle n'obtiendrait rien de plus de sa mère. Ni un mot, ni un regard.

Elle quitta la chambre.

Dans le couloir, elle s'immobilisa. Cette conversation avec sa mère l'avait laissée avec une désagréable sensation de malaise. D'ordinaire, Marion Douglas était franche et spontanée. Pourquoi refusait-elle de parler de ses deux collègues ? Et de la société secrète ? Cela n'avait aucun sens.

Sauf si Edward Douglas et elle faisaient partie de cette société…

Non. Impossible. Leur vie, c'était leur métier, et ils l'exerçaient avec fierté, en respectant un code moral très strict. Jamais ils ne se seraient impliqués dans une association de scientifiques dévoyés.

Pourquoi, alors, cette fin de non-recevoir ?

Lentement, elle longea le couloir, passa devant la chambre de Brandon, jeta un coup d'œil au petit garçon endormi… Elle approchait de l'escalier quand un souvenir jaillit de sa mémoire.

Cinq ans auparavant, juste après l'installation d'Elizabeth sur le campus d'Heathrow, Marion Douglas était subitement partie en Europe.

Pour assister à un congrès à Bruxelles.

*
* *

— Vous êtes seule, docteur Douglas ?

Georges balayait l'intérieur de la voiture du faisceau de sa torche. Prenant son temps. Comme s'il s'attendait à voir surgir quelqu'un de dessous la banquette arrière.

— Oui, Georges. Je suis seule. Comme vous pouvez vous en rendre compte.

Il éteignit la lampe.

— Je vois. Soyez prudente, dans ce cas. Le campus est aussi désert qu'un cimetière, cette nuit. Tout le monde est parti… sauf vous et moi. Si vous avez besoin de quoi que ce soit, téléphonez-moi. Vous avez le numéro du poste de garde, n'est-ce pas ?

— Oui. Merci, Georges.

Alors que les grilles s'ouvraient, Elizabeth essayait de contenir les frissons qui l'assaillaient. Un cimetière… Mon Dieu, qu'elle détestait cette comparaison !

Néanmoins, s'aperçut-elle après s'être engagée dans l'allée, la comparaison de Georges était justifiée : le campus avait quelque chose d'effrayant et de macabre.

Le bâtiment principal dressait ses tourelles et ses pignons, évoquant un mausolée gigantesque consacré à quelque divinité maléfique. Le lierre accroché aux façades en pierre taillée ressemblait à des nœuds de serpents et on imaginait aisément des spectres à l'affût derrière les vitraux des hautes fenêtres en ogive.

Les nerfs soudain à fleur de peau, Elizabeth se gara sur son emplacement réservé puis sortit de sa voiture. L'allée conduisant à son cottage lui semblait bien longue, ce soir… et bien mal éclairée. Le brouillard des jours derniers s'était mué en brume : la température plus élevée chassait les nappes basses mais laissait derrière elle des lambeaux épars, qui s'accrochaient aux massifs, aux branches basses.

D'un pas rapide, la jeune femme rejoignit son cottage. Elle entra et s'enferma à clé. Elle était chez elle. En sécurité. Retrouver son calme ne serait pas long. Il lui suffisait de se dire que le campus ne présentait aucune menace, précisément parce qu'il était désert.

Tirer les rideaux aiderait à chasser la sensation de malaise. Allumer toutes les lampes aussi.

Quelques bûches étaient encore intactes dans la cheminée. Du papier journal, une allumette et elle aurait un bon feu.

Bien. L'angoisse cédait. Elle respirait mieux. Une douche et ensuite, au lit avec un livre.

Elle resta un long moment sous le jet d'eau chaude. Se décontracter totalement serait difficile. Elle était tellement sous tension depuis plusieurs semaines… La dérobade de Cullen l'affectait profondément. Et cette visite à Marion n'avait rien arrangé.

Elle sortit de la douche, se sécha et enfila une chemise de nuit de coton. Elle achevait de la boutonner quand son regard tomba sur le négligé offert à Noël par l'une de ses collègues, Rada Kimeade. Elle ne l'avait jamais porté, car elle attendait une occasion. Une soirée avec Cullen par exemple… Mais au train où allaient les choses, elle ne mettrait pas de sitôt ses chemises de coton au rancart…

Alors autant profiter tout de suite de ce ravissant déshabillé. Peut-être le fait de le porter lui remonterait-il un peu le moral.

En un clin d'œil, elle retira la chemise à manches longues et ras du cou et enfila le négligé de soie.

La sensation était étrange, inhabituelle, mais agréable. Elle ne se sentait pas vraiment vêtue. Pourtant, elle n'avait pas froid. La soie transparente se révélait chaude, douce. Rassurante.

Elle alla choisir l'un des volumes qu'elle gardait sous clé… Elle allait se mettre sous la couverture lorsqu'un bruit attira son attention. Le pouls soudain emballé, elle posa le volume sur la courtepointe. Pétrifiée, elle tendit l'oreille.

Tout d'abord, elle n'entendit rien. Avait-elle rêvé ? Pour en avoir le cœur net, elle sortit du lit, s'approcha de la fenêtre, puis se glissa vers la porte. L'oreille collée au battant, elle suspendit son souffle.

Le bruit se répéta. Léger, mais persistant cette fois. Un sifflotement ?

Georges, sans doute. Il faisait sa tournée.

Le soulagement lui arracha un long soupir. Ce brave Georges s'inquiétait pour elle. Il méritait bien une tasse de thé.

Elle posait la main sur la poignée, prête à ouvrir la porte, quand elle se rappela ce qu'elle portait sur le dos.

Se savoir à moitié nue ranima la sensation d'insécurité qui la tourmentait depuis son retour sur le campus.

Elle n'ouvrit pas. A la place, elle revint à la fenêtre et écarta doucement le rideau.

La brume formait des cocons mouvants autour des bornes d'éclairage le long de l'allée et, un peu en arrière, drapait les massifs d'un voile gris auquel le vent donnait des formes étranges. Comme si une créature se dissimulait, songea-t-elle en frissonnant.

Puis elle vit quelque chose se déplacer. Sous le couvert de la brume. Qui s'approchait, s'avançait sur la pelouse.

S'avançait ? Non. Montait et descendait. Suspendu à une branche.

Grands dieux ! Un corps ! Un corps pendu !

Elle enfonça le poing dans sa bouche pour ne pas hurler, se mordit la chair… Du calme. Du sang-froid. Inspirer profondément jusqu'à ce que le sang cesse de battre dans ses tympans… Elle devait sortir, aller porter secours à… A quoi ? A qui ? Elle entendait encore le sifflotement. L'assassin de Bethany avait-il recommencé ? Et pendu sa victime devant le cottage ? Pour qu'elle en sorte ! Sans doute n'y avait-il pas de corps, mais un appât… Un tas de vêtements au bout d'une corde. La cible, c'était elle… Le tueur attendait qu'elle se manifeste. Il se jetterait sur elle et, quelques instants après, au bout de la corde, ce serait elle qui se balancerait !

Oh, mon Dieu ! Le téléphone, vite…

Elle se précipita vers son bureau, décrocha le combiné.

A ce moment-là, un autre bruit résonna. Il ne s'agissait plus d'un sifflotement à l'extérieur.

Quelqu'un se trouvait tout près. Dans sa maison. Où ? Le cottage était si petit… La kitchenette ? La minuscule buanderie, qui donnait sur le jardin ? Oui. Il y avait une porte. Munie d'un simple verrou. Un jeu d'enfant à forcer.

L'adrénaline fit son office : Elizabeth se rua sur la porte d'entrée, l'ouvrit à la volée, dévala les quelques marches du perron et se mit à courir à toutes jambes, fonçant droit devant elle.

Les nappes de brouillard se déchiraient une à une lorsqu'elle les traversait en trombe. Et tout à coup, elle vit sa voiture. Elle s'était dirigée vers le parking. Elle allait pouvoir s'échapper ! Une fois au volant, il lui suffisait de… Oh, non ! Ses clés de contact se trouvaient dans son sac, sur la sellette dans son vestibule !

En plein désarroi, elle ralentit sa course.

Elle en aurait pleuré. Céder à l'affolement n'était jamais une bonne solution.

Il ne lui restait plus qu'à se remettre à courir. Elle entendit claquer des pas derrière elle. Elle comprit que le tueur se rapprochait inexorablement.

La guérite du gardien ! Georges avait un téléphone ! Et une arme ! Elle se réfugierait dans le poste de surveillance et attendrait les secours auprès de Georges.

Galvanisée par cette idée, elle s'élança, obliquant sur la droite à travers le parking. Les semelles de feutre de ses pantoufles la ralentissaient, les pans du déshabillé aussi, qui entravaient ses jambes. Mais elle ne prit pas le temps de se déchausser.

Il faisait froid, mais elle transpirait. La brume constellait de gouttelettes son visage, son buste, mais elle ne s'en rendait pas compte. Tout ce dont elle était consciente, c'était d'une douloureuse brûlure dans les poumons.

La guérite… Enfin, elle la voyait !

Elle hurla, du moins voulut hurler, mais ce fut un cri rauque qui s'arracha à sa gorge desséchée.

— Georges ! Georges !

Elle arriva à la guérite, se jeta sur la porte vitrée, martelant le verre de ses poings serrés.

— Georges ! Ouvrez-moi, je vous en supplie !

L'intérieur du poste de garde était sombre.

Elle cessa de frapper : Georges faisait sa tournée. Seule une veilleuse était allumée, sur le bureau. Juste à côté du téléphone. Quelle cruelle ironie…

Que faire ? Les grilles ne pouvaient être actionnées que du tableau, dans la guérite, ou grâce à la télécommande qu'elle gardait dans sa voiture.

Elle était prise au piège sur le campus. Impossible d'escalader ces grilles, hautes, faites de barreaux droits et lisses.

Mais il y avait le grand chêne, à l'arrière du bâtiment ! Avec ses grosses branches basses…

Elle allait franchir le mur d'enceinte par là. Comme autrefois. A cette différence près qu'aujourd'hui, c'était sa vie qu'elle risquait. Pas une simple punition de la directrice.

Contournant la guérite, elle repartit de plus belle. La panique refluait, remplacée par une lucidité froide. Ses pensées étaient de nouveau cohérentes. Ce qui lui permit de se rappeler qu'elle avait eu besoin de l'aide de Kat, lors de chacune de leurs escapades. Kat passait en premier, chevauchait l'arête du mur et lui tendait la main.

Ce soir, Kat n'était pas là.

Lorsqu'elle eut dépassé le bâtiment principal, elle se faufila dans un bosquet et s'arrêta. Quelques secondes. Le temps d'écouter.

Pas de bruit. Elle avait momentanément semé son poursuivant. Il n'avait apparemment pas envisagé qu'elle s'enfonçât dans le parc. Il devait la chercher sur le parking.

Mieux valait donc marcher en silence plutôt que de courir en dérangeant les feuilles…

Louvoyant entre les massifs ornementaux et les troncs des érables, elle arriva au chêne. Les branches étaient trop hautes pour qu'elle puisse les atteindre à bout de bras.

Elle allait devoir sauter, bras tendus, doigts écartés, prêts à s'accrocher…

Le premier saut fut un échec. Elle retomba rudement, se tordant la cheville. Un élancement lui traversa la jambe, mais elle effectua aussitôt une deuxième tentative, aussi infructueuse.

La troisième fut la bonne. Elle réussit à s'agripper. Restait maintenant à progresser en avançant une main après l'autre puis, à ras du mur, à balancer son corps de manière à projeter les jambes vers le faîte.

Tous les muscles bandés, elle imprima à ses hanches un mouvement de pendule. L'écorce de la branche blessait ses paumes, mais elle n'en avait cure. Encore un effort… Son pied, puis son mollet toucha le haut du mur. Sa jambe tout entière enfin. Puis l'autre.

Elle chevaucha l'arête, pivota sur elle-même et sauta. De l'autre côté. Elle tomba sur les fesses.

Elle se releva aussitôt.

Elle s'élança droit devant elle, sous le couvert des arbres, en direction de la route. Le poste de police se trouvait à deux kilomètres grand maximum. Et, avec un peu de chance, une voiture passerait bien sur la route…

La fatigue se fit soudainement sentir. Elle avançait lentement sur le bas-côté, ses jambes la portaient avec peine, sa cheville protestait.

Soudain un grincement de métal très familier vrilla le silence de la nuit. Les grilles de Heathrow College étaient en train de s'ouvrir, et elle aperçut le faisceau des phares d'un véhicule, dont le ronronnement du moteur parvint jusqu'à elle.

Le tueur sortait de Heathrow. Il avait compris qu'elle se trouvait à l'extérieur, et il s'apprêtait à la traquer en voiture.

Il fallait qu'elle quitte la route.

Au bord des larmes, elle s'engouffra dans le sous-bois. Dire qu'elle s'était crue sauvée… Et voilà qu'elle marchait dans des taillis, dans l'obscurité la plus totale. La forêt n'avait rien de commun avec le parc de Heathrow. Des ronces, des branches mortes, des amas de feuilles spongieux, dans lesquels elle s'enfonçait jusqu'aux chevilles… Elle progressait avec difficulté. Gagner la ville par les bois lui prendrait des heures, si le tueur ne l'avait pas trouvée avant…

Elle se rendit compte que la maison de Leland Manning se trouvait tout près. Elle aperçut la clôture électrifiée qui protégeait la propriété des intrus. Pourquoi ne pas sonner et quémander de l'aide ?

Parce que Manning lui faisait peur. Le tueur, c'était peut-être lui…

Elle s'éloigna de la maison du chercheur, empruntant un chemin à peine tracé qui longeait la route. Elle trébuchait sans cesse et devait garder le bras levé devant son visage pour repousser les rameaux qui la fouettaient. Mais, de la sorte, elle contournerait le domaine de Manning.

Elle aboutit tout droit au cimetière Saint-John !

L'entrée se trouvait maintenant face à elle, de l'autre côté de la route. Curieusement, nulle brume ne s'accrochait à la vieille grille rouillée. Une invitation à la pousser. Comme si le cimetière lui disait d'entrer, lui assurait qu'entre les tombes, elle serait en sécurité… La lune ne venait-elle pas de se dégager de sa gangue de nuages, illuminant de sa clarté blafarde les cyprès de la nécropole ?

L'idée d'y pénétrer glaça Elizabeth. Elle n'y était jamais revenue depuis la nuit où Claire avait disparu… Elle avait la chair de poule et elle commença à reculer. Mais… si elle traversait le cimetière, elle déboucherait sur Old Mountain Road. A des kilomètres de la fac. Et du tueur.

Mais tout près de *The Bluffs*… Le château de David Bryson. Elle ne voulait pas davantage demander du secours à Bryson qu'à Manning.

Le grondement d'un moteur balaya en un éclair ses réticences. Courbée en deux, elle traversa la route et se précipita sur la grille.

Les vantaux s'entrouvrirent en gémissant. Ils se plaignaient, songea Elizabeth avec un frisson. On les forçait, on troublait leur quiétude éternelle. Ils étaient là pour protéger la paix des défunts et un être humain s'apprêtait à la violer en courant entre les tombes.

Lentement, la jeune femme avança un pied, puis l'autre. Tout son corps regimbait à l'idée de s'enfoncer dans le cimetière. La brume, étrangement absente sur la grille, semblait s'être déplacée vers la deuxième rangée de tombes, comme tapie, dans l'attente de son passage.

Il y a cinq ans, pendant la nuit du bizutage, l'endroit était effrayant dans la tempête. Mais les éclairs, le tonnerre, le vent, semblaient infiniment moins redoutables que ce brouillard qui bougeait comme au ralenti, enveloppant les stèles, les croix, les statues de longues traînées blanchâtres.

Elizabeth porta la main à sa gorge, déglutit, puis chercha profondément sa respiration.

Bien. Elle était prête. Il suffisait maintenant de foncer, de traverser le plus vite possible sans regarder à droite ni à gauche.

Cullen n'aurait pas été si ému, lui… Il ne croyait pas aux fantômes. Elle, si.

Le gémissement de la grille s'éleva de nouveau. Et ce n'était pas à un fantôme qu'elle allait livrer passage.

La peur la pétrifia.

Jamais elle ne s'en tirerait. Le tueur était bien trop astucieux. Au lieu de la poursuivre en voiture, il avait déduit qu'elle n'avait pu que se réfugier dans Saint-John. L'épuisement la gagnait. L'homme ne serait pas long à la rattraper.

Sauf si, au lieu de continuer à courir, elle se cachait.

Elle s'engouffra dans une allée sombre, une haie de cyprès occultant le clair de lune, et bifurqua lorsqu'elle entrevit une haute stèle. En une fraction de seconde, elle se tapit derrière la pierre, le buste pressé contre le granite glacé. De part et d'autre de la stèle, de grandes urnes de bronze achevaient de la dissimuler aux regards.

Des crissements sur le gravier de l'allée principale lui apprirent que l'homme approchait. Elle entendit son souffle haché, rauque. Un souffle trahissait l'excitation, pas l'épuisement.

Le chasseur se réjouissait à l'avance. L'hallali approchait. Son gibier ne lui échapperait pas...

Combien de temps s'écoula-t-il avant qu'Elizabeth n'entende de nouveau grincer la grille ? Elle n'en avait aucune idée. Elle était restée recroquevillée pendant ce qui lui semblait une éternité. Et l'homme avait arpenté le cimetière... sans la voir. Il était ressorti. Du moins, si elle se fiait au grincement de la grille.

A moins que ce ne soit qu'une feinte et qu'il soit embusqué derrière un tombeau...

Mieux valait attendre encore avant de bouger.

Mentalement, elle compta les secondes, en fit des minutes qu'elle additionna aux minutes... Lorsqu'elle arriva à quinze, elle se décida à se relever. Ankylosée d'être restée aussi longtemps recroquevillée, elle dut attendre que son sang se remette à circuler convenablement.

Elle regagna l'allée principale. Elle se rendit compte que la tombe de Leary était toute proche.

Elle ne l'avait pas revue depuis la fameuse nuit.

L'ange tendait toujours ses bras de marbre vers le ciel noir. Mais ce soir, une cape de brume l'enveloppait. Fascinée, Elizabeth fixait la statue quand elle eut l'impression que les ondulations de la brume ne devaient rien au vent.

Un être humain bougeait-il sous cette impalpable toile grise ?

Ou un fantôme ? Celui de Leary ?

Elle se mit à courir comme jamais elle n'avait couru. Le sang qui battait dans ses tympans l'assourdissait. Des pas faisaient-ils écho aux siens ? Elle l'ignorait. Elle n'entendait rien.

La porte, la petite porte en fer forgé... L'issue arrière du cimetière...

Elle se jeta dessus, tira de toutes ses forces, faisant jouer les gonds rongés par la rouille. Le diable était à ses trousses…

Elle déboucha sur Old Mountain Road. Elle sentit le bitume sous ses semelles. Elle était de retour au royaume des vivants… Elle reprit son souffle.

Elle aperçut des phares qui perçaient le brouillard…

Le tueur avait anticipé sa manœuvre. Il avait repris sa voiture et se trouvait sur Old Mountain Road.

Tant d'efforts pour rien. Pour rien…, se répétait-elle, paralysée par la peur, au beau milieu de la voie. Ce n'était plus un grondement de moteur qu'elle percevait, mais un rugissement furieux, celui d'une bête salivant de rage avant d'infliger sa morsure fatale.

A la dernière seconde, alors que la voiture se ruait sur elle, elle bondit sur le bas-côté.

La voiture s'arrêta. Une portière claqua. Des pas précipités martelèrent le goudron.

S'enfuir. Elle devait s'enfuir… mais ses jambes ne la portaient plus.

Elle ferma les yeux pour ne plus voir cette silhouette qui se ruait vers elle en déchirant le brouillard.

13.

— Elizabeth ?

Pétrifiée par la peur, elle n'osait pas ouvrir les yeux. Pourtant, celui qui prononçait son prénom le faisait sur un ton chaleureux, inquiet. Le tueur ne se serait pas exprimé avec autant de douceur.

Accroupie sur le talus, elle agrippait une touffe d'herbe, tremblante.

— Elizabeth !

Cette fois, elle releva la tête et se résigna à soulever les paupières.

— Cullen ? Oh, mon Dieu, c'est toi…

Il glissa les mains sous ses aisselles et la força à se mettre debout. Il l'examina un bref instant puis l'attira contre lui.

— Elizabeth, que se passe-t-il ? Qu'est-il arrivé sur le campus ? Que fais-tu en chemise de nuit ?

Elle enfouit son visage dans l'épaisse veste de Cullen. Sa chaleur, son odeur eurent un effet apaisant.

— Il est là… Dans le cimetière. Enfin, il y était…

— Qui, Lizzie ?

— Le tueur.

Doucement, il l'écarta de lui et la fit pivoter, de façon à la placer dans les phares de sa voiture.

— Répète-moi ce que tu viens de dire, Lizzie.

Il scrutait intensément son expression, cherchant sans doute à déterminer son état mental.

— Le tueur était dans le cimetière, Cullen. Et il y a un autre corps pendu. Je l'ai vu.

Cullen se crispa.

— Tu as vu un corps pendu ? Où ?

— Sur le campus. Sur la pelouse, devant ma maison. Il était accroché à une branche.

— Viens.

Il l'entraîna jusqu'à sa voiture, la fit asseoir sur le siège puis se mit au volant. Il redémarra, fit demi-tour sur la route et prit la direction d'Heathrow College.

— Raconte-moi tout, dit-il tout en poussant à fond la manette de chauffage, car Elizabeth, vêtue d'un simple négligé de soie, tremblait de tous ses membres.

— Verrouille les portières, Cullen…

— C'est fait. Alors vas-y, je t'écoute. Raconte-moi tout.

Un soupir, un infime gémissement, puis Elizabeth lui expliqua ce qui s'était passé au moment où elle allait se coucher.

— Et tu es arrivée jusqu'à ici ? s'écria-t-il lorsqu'elle eut fini. Tu as couru d'Heathrow jusqu'ici ?

Son intonation trahissait l'incrédulité.

— Oui. Et quand tu es arrivé, quand j'ai vu les phares, j'ai cru que c'était le tueur.

— Sa voiture… Tu pourrais la reconnaître ?

— Non. Il y avait trop de brouillard.

— Et l'homme non plus, tu ne l'as pas vu ?

— Non.

Cullen se pencha, ouvrit la boîte à gants et en sortit un petit revolver automatique. Il en débloqua la sécurité et le posa à côté du levier de vitesse.

Le regard d'Elizabeth alla de l'arme à Cullen.

— Que comptes-tu faire ?

Sans répondre, il fit de nouveau demi-tour et se gara devant l'entrée du cimetière.

— Je vais jeter un coup d'œil là-dedans. Au cas où notre homme s'y baladerait encore. Toi, tu restes dans la voiture.

Il sortit son téléphone cellulaire de sa poche et le lui tendit.

— Appuie sur la touche rouge. Tu seras immédiatement en communication avec le poste de police. Explique ce qui t'est arrivé, dis où nous sommes et ce que je suis en train de faire, d'accord ?

— Cullen, je…

— Lizzie, ne discute pas. Demande que l'on envoie une équipe sur le campus et une autre ici.

— O.K.

— N'hésite pas à te servir de l'arme mais, avec le brouillard, sois prudente, hein ?

— Oui. Mais…

Il s'apprêtait à ouvrir sa portière quand elle l'attrapa par le bras.

— Attends…

Il se dégagea et sortit de la voiture.

— Cullen ! J'ai peur.

Pour elle et pour lui.

— Eh bien, sache qu'on est deux dans ce cas !

Trois quarts d'heure plus tard, ils étaient de retour à l'université. Des membres de la police d'Etat s'étaient joints à la brigade de Moriah's Landing. Les équipes sillonnaient le cimetière et les bois autour de la propriété de Manning, ainsi que le campus de la fac.

Cullen ne s'était pas garé sur le parking des enseignants, mais le long de l'allée dallée conduisant au bâtiment principal, à l'instar de ses collègues.

— Ne bouge pas, intima-t-il à Elizabeth en sortant de la voiture.

Il alla rejoindre un groupe d'hommes en uniforme, rassemblés en cercle sur la pelouse, à proximité du cottage d'Elizabeth.

C'était un corps, là-bas, sur l'herbe, se dit Elizabeth. Accroupi près de la forme blanche, le médecin légiste venait constater le décès… De qui ? Elle le saurait bien assez tôt.

Cullen échangea quelques mots avec les hommes sur le terrain puis revint vers la voiture.

— Il s'agit d'une femme, n'est-ce pas ? Une jeune fille ? s'enquit Elizabeth, d'une voix étranglée.

— Hélas, oui. C'est la même chose que l'autre fois. Pas de sang sur le sol ni dans le corps.

— Oh, mon Dieu… avec une incision sur le cou ?

— Oui. Je parierais que l'on va aussi trouver des traces de piqûre à la saignée du bras.

Cullen s'interrompit, regarda Elizabeth avec gravité, puis il reprit :

— Je déteste te demander ça, mais pourrais-tu jeter un coup d'œil au corps ? Tu seras peut-être en mesure de l'identifier.

— Allons-y.

Elizabeth sortit de la voiture. Immédiatement, Cullen ôta son manteau et le posa sur ses épaules.

Ils se dirigèrent vers la pelouse éclairée de puissants projecteurs. Les techniciens avaient déjà commencé leur travail. Ils allaient ratisser les lieux du crime, examiner la moindre brindille, tout ce qui pourrait représenter un indice, si minime soit-il. Ils s'écartèrent afin de les laisser passer.

Allongée sur une bâche en plastique, gisait une toute jeune fille nue, offerte aux regards. Si vulnérable, et pourtant sa nudité n'était pas choquante. Elle évoquait une statue antique en albâtre récemment mise au jour par un archéologue.

Elizabeth ne posa les yeux sur son visage qu'un bref instant.

— C'est Morgan Hurley. Elle ne suivait pas mes cours, murmura-t-elle, mais je la voyais souvent. Elle s'occupait du journal des étudiants.

— Tu es sûre que c'est elle ?

— Malheureusement oui.

— Il faut prévenir sa famille…

— L'administration te donnera ses coordonnées. Mais il faudra attendre jusqu'à lundi : les bureaux sont fermés pendant le week-end.

— Le garde doit avoir une clé des bureaux, non ?

— Ah, c'est possible. J'imagine que Georges possède un passe.

— Un passe qui permet aussi d'ouvrir les portes des dortoirs ?

— Ça, je ne sais pas.

— Et peut-être celles des appartements des professeurs, comme ton cottage ?

— Non, je ne pense pas.

Jamais Elizabeth ne s'était posé la question. Georges pouvait-il pénétrer n'importe où ?

— Je m'en assurerai quand même, Lizzie. Mais il faut d'abord que je lui mette la main dessus.

Elizabeth sursauta.

— Quoi ? Personne n'a vu Georges ? Et s'il était…

Elle n'acheva pas. A quoi bon ? Cullen avait compris.

— Pas de conclusions hâtives, Lizzie. Tenons-nous-en aux faits.

Elizabeth frissonna et se frotta la nuque d'un air absent. Elle ne se sentait plus à l'abri nulle part et elle avait l'impression d'être entourée de forces hostiles, à l'intérieur même de la faculté qui, jusque-là, avait représenté pour elle un monde clos où rien ne pouvait l'atteindre.

Cullen la regarda d'un air à la fois inquiet et protecteur. Il posa sa main sur son avant-bras.

— Reprenons, Lizzie. Après avoir franchi le mur d'enceinte, tu m'as dit que tu avais vu une voiture sortir par la grille de Heathrow.

— C'est exact.

— Logiquement, l'assassin se trouvait donc déjà à l'intérieur du campus.

— Pas nécessairement. Le couvre-feu est à 23 heures. Ensuite, Georges fait sa ronde. L'assassin a pu entrer après que le gardien eut quitté son poste. Il n'a probablement pas su que quelqu'un franchissait les grilles.

— Je croyais que Georges était censé noter toutes les allées et venues et contrôler scrupuleusement les visiteurs ?

— Les résidents ont tous une télécommande qui ouvre le portail. Ils sont libre d'entrer et de sortir quand bon leur semble. Même quand Georges n'est pas là.

Cullen ne dit mot, mais Elizabeth savait ce qu'il pensait. La possibilité que l'un de ces boîtiers ait été dérobé à un professeur était une hypothèse qui faisait froid dans le dos. Parce qu'elle multipliait le nombre de suspects à l'infini… D'autant plus que des enseignants domiciliés hors du campus possédaient aussi une télécommande. Paul Fortier, par exemple. Lucian LeCroix aussi. Et combien d'autres ?

— Le tueur ne travaille pas nécessairement à Heathrow, Cullen. Un professeur ou un membre de l'administration a très bien pu laisser la télécommande dans sa voiture garée à des kilomètres d'ici… Sur un parking de supermarché ou devant un cinéma… Quelqu'un a pu forcer les portières et voler le boîtier. Et celui auquel il appartient ne s'en apercevra pas dans la mesure où il n'en a actuellement pas besoin.

— C'est possible. Et fort inquiétant. Il est hors de question que tu restes ici ce soir. Ni demain. Ce campus désert est trop dangereux. Je te raccompagne chez toi pour que tu puisses prendre quelques affaires.

— Et Georges ?

— Tu veux savoir ce que j'en pense ?

— Oh, j'ai peur d'y avoir déjà songé.

— Ouais. Georges a dû être… neutralisé. Je vais faire fouiller le parc pour qu'on le retrouve.

Alors qu'ils approchaient du cottage, elle se sentit pâlir et son estomac se serra. L'idée d'entrer chez elle lui mettait les nerfs à vif. Un inconnu s'était introduit dans sa maison, violant son intimité. Qu'avait-il touché ? Quels objets avaient tâté ses doigts d'assassin ? Elle avait l'impression que tout ce qu'elle possédait lui semblait définitivement souillé.

Elle s'immobilisa en bas du perron.

— C'est au-dessus de mes forces, Cullen. Je ne peux pas entrer.

Il hocha la tête et posa une main apaisante sur son épaule.

— Je comprends ce que tu ressens. Je vais m'occuper de tout. Va m'attendre dans la voiture. De quoi as-tu besoin ?

— Mes affaires de toilette suffiront… Tu les trouveras sur l'étagère de la salle de bains. Et prends-moi un pull, un jean, mon anorak à la patère dans le vestibule.

— Des sous-vêtements ?

Elle s'empourpra.

— Euh, oui. Ils sont dans le premier tiroir de la commode. Et tu trouveras un petit sac de voyage sous mon lit.

— O.K, à tout de suite.

Quelques minutes plus tard, le sac posé sur la banquette arrière, ils roulaient en direction de la ville.

— Je vais te déposer chez tes parents, Lizzie. Tu peux dormir chez eux, n'est-ce pas ?

Dormir chez ses parents ? Après la conversation si déplaisante qu'elle avait eue avec sa mère ?

Bon. Où aller sinon ? Chez Kat ? Elles n'étaient plus des amies intimes. La jeune femme travaillait énormément. Son agence d'investigations l'occupait vingt-quatre heures sur vingt-quatre. Etre détective exigeait une disponibilité permanente. Elle n'était probablement pas chez elle, à cette heure-ci. Sonner à sa porte réveillerait sa petite sœur Emily…

Brie, alors ? Elles s'étaient perdues de vue car Brie avait préféré s'éloigner. Sans doute craignait-elle que ses amies découvrent l'identité du père de son bébé. Les supputations étaient allées bon train, lorsque Brie était enceinte. Sans résultat, d'ailleurs. Le nom du père demeurait une énigme.

Elizabeth décida que le plus simple serait d'aller à l'hôtel.

— Cullen, peux-tu me conduire au Moriah's Landing Inn ?

Il jeta un coup d'œil au déshabillé de soie qui dépassait du manteau.

— Habillée comme ça ? Tu vas en intriguer plus d'un.

— Je m'en fiche.

Cullen opina et continua à rouler…

— Eh, Cullen, tu vas trop vite ! On vient de rater la route où tu devais tourner à droite pour aller à l'auberge !

— Je sais.

— Mais alors… Où m'emmènes-tu ?

Les yeux fixés droit devant lui, il répondit :

— Chez moi. Tu y seras en sécurité.

Quoi ? Chez lui ? Elle allait donc découvrir où il vivait… et se faire une petite place dans son existence, ne fût-ce que l'espace d'une nuit, par ailleurs déjà bien entamée. Mais c'était mieux que rien. Elle n'en espérait pas tant. Quoique… elle se faisait sans doute des illusions sur les motivations de Cullen. Tout ce qu'il voulait, c'était la protéger.

Elle eut beau se raisonner, l'excitation la gagna lorsque Cullen se gara sur le parking d'un immeuble.

— Tu ne penses pas que ma tenue va faire jaser, Cullen ?

— Pfff… Ça m'est complètement égal.

Il mentait, pour la mettre à l'aise, se dit-elle. Il devait appréhender les regards de ses voisins. Le voyou connu comme le loup blanc dans Moriah's Landing s'était refait une virginité. Mais ouvrir la portière de sa voiture à une femme en petite tenue et l'inviter dans son appartement relancerait les rumeurs à son sujet.

Pourtant, il devait tabler sur l'heure tardive. Les voisins dormaient. Personne ne soulèverait une latte de store pour jeter un coup d'œil curieux au drôle de couple qu'ils formaient.

L'appartement de Cullen se trouvait au troisième étage. Il ouvrit la porte à Elizabeth qui franchit le seuil le cœur battant d'excitation. Dans quel environnement vivait-il ?

Un petit vestibule s'ouvrait sur un séjour. Une kitchenette se nichait tout au fond. Les deux portes qu'elle apercevait devaient donner sur une chambre et une salle de bains.

Le salon offrait une décoration dépouillée. Et très élégante : sofa aux lignes épurées, télévision à écran plat, chaîne hi-fi dernier modèle… Et surtout une vue imprenable sur l'océan.

La baie, orientée à l'est, devait laisser passer les premiers rayons du soleil miroitant sur les vagues. Somptueux.

— Je t'en prie, mets-toi à l'aise, Lizzie.

Il y avait dans sa voix une note de douceur inhabituelle.

Elle se retourna et le regarda.

Il avait posé le sac de voyage sur le sofa et restait là, immobile, à la fixer avec une intensité troublante.

Elle comprit que sa silhouette se révélait en transparence sous son long négligé de soie grâce à la vive clarté de la lampe halogène. Pourquoi avait-elle retiré le manteau dès son entrée ? Elle essaya de cacher son trouble en croisant les bras sur sa poitrine, et elle fit un pas de côté en espérant passer dans l'ombre.

— Euh, Cullen, tu repars à l'université ?

— Oui. Mais sois tranquille : ici, tu ne risques rien. Ferme à clé derrière moi. La chambre est là.

D'un mouvement du menton, il désigna une porte.

— Essaie de dormir, Lizzie. Je ne sais pas quand je rentrerai, alors inutile de m'attendre.

— D'accord.

Il se dirigea vers la porte mais, au moment de l'ouvrir, se ravisa.

— J'avais oublié de te dire, Lizzie… Quand j'ai empaqueté tes affaires, j'ai trouvé un bouquin, sur ton lit. Je pensais que cela te ferait plaisir de poursuivre ta lecture, alors je l'ai mis dans le sac.

Elizabeth baissa la tête tout en grommelant quelques mots de remerciements. Satané bouquin… Vraiment, elle aurait donné n'importe quoi pour que Cullen ne le trouve pas…

Dès qu'il fut sorti, elle se précipita sur le sac, l'ouvrit et en sortit l'objet de sa honte : *Le journal intime de Juliette*, un roman érotique publié à la fin du XIXe siècle.

Le calme de l'appartement, à peine troublé par le grondement du ressac, l'apaisa. Elle allait pouvoir s'endormir sans difficulté, découvrit-elle une fois allongée sur le sofa.

Emmitouflée dans un vaste plaid en laine, elle ferma les yeux. Pas question de se retirer dans la chambre. Dans le lit de Cullen.

Ce fut la lumière du jour qui la réveilla. Elle repoussa le plaid, s'étira, étonnée de se sentir aussi bien. Elle regarda autour d'elle et vit Cullen qui lui tournait le dos, debout devant la baie. Habillé. Probablement épuisé par une nuit blanche.

— Bonjour, Lizzie, dit-il gentiment, sans se retourner.

Il pivota et se mit à la regarder.

Elle remonta le plaid jusque sous son menton.

— Quand es-tu rentré ?

— Il n'y a pas longtemps.

Il avait pris une douche, ses cheveux mouillés en témoignaient, et mis un jean propre, omettant d'enfiler un T-shirt.

Torse nu, il faisait jouer ses muscles, comme un athlète avant l'épreuve.

— Je ne t'ai pas entendu. Un vrai chat…

— Je peux être extrêmement discret.

Le résultat d'une longue expérience sans doute…

— Pourquoi ne m'as-tu pas réveillée ?

— Parce que je n'avais rien de spécial à t'apprendre, malheureusement. L'autopsie de Morgan aura lieu aujourd'hui, et j'ai peur qu'elle ne nous apporte rien de neuf non plus. Par rapport au meurtre de Bethany s'entend.

— Toujours aucun suspect ?

— Hélas, non.

— Et Georges ? Vous l'avez retrouvé ?

— Nous l'avons trouvé, oui.

Le ton morne de Cullen alerta Elizabeth.

— Est-ce qu'il est…

— … bien vivant, ça, je te le garantis.

— Tant mieux, mais où était-il ?

— Dans un dortoir. Il dormait comme une souche. Prétend-il. Mais j'en doute.

— Pourquoi donc ?

— Il se trouvait bien dans un dortoir, mais il ne piquait pas un roupillon. Il s'amusait avec tout un système de vidéo… L'intimité des jeunes filles n'a plus de secrets pour lui. Mais il prétend que cette surveillance fait partie de son boulot.

Les paroles de Kat surgirent dans la mémoire d'Elizabeth : « Georges est un pervers » …

— Se pourrait-il qu'il soit l'assassin de Morgan, Cullen ?

— Je ne sais pas trop mais, de toute façon, je le garde à l'œil. Il n'est vraiment pas net.

Elizabeth soupira. Georges, un pervers ? Un homme si gentil, tellement serviable… Incroyable. Décidément, comme professeur de criminologie, elle faisait invariablement fausse route quand il s'agissait de se forger une opinion sur quelqu'un. Elle méritait un zéro pointé en intuition et analyse psychologique !

Sur qui d'autre se trompait-elle, du tout au tout ?

— Les équipes n'ont rien découvert dans les bois autour ou dans le cimetière ?

— Non. Et le brouillard n'a rien arrangé. Impossible de distinguer des traces de pas ou des empreintes de pneus. Nous allons repasser le secteur au peigne fin à la lumière du jour, mais je ne me fais pas d'illusions. Le tueur est un malin. Il ne laisse rien de compromettant derrière lui. Du moins, jusqu'ici, il s'en est bien gardé.

— Tu oublies qu'il n'est pas arrivé à m'attraper. C'était une erreur de sa part.

— En es-tu sûre ?

Perplexe, Elizabeth resta coite. Elle se mit debout et, enveloppée dans le plaid, rejoignit Cullen devant la baie.

— Que veux-tu dire ? demanda-t-elle finalement.

— Il n'y a aucun signe d'effraction au cottage. Pas de preuves non plus que quelqu'un soit entré. Peut-être le tueur a-t-il fait en sorte que tu croies qu'il était là… pour que tu t'enfuies. Ensuite, il s'est lancé à ta poursuite… Une course perverse dont il t'a volontairement laissé la victoire.

— Mon Dieu… pourquoi m'aurait-il choisie pour ce jeu ignoble ?

— Eh bien… Peut-être à cause du rôle que tu tiens dans l'enquête. Tu travailles avec moi. Imaginons qu'il te connaisse bien, Lizzie… Il te sait très douée. Il a peur de toi. De tes déductions. Un flic comme moi, il se sent capable de lui tenir tête. Mais un docteur en criminologie, peut-être pas.

— Si c'était le cas, il m'aurait tuée, cette nuit… sauf s'il estime que le jeu n'est pas fini… Il ne tardera pas à lancer la deuxième manche et il veut que je la joue contre lui.

En dépit de la couverture, elle frissonna. Cullen passa le bras autour de ses épaules.

— Nous le trouverons, Lizzie. Nous ne lui laisserons pas le temps de continuer son jeu ignoble.

— Oh, Cullen, crois-tu vraiment que nous l'empêcherons de tuer une troisième fois ?

Le silence de Cullen la glaça. Elle percevait ses doutes, ses craintes. Sa colère, aussi.

— Je ne sais pas, Lizzie…, dit-il à voix basse.

Serrés l'un contre l'autre, ils restèrent un long moment devant la baie. Jusqu'à ce que le soleil rosisse l'écume sur l'océan. Cette journée qui commençait n'avait rien de glorieux. Pourtant, elle serait belle. Un ciel bleu, une petite brise, les prémices du printemps…

Elizabeth ne parvenait pas à se réjouir de cette nouvelle journée. Car un nouvel assassinat la ternirait peut-être. La salirait. Une tache aussi indélébile que du sang sur de la soie.

Un tueur profitait de sa liberté. Cette idée l'obsédait, et Cullen ne pensait, lui aussi, qu'à cela, elle s'en rendait compte à son expression tourmentée.

Il baissa les yeux sur elle alors qu'elle le fixait. Dans les prunelles grises, elle vit surgir une petite flamme, qui scintilla… jusqu'à ce que Cullen se penche et pose ses lèvres sur les siennes.

Son rêve se réalisait. Cullen la soulevait dans ses bras et la portait jusqu'à son lit. L'y allongeait puis s'étendait à côté d'elle… A côté ? Non. Tout contre. Il moulait son corps au sien, l'étreignait, l'embrassait à perdre haleine… Il brûlait de désir pour elle ! Enfin !

Eperdue de bonheur, elle s'abandonna aux mains expertes de Cullen, à sa bouche enfiévrée, respirant l'odeur musquée de son torse… Oh, ces muscles puissants, frémissants, ce ventre dur comme du marbre, à la peau veloutée…

Des sensations enivrantes la traversèrent, chacune plus bouleversante que la précédente, lui arrachant des gémissements… Ainsi, c'était donc cela, faire l'amour ? Ce voyage vers un paradis que même dans ses songes les plus torrides elle n'aurait imaginé si exaltant ?

Les livres ne mentaient pas… Sa raison vacillait, sa lucidité s'effaçait. Ne restait qu'une sensualité exigeante, vorace, que seul un homme aimé pouvait combler…

A condition de ne pas se crisper soudain parce qu'une main hardie se glissait en des endroits intimes. Insistait pour s'insinuer entre ses jambes tout à coup étroitement serrées…

A condition aussi de ne pas sursauter lorsque des doigts empressés guidèrent sa main vers un sexe tendu, vibrant de désir…

Elle ne se sentait pas prête. Pas vraiment.

Cullen perçut-il sa subite réticence ? Elle le supposa quand il s'écarta d'elle, lui mordilla l'oreille et murmura :

— Dis-moi, Lizzie, pourquoi une gentille et sage jeune fille comme toi lit-elle des romans pornos ?

— Mais le livre que tu as trouvé n'est pas un roman porno ! C'est de la littérature ! Un classique du genre !

— Ah bon ? Il y a pourtant des gravures sacrément évocatrices dedans…

— Ce sont des reproductions d'eaux-fortes de l'époque !

— D'accord. Et moi, je lis *Play Boy* pour les articles sur la politique…

Il la taquinait. Et elle trouvait sexy que ce fût à propos d'érotisme. De nouveau, une délicieuse excitation la fit frissonner.

— Alors, comme ça, tu lis vraiment *Play Boy* ?

Il se mit à rire.

— Je plaisantais. J'ai passé l'âge de ce genre de magazine, tu sais. Mais toi, parle-moi du *Journal intime de Juliette.*

Elle déglutit avec peine.

— Que… que veux-tu savoir ?

— Ce qu'il y a dedans.

— Oh… C'est l'histoire de…

Elle s'interrompit. La main de Cullen recommençait son manège, insidieusement mais sûrement.

— … l'histoire d'une jeune fille pendant l'époque victorienne… Elle va à Londres pour s'occuper de sa vieille tante et… elle vit pas mal d'aventures…

— Quel genre d'aventures ?

La main progressait. Des vagues de chaleur submergeaient Lizzie mais, à chaque reflux, elle se crispait.

Je ne suis pas prête.

— L'héroïne rencontre un homme mystérieux…

Les doigts de Cullen déclenchaient des spasmes qu'elle s'efforçait de contenir, de dissimuler.

— Alors, cet homme mystérieux ?

— Eh bien… Il l'invite dans sa voiture, il est cocher, et là, il…

— Oui ?

Mon Dieu… elle allait s'évanouir ! Ce qu'il faisait avec ses doigts, c'était… c'était inouï !

— Il… il l'embrasse…

— Comme cela ?

Il prit sa bouche et la parcourut d'une langue experte, avec une passion qui acheva de la chavirer. Elle rejeta la tête en arrière et gémit, arquant les hanches, désormais incapable de se dominer.

Puis, lentement, le plaisir se dissipa, laissant derrière lui une sensation de plénitude absolue.

Elizabeth inspira profondément, éblouie et en même temps soulagée d'avoir retrouvé sa lucidité.

Pas pour longtemps, comprit-elle dès que Cullen eut achevé de lui retirer le négligé. Elle était nue. A sa merci. Débordante d'un amour dont il ignorait tout.

Dont il ignorait, surtout, qu'elle le lui vouait depuis toujours…

— Cullen…, commença-t-elle, après avoir ramené sur elle un pan de la courtepointe, je voulais que la première fois, ce soit avec toi.

Il cessa immédiatement de lui parsemer le cou de baisers.

— Que dis-tu ?

Il s'était redressé et la regardait, étonné, en appui sur un coude.

— Je, euh… Rien.

— Si. Ai-je bien entendu que tu voulais que ton premier amant, ce soit moi ?

— Oui. Et alors ? riposta-t-elle d'un ton de défi.

— Alors ? C'est… c'est vraiment la première fois, Lizzie ?

Il semblait affolé. En colère aussi, remarqua-t-elle, incrédule.

— Qu'y a-t-il, Cullen ?

Il s'assit sans la quitter des yeux. Elle sentit le rouge lui monter aux joues. Pourquoi la fixait-il ainsi ? Il aurait dû être… heureux, n'est-ce pas ? Et pourtant, il paraissait ébahi, furieux aussi.

Oh, mon Dieu… Jamais elle n'aurait pensé qu'il réagirait ainsi !

— Cullen, comment peux-tu être étonné ? murmura-t-elle.

Il recula jusqu'au bord du lit. Il ne la touchait plus. Ne la désirait plus. Et elle ressentit ce rejet comme une gifle.

— Lizzie, ce que tu viens de m'apprendre change tout ! Jamais tu n'as… Mais une première fois doit être magique ! Pas comme maintenant où… Je veux dire, il faudrait des chandelles, de la musique douce, toute une ambiance, quoi.

Il se pencha et tendit la main pour lui caresser la joue.

— Je ne sais pas exactement ce qu'il faudrait pour que ce soit beau, mais… je sais que je ne peux pas te l'apporter maintenant. Il me faudrait être dans un autre état d'esprit.

— Pourquoi ? Quel est donc ton état d'esprit actuel ?

— Je suis sous pression. L'adrénaline, la tension. Un besoin de… de me défouler.

Se… défouler ? Elle ne représentait donc pour lui rien d'autre qu'un moyen de se défouler ? Quelle horreur… En quelques mots, il venait de ramener le rêve de sa vie à un acte trivial, uniquement motivé par des besoins physiques.

— C'est moche, Cullen…

— Moche ? Tu trouves ça moche alors que nous n'avons rien fait ? Mais qu'aurais-tu pensé, si nous étions allés jusqu'au bout ?

— Ne dis pas de bêtises. Et ne fais pas de suppositions absurdes. Tu ne peux pas imaginer ce que j'aurais éprouvé.

— Si. Parce que je te connais. Tu n'es pas la fille d'une seule nuit.

Involontairement, elle s'était pliée en deux, le buste touchant ses genoux remontés sous son menton. Chaque phrase de Cullen la touchait droit au cœur, comme une flèche dont le poison pénétrait lentement dans la blessure pour qu'elle en ressente l'effet pendant longtemps.

— Lizzie, je ne t'apprends rien… Tu me connais aussi, non ? Tu sais que je ne veux pas me lancer dans une relation sérieuse. A vingt-quatre ans, je suis trop jeune pour m'engager. Et tu es plus jeune encore.

— Est-ce une excuse ?

— Ne rends pas la situation plus pénible qu'elle ne l'est déjà, Lizzie.

Ah bon ? Ainsi, c'était elle qui compliquait tout ? Ça alors ! Qu'aurait-elle dû faire ? Le consoler ?

Elle lui jeta un regard noir.

— Oh, s'il te plaît, Lizzie, ne sois pas en colère ! J'essaie de me comporter le mieux possible… Je m'efforce d'agir en homme res…

Elle le coupa.

— En homme, prétends-tu ? Jamais de la vie ! Tu agis comme un lâche, voilà la vérité !

Le visage de Cullen se ferma. Elle lui avait retourné sa flèche. A lui de se sentir blessé.

Il se mit debout et se dirigea vers la salle de bains. Elle l'entendit murmurer :

— Désolé que tu le prennes comme ça.

Le claquement de la porte derrière lui mit un point final et définitif à ce qui aurait pu être si beau et s'était mué en ratage navrant, sordide presque.

Emmitouflée sous les couvertures, les yeux rivés sur l'océan, Lizzie se traitait d'idiote. Une fois encore, elle avait malencontreusement trouvé les mots susceptibles de hérisser Cullen. Au lieu d'essayer de comprendre son point de vue, et de le respecter.

Car il n'avait pas tort. Il s'était efforcé d'être un gentleman. Pourquoi, au lieu de lui distiller des remarques acides, n'avait-elle pas montré un peu de subtilité ? En quelques mots, elle venait de saccager sa fierté, sa dignité. Il méritait son respect et, à cause d'elle et de son fichu caractère, il devait se sentir sale, méchant et grossier.

Il n'avait cherché qu'à la préserver. Par respect. Par délicatesse.

Idiote.

Mais elle allait lui parler, remettre les choses en ordre. Dès qu'il sortirait de la salle de bains, elle…

La porte se rouvrit.

Cullen était habillé de pied en cap. Prêt à partir.

— Je vais bosser, Elizabeth. Je ne sais pas quand je rentrerai.

Quelle importance ? Elle ne serait plus là. S'il fuyait les explications, alors elle quitterait cet appartement. Elle n'y avait pas sa place. Et de surcroît, il n'aurait pas envie de l'y retrouver à son retour.

Un instant, il lui fit face, manifestement indécis. Qu'il prononce un petit mot gentil, un seul, et elle le prierait de lui pardonner, reconnaîtrait avoir réagi stupidement.

Mais il resta muet, et elle aussi. Tout en se reprochant cet orgueil qui la rendait muette. Alors que les dégâts eussent été réparés si elle avait fait amende honorable.

Hélas, Cullen et elle se ressemblaient. Chez eux, l'orgueil prenait le pas sur toute autre considération.

Elle ne fit rien pour le retenir lorsqu'il s'en alla.

Les larmes lui montèrent aux yeux. Son beau rêve était saccagé. Cullen ne serait pas son amant. Ne l'aimerait jamais.

Alors autant affronter cette réalité et se secouer ! A vingt ans, elle avait toute la vie devant elle, non ? Elle n'allait pas la passer à pleurer un amour de jeunesse ! D'autres hommes existaient… Elle en rencontrerait bien un, un jour…

Elle plaqua les mains sur son visage.

Un autre homme ? Il n'y aurait pas d'autre homme. Elle le savait. Son corps n'avait que vingt ans, oui, mais son cœur ne se trompait pas. A quoi bon se répéter qu'elle en aimerait un autre ?

Le seuil de son appartement franchi, Cullen s'immobilisa. Sa main répugnait à se détacher de la poignée. S'il la tournait en sens inverse, la porte se rouvrirait. Ensuite, il reviendrait auprès de Lizzie. Il lui parlerait, réparerait le mal que ses paroles avaient pu faire…

Non, il n'y parviendrait pas. Il avait l'art d'empirer les situations conflictuelles. Manque de finesse, de diplomatie, caractère emporté ? Il ne savait. Seule certitude : il finirait par porter involontairement le coup de grâce.

Pourtant, son attitude était la conséquence d'une bonne intention. Eh bien, l'enfer en était pavé… Dire qu'il s'était cru grand, généreux, noble. Pfff, quel désastre ! Le chevalier avait bien piètre figure, maintenant. Et il se sentait incapable d'affronter celle qu'il avait repoussée par grandeur d'âme. L'idée de voir ses yeux noyés de larmes, son visage décomposé par le chagrin lui était insupportable.

Cependant, s'il lui disait avoir agi pour son bien… S'il lui démontrait qu'elle était trop bouleversée en ce moment, et qu'il se refusait à tirer avantage de son désarroi ? Ne pourrait-elle pas comprendre ? Non, car il serait obligé de lui répéter également qu'il était un solitaire qui ne voulait pas entraver sa liberté.

Une passade, une partie de jambes en l'air d'une nuit, très bien. Une liaison qui aboutirait à un mariage, pas question.

Voilà. Il avait fait le tour du problème.

Sa main lâcha la poignée.

Il allait travailler. Veiller sur Elizabeth aussi, mais à distance. Chez lui, elle ne risquait rien. Elle s'y trouverait certainement aussi bien que dans son minuscule cottage, guère séduisant à ses yeux. D'ailleurs il se demandait si elle y résidait par manque de revenus ou pour d'autres raisons…

Probablement, elle ne voulait pas s'éloigner de l'endroit où elle travaillait. Comment pouvait-elle alors imaginer une vie de couple ? Même au prix d'incommensurables efforts de part et d'autre, leur relation était vouée à l'échec. Viendrait un jour où elle prendrait la mesure de son manque de culture. Il imaginait sans peine les soirées pendant lesquelles les discussions à bâtons rompus avec des enseignants bardés de diplômes mettraient en relief ses lacunes culturelles et sociales. Elizabeth aurait honte de lui.

Personne, à Moriah's Landing, n'avait oublié le fils du poivrot. Les années passées à Boston lui avaient permis d'acquérir un vernis, qui ne résisterait pas longtemps sous les coups de griffe de l'intelligentsia de la petite ville de Nouvelle-Angleterre, snob, collet monté et prodigieusement bien éduquée.

Les gens parleraient d'eux comme du couple le plus mal assorti qui fût. L'étoile et le crapaud.

Son monde et celui d'Elizabeth ne pouvaient se fondre harmonieusement l'un dans l'autre.

Elle habitait le dessus du panier, et lui le fond.

Abattu par cette certitude, il tourna les talons et s'engagea dans l'escalier.

Il allait rejoindre son univers. Celui de la rue, de la laideur, de la violence.

Celui que hantait un tueur.

14.

Après leur premier baiser, songeait Elizabeth, Cullen l'avait tenue à distance. Elle ne connaissait pas son bonheur, alors… Il allait revenir, s'imaginait-elle. Un peu de patience, et tout s'arrangerait…

Impossible, maintenant, de tenir ce raisonnement. Leur nuit d'amour à peine esquissée l'avait fait définitivement fuir. L'espoir n'était plus de mise, la patience inutile.

En lui faisant perdre la tête, elle l'avait perdu à jamais.

Des semaines s'étaient écoulées depuis le… malentendu ? La dispute ? Comment qualifier ce qui leur était arrivé ? Peu importait, finalement. Seules comptaient les conséquences : elle ne voyait plus Cullen. A peine la tenait-il au courant du déroulement de l'enquête par téléphone. Des coups de fil brefs, froids… conclus sur un au revoir sec.

Il ne reviendrait pas vers elle, elle commençait à en être persuadée. Néanmoins, elle continuait à suivre de près les affaires Bethany et Morgan, à se tenir scrupuleusement au courant et à réfléchir… au cas où Cullen solliciterait brusquement son concours.

Elle lui avait demandé le rapport d'autopsie de Morgan, pour le comparer à celui de Bethany. Il le lui avait envoyé par fax et non en mains propres…

Les deux jeunes filles avaient le même groupe sanguin. Un seul tueur, deux victimes assassinées selon un modus operandi similaire. Incision sur la jugulaire pour les vider de leur sang, piqûres à la saignée du coude.

Leurs autres points communs ? Bethany et Morgan étudiaient à Heathrow College. Mais des matières différentes. Bethany étudiait les sciences, Morgan l'histoire de l'art. Cours différents, pas d'amis communs, dortoirs distincts... Elles ne se connaissaient pas.

Bethany était originaire de Boston, Morgan d'une petite ville du nord de l'Etat de New York... Décidément, rien ne rapprochait les deux jeunes filles, en dehors de leur appartenance à un milieu très aisé. Mais c'était le cas de la plupart des élèves d'Heathrow. Seules quelques boursières faisaient exception à la règle.

Si la fac était l'unique point commun entre les deux victimes, dans ce cas, Fortier revenait au premier plan sur la liste des suspects. Quoique Morgan, à la différence de Bethany, n'était pas une de ses élèves. Mais il avait pu faire sa connaissance sur le campus. Physiquement, elle avait tout pour le séduire. Sa beauté égalait celle de Bethany. Et Paul Fortier était très sensible à la beauté féminine... et juvénile.

Un peu léger comme mobile.

En revanche, ce qui était sûr, c'est que le tueur semblait jouer avec elle. La preuve, cette poursuite à travers le campus, puis dans le cimetière. Il aurait pu la rattraper s'il l'avait voulu, Cullen avait raison. Ce n'était ni sa rapidité ni son astuce qui l'avaient sauvée. Le pervers n'avait tout simplement pas souhaité engager la dernière manche.

A ce moment-là.

Mais l'Ascension approchait. Un jour férié. Comme à Pâques, le campus allait se vider de ses habitants et resterait désert pendant toutes les vacances de printemps. Une aubaine pour l'assassin. Le week-end qui approchait serait peut-être décisif. S'il entendait frapper un grand coup en toute quiétude, jamais il n'aurait meilleure opportunité.

Morgan ayant été découverte dans l'enceinte même de l'université, la direction d'Heathrow avait engagé des vigiles, qui patrouillaient nuit et jour. Pourtant, Elizabeth ne se sentait pas en sécurité. Elle avait donc réservé une chambre à l'hôtel Moriah's Landing Inn pour la fin de semaine.

Et ce vendredi après-midi, elle regardait les jeunes filles s'en aller, dans leurs propres voitures ou celles de leurs parents, et brûlait de les imiter. Les cours de la journée étaient terminés.

Pourquoi, dans ce cas, restait-elle là, assise à son bureau ?

— C'est un véritable exode ! lança une voix empreinte de gaieté.

Elizabeth sursauta.

Lucian LeCroix se tenait sur le seuil, l'air amusé, fixant les groupes d'étudiantes qui se hâtaient vers les grilles.

— Lucian, vous m'avez fait peur.

— Excusez-moi. Tout le monde semble sur les nerfs, en ce moment.

— A juste titre.

Il jeta un coup d'œil vers le petit sac de voyage et le vanity case posés par terre, à côté du bureau.

— Vous aussi, vous vous envolez ?

— Oui. Ce sont les vacances, n'est-ce pas ?

— Effectivement. Vous allez où ?

Elle faillit répondre que sa destination n'avait rien de bien excitante puisqu'elle ne quittait pas Moriah's Landing, se contentant de son hôtel le plus plaisant pour se dépayser.

A la dernière seconde, elle se ravisa. Mieux valait garder sa destination secrète.

— Je n'ai encore rien décidé. J'irai quelque part au gré de mon humeur. J'ai juste besoin de me relaxer.

— Nul doute que vous en ayez besoin. Vous venez de vivre un trimestre infernal… Il a commencé avec ce maudit bal chez les Pierce et s'est achevé sur la découverte du corps de Morgan Hurley… Un vrai cauchemar. Mais ce n'est pas une coïncidence, à mon avis, que ce soit vous qui ayez trouvé les corps, je veux dire.

— Que voulez-vous dire, Lucian ?

Il secoua doucement la tête, toute gaieté soudain dissipée.

— Promettez-moi d'être prudente, Elizabeth.

— Oh, je peux vous faire cette promesse sans problème !

Que LeCroix évoque les événements des trois derniers mois avait chassé l'apathie qui la maintenait à son bureau. Elle se leva, ramassa son bagage, et lui dit au revoir.

Quel dommage que les liens qui l'unissaient à Kat et à Brie se soient distendus…, songeait Elizabeth tout en roulant vers le centre-ville. Si elle avait su garder ses amies, elle aurait quelqu'un à qui parler maintenant. Elle avait tant besoin de compagnie ! Pour confier ses craintes, ses doutes… La mort des deux étudiantes l'avait bouleversée et elle aurait aimé en discuter avec une amie. Mais, si elle était honnête avec elle-même, ce dont elle aurait aimé par-dessus tout discuter avec elles, c'était de Cullen Ryan !

Il prétendait n'être pas un homme pour elle. S'estimait-il intellectuellement inférieur ? Quelle ineptie ! Peu de gens étaient aussi intelligents que lui. Aussi ouverts. Oh, bien sûr, il existait des êtres infiniment plus cérébraux. Ses parents, par exemple. Mais ils consacraient leurs exceptionnelles capacités exclusivement à la recherche. En dehors de cela, rien ne les touchait ni ne les intéressait. Ils vivaient dans leur monde, indifférents à tout ce qui n'en faisait pas partie.

Le destin avait réuni deux personnes, au Q.I. identique, partageant les mêmes passions. On eût pu imaginer Marion et Edward Douglas parfaitement heureux tant ils étaient bien assortis.

Quelle erreur ! Leur couple n'était qu'une association de savants. Ils faisaient chambre à part, prenaient séparément leurs repas…

Peut-être Cullen appréhendait-il que la même chose leur arrive ? Cullen craignait-il de sombrer dans l'alcoolisme comme son père ? Ou bien de faire preuve de la même instabilité que sa mère ? Peut-être croyait-il que les gènes de ses parents lui avaient touts été transmis, même les moins reluisants ? Jeune, il avait failli céder à leur influence. Mais il avait réagi. A temps. Il était parti à Boston d'où il était revenu radicalement différent.

Cullen Ryan était désormais un homme bon, honorable, digne de respect. Qui ne viendrait pas la retrouver à l'auberge, songea-t-elle avec tristesse en voyant la charmante vieille bâtisse, un ancien relais de poste du XVIIIe siècle.

Au lieu de s'arrêter devant l'établissement, elle continua sa route, en direction du front de mer.

Quelques immeubles se dressaient au-dessus de la falaise. Autrefois, la bourgeoisie de Boston prenait ses quartiers d'été à Moriah's Landing. Les grandes familles avaient fait construire de belles demeures victoriennes à trois étages, divisées aujourd'hui en appartements. Tous jouissaient d'une vue imprenable sur l'océan. Comme celui de Cullen.

Que dirait-il si elle lui rendait une petite visite inopinée ?

Elle ne le saurait jamais. Parce qu'elle était bien trop timide pour oser frapper à sa porte.

Elle se gara au début de l'avenue puis partit à pied le long du large trottoir. Waterfront Avenue n'était guère longue. Elle aboutissait à un rond-point. Au-delà seul un sentier permettait de continuer la promenade. Il sinuait entre les dunes, contre la falaise. Battu par les vents, susceptible de soudain disparaître dans le brouillard, la moindre chute d'un promeneur pouvait être fatale. Au pied de la falaise, les vagues se fracassaient sur les rochers, dans un maelström de tourbillons.

Aujourd'hui, il faisait beau, mais le temps pouvait changer d'une heure à l'autre. Elizabeth décida de ne pas tenter le diable et préféra faire demi-tour au rond-point pour reprendre l'avenue en sens inverse.

Elle vit l'enseigne du Beachway Diner qui clignotait. Sans réfléchir, elle poussa la porte du bar-restaurant et entra.

Brie se tenait derrière le comptoir. Lorsqu'elle vit Elizabeth, son expression se fit anxieuse, puis son visage s'éclaira d'un large sourire. Elle lui montra une table. Quelques instants plus tard, elle s'approcha, une cafetière à la main.

— Ça alors, Elizabeth ! Mais ça fait une éternité ! Comment vas-tu ?

— Eh bien, ça irait mieux si je n'avais pas trouvé deux étudiantes d'Heathrow assassinées en deux mois.

Brie hocha la tête.

— Je comprends. C'est horrible. Quel choc tu as dû avoir ! J'ai lu l'histoire dans le journal et entendu les clients en parler.

— Pour être difficile, ça l'a été, mais comparé à ce qu'éprouvent les familles de ces deux jeunes filles…

— Oui. C'est dramatique. Mais toi, tu vas remonter la pente, Elizabeth. Tu as toujours été si forte.

— Hein ? Moi, forte ?

Elizabeth était stupéfaite.

— Oui, tu étais forte, renchérit Brie, et tu dois l'être encore davantage maintenant que tu es adulte, j'en suis sûre. Quand je pense à l'enfance et l'adolescence que tu as eues, franchement, je me demande comment tu as fait pour t'en sortir. N'importe qui d'autre serait devenu dingue. Cette pression que tu as subie parce que tu étais une enfant précoce… c'était inhumain. Les gosses à l'école étaient moches avec toi. Ils étaient terrifiés par ton intelligence hors normes. Alors ils préféraient se moquer de toi plutôt que de t'accepter telle que tu étais…

Brie sourit et ajouta :

— Mais moi, je n'avais pas peur de toi. J'étais simplement baba d'admiration.

Elizabeth n'en croyait pas ses oreilles.

— Tu m'admirais ?

— Oh, oui ! Je me souviens que, à l'époque, tu te sous-estimais en permanence. J'espère que tu as un peu changé et que tu te vois autrement aujourd'hui…

Brie s'interrompit, le temps de remplir une tasse de café.

— Alors ? Qu'est-ce qui t'amène en ville, Elizabeth ?

— Je me promène un peu.

Brie jeta un coup d'œil à la vieille horloge murale.

— C'est plutôt calme, aujourd'hui. Si tu peux patienter quelques minutes, je reviens bavarder avec toi au moment de ma pause.

— Oh, bien sûr. Avec plaisir.

Il n'était que 14 heures. Sa réservation à l'auberge serait maintenue jusqu'à 18 heures. Et de toute façon, elle n'avait vraiment rien à faire d'ici à ce soir. Ni d'ailleurs le lendemain…

Soudain, elle sentit un courant d'air quand la porte du restaurant s'ouvrit. Elle se retourna pour voir qui entrait et reconnut… Kat. Kat Ridgemont. Quelle coïncidence !

Elle avait toujours admiré l'allure de Kat. Lorsqu'elle marchait, les regards se tournaient invariablement vers elle. Grande, mince, de longs cheveux noirs, des yeux de jais frangés d'épais cils sombres… son apparence et sa façon de bouger ne laissaient personne indifférent. Aujourd'hui, elle portait une veste en cuir, un T-shirt et un jean. Rien d'extraordinaire mais, sur elle, n'importe quel vêtement semblait sortir de chez un grand couturier.

— Elizabeth ! Comme je suis contente de te revoir ! J'ai pensé très fort à toi, ces derniers mois. J'espérais que tu ferais un saut à mon bureau. Apparemment, la télépathie n'a pas fonctionné, mais le hasard, lui, fait bien les choses…

— Oh, je suis désolée de ne pas t'avoir donné de mes nouvelles.

Elizabeth tapota nerveusement la banquette à côté d'elle.

— Assieds-toi, je t'offre un café.

— J'avais décidé de t'appeler quand Cullen m'a appris que tu coopérais avec la police.

— Cullen t'a dit ça ? Quand ?

— Je ne sais plus. Il y a quelques jours. Tu sais, Cullen et moi restons en contact. Nous discutons des enquêtes en cours. Il aime bien avoir mon opinion de détective.

Quoi ? Cullen et Kat se fréquentaient ? Des discussions de travail, prétendait Kat. Mais non. Il y avait certainement autre chose entre eux. Kat était une femme sexy, dynamique, indépendante…

— … et nous ne l'oublierons jamais, conclut Kat.

De qui parlait-elle ?

— Excuse-moi, j'étais ailleurs. Tu peux répéter ce que tu viens de dire ?

— Eh bien, je m'interroge : le tueur ne serait-il pas le salaud qui a enlevé et torturé Claire, il y a cinq ans ? Et celui qui a tué ma mère, il y a vingt ans ?

— J'y ai songé, Kat. Mais le modus operandi n'est pas le même.

— D'accord, mais, en vingt ans, ce malade a pu changer sa façon d'agir. Elizabeth, t'est-il venu à l'esprit que Claire détient peut-être la clé du mystère ? Si elle parvenait à se souvenir…

— … alors elle serait en très grand danger, Kat.

— Mais elle est en sécurité, à Glen Oaks, non ?

— C'est vrai. Toutes les précautions ont été prises… pour le jour où elle retrouvera la mémoire.

Brie réapparut dans la salle, et vint rejoindre ses deux amies. Elle tira une chaise et s'assit face à elles.

— Nous parlions de Claire, l'informa Kat. Et du meurtre de Bethany et de Morgan, les deux étudiantes de la fac.

— Quelle horreur pour leurs familles !

— Justement, Brie, nous nous demandions si nous ne devions pas aller voir Claire à Glen Oaks pour éviter que d'autres familles soient dévastées de chagrin.

— Hein ? Mais pour quelle raison ?

— Si Claire doit sortir de cette sorte de catalepsie qui dure depuis cinq ans, ce sera peut-être grâce à nous, expliqua Elizabeth. Nos énergies réunies réussiront peut-être là où les toubibs ont échoué. Je crois qu'il nous faut aller à la clinique. Et sans attendre. Vous êtes libres aujourd'hui ?

— Je finis mon travail dans une heure, dit Brie. D'ordinaire quand j'ai fini de bosser, je consacre tout mon temps à Nicole, ma fille. Mais elle est invitée à un goûter d'anniversaire… La maman de sa copine pourra probablement la garder après la fête.

— Oui, mais la dernière fois où j'ai essayé de lui rendre visite, on m'a empêchée de l'approcher, remarqua Kat.

— Je sais. Il m'est arrivé la même chose, répondit Elizabeth. Mais l'état de Claire s'est amélioré, paraît-il. Nous pourrions tenter le coup. Ne serait-ce que par amitié : après tout, nous étions ensemble, toutes les trois, ce fameux soir…

— Tasha était là aussi, précisa Brie.

Les trois jeunes femmes joignirent leurs mains sur le plateau de la table.

Elizabeth dissimula sa joie, qu'il eût été indécent de la montrer. Leur trio se reformait.

Leurs liens d'amitié étaient restés intacts, ils s'étaient seulement distendus au fil du temps et des épreuves de la vie.

Leur complicité, lui semblait-elle, n'avait jamais été aussi forte depuis cette nuit, cinq ans plus tôt, au cimetière Saint-John.

Glen Oaks était une clinique privée située à une centaine de kilomètres de Moriah's Landing.

Le bâtiment de style néo-colonial se nichait au cœur d'une futaie d'érables et de chênes. Devant le perron, des parterres de jonquilles et de narcisses en fleur, une pelouse taillée au cordeau et un bassin où nageaient des poissons exotiques apportaient une note de gaieté. Mais, soigneusement cachée par une haute haie de troènes, une clôture électrifiée était le signe que Glen Oaks était un établissement psychiatrique.

Une infirmière accueillit les trois jeunes femmes dans un vestibule immaculé, qui eût pu être celui d'un hôtel de luxe si l'on n'avait pas entendu des plats en métal s'entrechoquer dans les cuisines et senti une odeur piquante de désinfectant.

— Vous avez bien choisi votre jour, mesdemoiselles, Claire est alerte aujourd'hui.

Elle les précéda dans un long corridor.

Toutes ces portes donnaient sur des chambres qui étaient comme autant de cellules, songea Elizabeth, le cœur serré. Derrière chaque battant se cachait un être humain prisonnier de son esprit hanté.

L'infirmière ouvrit l'avant-dernière porte sur la gauche, puis elle s'effaça sur le seuil.

La chambre évoquait celle d'un enfant : courtepointe et rideaux en satin rose, tout un zoo d'animaux en peluche sur le lit... Pas de miroir. Et des vitres blindées : on apercevait les torsades de métal incrustées dans le verre.

Claire se balançait dans un rocking-chair devant la fenêtre, le regard perdu sur la pelouse et le bassin. Lorsque Kat, Brie et Elizabeth entrèrent, elle ne se retourna pas, ne sursauta pas. Rien ne laissait penser qu'elle fût consciente de la présence de ses trois amies.

Comme elle avait changé depuis la nuit du bizutage...

A l'époque, elle avait déjà une silhouette menue, fragile. Ses longs cheveux blonds, la pâleur de sa carnation lui donnaient perpétuellement une allure maladive.

Mais elle était devenue une créature éthérée, qu'un souffle de vent pouvait anéantir et dont le corps avait été recouvert d'une tunique de toile de coton, comme pour la protéger des chocs, sans la briser.

Seule sa chevelure gardait un peu vie. Personne ne la lui avait coupée depuis cinq ans, et elle lui recouvrait le buste jusqu'à la taille comme un châle d'or.

Kat fut la première à s'avancer vers la jeune fille. Elle se plaça devant elle et posa une main sur son genou.

— Bonjour, Claire. Je suis Kat. Et Brie est là aussi. Ainsi qu'Elizabeth.

Brie s'approcha à son tour et s'agenouilla devant son amie.

— Bonjour, ma belle. Tu as une bien jolie robe...

Elle lui parlait du ton doux et mélodieux que l'on emploie pour les enfants. Sans doute s'adressait-elle de la même manière à Nicole, sa petite fille.

— Oui, vraiment, ta robe est super, ajouta Brie en souriant.

Claire cilla. Bougea légèrement la tête. Son regard d'un bleu céleste se déplaça vers Brie, s'arrêta sur son visage. Un infime sourire retroussa ses lèvres.

Du seuil, l'infirmière lança :

— Elle adore qu'on la coiffe. Cela la détend.

Elizabeth pénétra dans la petite salle de bains et prit la brosse posée sur l'étagère au-dessus du lavabo.

Elle se plaça derrière Claire et commença à lisser ses longs cheveux soyeux. L'infirmière disait vrai : Claire se relaxait. Elle soupira lentement, et sa posture perdit sa rigidité.

Mais elle ne prononça pas le moindre mot.

La dernière fois où elle avait entendu la voix de Claire, se rappela Elizabeth, c'était au cimetière. Des hurlements qui s'étaient élevés des tréfonds de la tombe de Leary. Dans ses cauchemars, Elizabeth les entendait encore.

Le regard de Kat s'était détourné de celui de Claire pour se fixer sur elle. Comment arracher Claire à cette prostration sans la traumatiser ? l'interrogeait Kat en silence. La remontée des souvenirs enfouis dans son inconscient depuis la nuit du bizutage pourrait achever de détériorer son état mental déjà bien altéré.

Il fallait pourtant essayer… Claire savait peut-être quelque chose de déterminant qui aiderait les policiers à faire avancer l'enquête.

Elizabeth se demandait comment réveiller la lucidité de Claire sans la brusquer, quand celle-ci tendit la main vers la chevelure de Brie. Elle caressa les boucles rousses, en fit jouer une sur son index, puis murmura :

— Moi aussi, autrefois, j'avais de beaux cheveux…

— Mais ils sont toujours aussi magnifiques ! s'écria Brie.

Claire eut l'air ébahie. Elle secoua la tête.

— Il faut que nous te disions quelque chose, Claire, dit Kat. Cette nuit-là, nous t'avons cherchée partout. Nous aurions donné n'importe quoi pour te retrouver. Pour t'aider. Mais tu avais disparu. Nous étions impuissantes.

— Mal…, murmura Claire. J'avais… mal.

— Qui t'a fait mal, Claire ? Sais-tu qui c'était ?

— Me fera… mal… encore.

— Non. Nous y veillerons. Il ne t'approchera plus. Jamais.

— Mal, répéta Claire comme dans un songe. Mal ! Mal ! Mal !

Sa voix était allée crescendo. Maintenant, elle criait, tête renversée en arrière, yeux révulsés.

Bouleversée, Elizabeth recula d'un pas, la brosse à la main. Mon Dieu, qu'avaient-elles fait ? L'équilibre mental de Claire était si précaire… Elles venaient peut-être de réduire cinq années de thérapie psychiatrique à néant.

Le sentiment de culpabilité qu'elle s'efforçait d'oublier depuis cette horrible nuit dans le cimetière l'assaillit, virulent, destructeur. Ce soir-là, autour de la tombe, au lieu d'adjoindre ses forces mentales à celles de ses amies pour protéger Claire, elle avait pensé à Cullen.

Elle crut avoir une hallucination lorsqu'elle vit Cullen franchir le seuil de la chambre… Mais son regard, bien réel, passa sur elle avant de s'arrêter sur Claire. Il trahissait une profonde émotion, de l'incrédulité, et de la pitié.

— Va chercher l'infirmière, s'il te plaît, Cullen, murmura Elizabeth.

Il tournait à peine les talons quand l'infirmière déboula dans la chambre. Elle se précipita sur Claire, la sortit du rocking-chair et la guida jusqu'au lit tout en murmurant :

— Ça va aller, mon petit, ça va aller. Calmez-vous.

Elle l'allongea sur la couverture, la laissa se recroqueviller en position fœtale, puis plaça un ours en peluche rose contre sa poitrine. Claire le saisit, le serra sur son sein et se mit à se balancer en tremblant. Paupières closes, lèvres serrées, elle semblait partie dans un autre monde, un monde inquiétant peuplé de fantômes.

— Il faut la laisser se reposer, maintenant, annonça l'infirmière en se redressant. Mais revenez donc un autre jour. Les visites lui font du bien.

— Du bien ? s'exclama Brie. Elle a une crise et vous trouvez que nous lui avons fait du bien ?

— Oui. Au moins, elle réagit à un stimulus extérieur. C'est préférable à l'état de catatonie qui est la plupart du temps le sien. Claire est une morte vivante.

15.

Il faisait nuit lorsque les trois jeunes femmes quittèrent Glen Oaks. Au sortir du dernier virage, là où la forêt laissait place aux champs, Elizabeth vit la lune dans un ciel dégagé.

Cullen lui avait demandé de rentrer avec lui en voiture. Elle avait accepté avec réticence : elle se sentait si mal en sa compagnie, désormais… Il y avait trop de non-dits entre eux. Les amis de jeunesse n'étaient pas devenus des amants, mais des étrangers.

Mais Cullen avait émis sa requête devant Brie et Kat. Refuser s'était donc révélé impossible car ses deux amies se seraient posé trop de questions. Auxquelles elle n'avait nulle envie de répondre.

Dire qu'un peu plus tôt dans la journée, elle aurait donné n'importe quoi pour avoir quelqu'un à qui parler… Et maintenant, elle n'aspirait qu'à la solitude, au calme. Pour réfléchir en paix.

A son histoire avec Cullen, terminée avant d'avoir commencé.

Et à celle de Claire, tellement bouleversante.

Cullen mit un CD dans le lecteur. Apparemment, il ne souhaitait pas, lui non plus, parler, et c'était très bien ainsi.

Mais lorsqu'ils approchèrent de Moriah's Landing, il se tourna vers elle.

— Vas-y, Lizzie. Donne-moi les raisons de ce mutisme.

Quoi ? Il lui reprochait de se taire ? Mais lui-même n'avait fait aucun effort pour engager la conversation !

— Ne fais pas l'enfant. Tu boudes, Lizzie.

— De quoi aimerais-tu que je te parle ?

Elle savait que son intonation était acariâtre. Tant pis. A lui de faire des efforts d'amabilité.

— Raconte-moi ce qui te passe par la tête.

— Il n'y a rien, dans ma tête, Cullen.

— Ah bon ? J'imaginais que tu aurais deux ou trois trucs à dire à propos de ton amie Claire.

— Non. Rien.

— A propos de ce qui s'est passé chez moi, alors ?

— Non ! Certainement pas, répondit-elle un peu trop vite.

— Tu as tort. Je crois que nous devrions en discuter.

— Eh bien, moi, je ne le crois pas. Tu t'es montré on ne peut plus clair et cela aurait été stupide d'aller plus loin. Tu as raison, tu n'es pas l'homme qu'il me faut.

— Comment en es-tu arrivée à cette conclusion ?

— Comme tu me l'as dit pour ma première fois, il me faut un partenaire expérimenté qui saura me mettre dans des conditions favorables. Un homme plus âgé, sans doute. Plus délicat. Dans le genre de Lucian LeCroix...

Elle venait de tirer à boulet rouge. Elle scruta le visage de Cullen, curieuse de voir son expression.

Son visage s'était mué en masque de pierre.

— Qu'est-ce que LeCroix vient faire dans cette histoire, Lizzie ? demanda-t-il durement.

— Eh bien, il réunit tous les critères dont, d'après toi, j'ai besoin pour être heureuse. Il est enseignant, comme moi. Nous venons du même milieu social. Et nous avons beaucoup de centres d'intérêts identiques.

— Je t'ai dit que je ne faisais pas confiance à ce type ! rugit Cullen.

— Ah bon ? C'est dommage, mais moi, si.

Un mensonge éhonté. Qui n'obtint pas le résultat escompté.

— Tu ne dis ça que pour me mettre en pétard, Lizzie !

— Oui ? Et ça marche ? Tu es en colère ?

Il lui jeta un regard noir.

— Ah. Je ne comprends pas pourquoi, poursuivit-elle, mettant dans son intonation une naïveté montée de toutes pièces. Je croyais que c'était ce que tu voulais entendre. Il me semblait que ton plus cher désir était que je renonce définitivement à toi. Eh bien, c'est fait. Je vais aller voir ailleurs si l'herbe n'est pas plus verte.

— Ouais, impec'. Va voir au diable ! répondit-il avec énervement.

Au lieu de la déposer sur Waterfront Avenue où elle avait laissé sa voiture, il emprunta Old Mountain Road.

— Où allons-nous ? s'enquit-elle.

— Rendre visite à David Bryson.

— Mais pourquoi ?

— A cause de ce que j'entends à droite et à gauche en ville. Les gens s'énervent. Ils commencent à dire que Bryson est le coupable. Un soir ou l'autre, ils vont monter au château, torches enflammées en main, et se faire justice eux-mêmes, comme au bon vieux temps… Il faut l'avertir du danger.

— Tu n'exagères pas un peu ?

— J'ai peur que non. Ils seraient capables de le brûler vif. Comme les sorcières autrefois.

— Et toi qui me reprochais de croire aux sorcières !

— Ecoute, de toute façon, cela me donne un bon prétexte pour lui parler. J'aimerais avoir une petite discussion avec ce drôle de mec. Jusqu'à maintenant, je me suis heurté à son maître d'hôtel, un vrai cerbère. Je voudrais bien entendre ce que Bryson pense des meurtres de Bethany et de Morgan.

David Bryson ne sortait jamais de chez lui dans la journée. La nuit, il arpentait les chemins forestiers, et les routes avoisinant le manoir. Elizabeth ne l'avait jamais rencontré mais elle s'était souvent interrogée sur ses promenades nocturnes : les gens disaient avoir vu Bryson les nuits où le fantôme de Leary sortait de sa tombe…

Cullen prit la direction de *The Bluffs*, suivant la route étroite et en lacets du domaine des Pierce, puisque le château faisait autrefois partie de leur patrimoine immobilier.

Elizabeth n'avait pas revu le manoir depuis le soir du bal masqué, où elle était passée à proximité pour se rendre chez William et Maureen Pierce. Depuis l'enfance, elle connaissait la bâtisse accrochée au bord de la falaise. Mais chaque fois qu'elle posait les yeux sur le bâtiment néo-gothique, elle frissonnait. Jamais elle ne s'habituerait à son allure dramatique. L'architecte avait voulu restituer l'aspect d'un château médiéval. Mais ce qu'il avait conçu, c'était un décor de cinéma pour films d'épouvante… Dracula s'y fût senti chez lui. Le Dr Frankenstein aussi, songeait la jeune femme, la gorge serrée.

De nuit, *The Bluffs* était particulièrement impressionnant. Aucune lumière ne brillait aux fenêtres des trois étages. Seule une lueur trahissait une vie au sommet de la tour crénelée du chemin de ronde, celle en surplomb sur l'océan. Une ombre bougea derrière les vitraux plombés. Bryson devait les observer. L'homme défiguré, à l'origine de la disparition de Tasha. Un amant devenu fou par jalousie, par passion selon les habitants de Moriah's Landing. Et si les preuves n'avaient jamais été trouvées, cela ne signifiait qu'une chose pour l'opinion publique : Bryson était très intelligent, assez pour berner les flics et faire disparaître les éléments qui auraient pu l'incriminer.

Toute à ses réflexions, Elizabeth ne s'était pas rendu compte que la voiture s'était immobilisée. Cullen avait coupé le contact. Il ouvrit sa portière. Elle l'imita, mit pied à terre, et franchit avec lui les quelques mètres qui la séparaient du perron. Ils gravirent la volée de marches en demi-cercle… et attendirent que l'on vienne ouvrir la porte à laquelle Cullen venait de sonner.

Lentement, la lourde porte s'entrebâilla. Un maître d'hôtel s'insinua dans l'ouverture. Sa mine exprimait clairement les mots qu'il s'apprêtait à prononcer : « Allez-vous-en. »

Mais à peine avait-il ouvert la bouche qu'une voix derrière lança un ordre.

— Laissez-les entrer !

Le maître d'hôtel ouvrit la porte en grand puis s'effaça, main tendue vers le vestibule faiblement éclairé. Seule une petite lampe en forme de tulipe posée sur une sellette dans un angle dispensait une lumière avare.

Cullen entra, suivi d'Elizabeth qui regardait avec appréhension autour d'elle.

La décoration de l'entrée lui parut aussi sinistre que l'architecture extérieure. Délabrée, aussi. A croire que personne depuis cent ans n'avait rafraîchi ces murs habillés de boiseries jusqu'à mi-hauteur, puis de peintures figurant des scènes de chasse jusqu'au plafond.

Plusieurs portes donnaient sur ce vestibule. Le maître d'hôtel se dirigea vers l'une d'entre elles, faisant passer Cullen et Elizabeth sous un lustre éteint, une gigantesque suspension de fer forgé.

A la suite de l'homme, ils longèrent un couloir au plafond en ogive. Là aussi, une lampe en forme de tulipe recourbée était allumée. Une fleur morte, comme celles des bouquets oubliés dans les cimetières, voilà à quoi elle ressemblait, songea Elizabeth avec répulsion.

Le maître d'hôtel poussa la dernière porte au fond du couloir, fit signe aux visiteurs de franchir le seuil puis disparut. La seconde suivante, la porte se refermait derrière eux. Le choc du pêne s'engageant dans la gâche produisit un écho qui se répercuta entre les murs sombres.

Elizabeth retint un cri. Où venait-on de les cloîtrer ? Elle distingua des bibliothèques grillagées dans lesquelles reposaient des milliers de livres. Tous à la reliure en cuir marron foncé. Comme les rideaux occultant les fenêtres. La seule lampe qui brûlait était encore une de ces sinistres tulipes de verre.

Un mouvement attira son regard. Là-bas, dans un angle, se dressait un fauteuil à haut dossier droit.

Un homme y était assis. Bryson.

— Vous êtes ici à cause des meurtres, dit-il de sa voix profonde dont la douceur laissa Elizabeth interdite.

— Je vous attendais, ajouta-t-il.

— Ça ne m'étonne pas, remarqua Cullen. Je suis déjà venu, mais votre cerbère m'a bloqué sur le perron. Vous deviez vous douter que je reviendrais.

Elizabeth s'efforçait de distinguer les traits de Bryson. Mais il s'était placé de façon à ce que son visage reste dans l'ombre. Pour dissimuler les cicatrices qui le défiguraient, sans doute.

— Il ne faut pas en vouloir à Richard, poursuivit Bryson. Il joue son rôle de protecteur à la perfection. Il me sait soupçonné de meurtre… Soupçonné de tout ce qui arrive de mauvais dans cette ville, d'ailleurs.

Une trace d'amertume venait de marquer la voix chaude.

— Je sais ce que l'on éprouve dans ces cas-là, monsieur Bryson, assura Cullen. Il est très désagréable d'être considéré comme la source de tous les maux, surtout lorsque l'on est innocent. Je me dois donc de vous préciser que je ne suis pas ici pour vous accuser de quoi que ce soit.

— Dans ce cas, pourquoi êtes-vous là, inspecteur ?

— Pour vous avertir. Il en va de votre sécurité. Les rumeurs enflent, en ville. Les gens ont peur, et la peur est mauvaise conseillère. Je ne voudrais pas que l'attention générale focalisée sur vous dégénère.

— Selon vous, je serais en danger ? Les charmants citoyens de Moriah's Landing se retourneraient contre moi ?

— C'est possible. A votre place, je ne m'éloignerais pas du château.

Bryson émit un rire amer.

— Vous n'êtes donc pas au courant, inspecteur ? Je vis en ermite entre ces murs. Je ne vais jamais nulle part.

— Vraiment ? intervint Elizabeth. On dit pourtant que vous faites de longues promenades, la nuit…

— Si cela était, est-ce interdit par la loi ?

— Non, bien évidemment, précisa Cullen. Vous êtes-vous trouvé dans les parages de Heathrow College, la nuit du 16 mars ?

Sans l'ombre d'une hésitation, Bryson lâcha :

— J'y étais, oui.

— Sur le campus ?

— Pas à l'intérieur. Je n'ai à aucun instant franchi les grilles.

— Quelle heure était-il ?

— Minuit environ.

Cullen et Elizabeth échangèrent un regard.

— Auriez-vous vu quelqu'un entrer ou sortir du campus, monsieur Bryson ? demanda Cullen. A pied ou en voiture.

— Personne.

— Et la nuit du 14 février ? Vous trouviez-vous près de chez William et Maureen Pierce ?

— Non.

Un frémissement d'impatience était soudain perceptible dans l'intonation.

— Inspecteur, comme vous pouvez vous en rendre compte, je ne vous suis d'aucun secours. Je ne sais rien de ces meurtres. Mais j'aimerais néanmoins vous donner un conseil.

— Je vous écoute.

Bryson se pencha légèrement en avant. Suspendant son souffle, Elizabeth essaya de distinguer le visage de l'homme. Mais il se trouvait toujours dans l'obscurité.

— Contrôlez les groupes sanguins des victimes. Leur passé médical aussi. Vous pourriez trouver quelque chose d'intéressant.

— Les groupes sanguins ? Pourquoi ?

Bryson ne répondit pas, se leva brusquement et se fondit dans l'obscurité.

Cullen et Elizabeth entendirent le déclic d'une porte qu'on refermait doucement. Bryson avait disparu dans le labyrinthe de sa demeure.

— Eh bien, ça, c'est trop fort ! s'exclama Cullen.

Elizabeth était plus intriguée qu'effrayée.

Ils retournèrent dans le hall où les attendait le maître d'hôtel qui leur ouvrit la porte d'entrée. Il leur souhaita bonsoir avant de refermer la lourde porte derrière lui.

*
* *

— Il savait que les victimes avaient le même groupe sanguin, Cullen. Comment est-ce possible ? L'information n'a pas été divulguée.

Cullen prit le temps de négocier un virage en épingle à cheveux avant de marmonner :

— C'est bien ça qui m'intrigue.

— Et cette histoire de passé médical ?

— Ça aussi, c'est curieux. Parce que c'est une idée qui m'a traversé l'esprit, puis je l'ai oubliée. Mais quelque part au fond de mon cerveau, elle était là, et je n'arrivais pas à la ramener à la surface. Bryson vient de me donner un sacré coup de main.

Il s'interrompit, le temps de changer de vitesse, puis reprit :

— Lizzie, je crois que je viens de mettre le doigt dessus… Lorsque j'ai parlé à la mère de Bethany, la malheureuse répétait, entre deux sanglots, que sa fille était la santé incarnée. Que jamais elle n'avait été malade de sa vie, qu'elle aurait dû vivre très longtemps… Qu'elle était faite pour devenir centenaire.

— Ce n'était probablement qu'une façon de parler. Une mère ne peut concevoir que son enfant meure avant elle.

— Peut-être. N'empêche, Lizzie, je crois vraiment qu'il faudrait suivre le conseil de Bryson. Regarder très attentivement les dossiers médicaux de Bethany et Morgan.

Elizabeth se demandait si un chercheur n'aurait pas essayé de se procurer du sang de la jeune fille pour réaliser ensuite des expériences ? D'où le tube à essais retrouvé chez Krauter… Dans ce cas, cet émule du Dr Frankenstein en avait été pour ses frais. Plus aucune goutte de sang ne stagnait dans les veines de Bethany.

Elizabeth en fit la remarque à Cullen qui réfuta cet argument :

— Il en reste toujours quelques millilitres dans un corps, Lizzie.

— Tu as raison. Donc, on peut imaginer que ce n'est pas le tueur qui se serait introduit dans le funérarium, mais un scientifique, désireux de recueillir de quoi reconstituer l'ADN de Bethany.

— Si c'est le cas, j'ai du mal à imaginer que ce scientifique ne soit pas de mèche avec l'assassin.

— Bryson a envisagé cette éventualité.

— Oui, et ça me rappelle quelque chose…

— Quoi ?

— Un truc que m'a dit Shamus McManus, au bar-restaurant où travaille Brie. Il prétend que McFarland Leary sort de sa tombe tous les cinq ans. Pour tenter de retrouver ses descendants.

— Et alors ?

— Je ne sais pas trop ce que voulait dire Shamus. Glasgow était là aussi, et il lui est tombé sur le poil… Il allait lui arriver un pépin, lui a-t-il dit, s'il s'amusait à colporter des bruits et à fourrer son nez dans les affaires des autres.

— Les affaires des autres… Quel genre d'affaires ?

— Aucune idée. Mais il y a une question qu'il m'a posée et qui, depuis, me tourne dans la tête… Pourquoi tant de scientifiques se sont-ils installés à Moriah's Landing ? Aucune ville ne possède autant de laboratoires de recherche de pointe au mètre carré.

— Oh, je ne vois rien de mystérieux là-dedans, Cullen. Le Massachusetts regorge d'écoles et d'universités. Rien qu'à Boston, elles se comptent par dizaines. Et ici la Fondation Pierce attire les plus grands cerveaux, en les payant grassement. A mon avis, la réponse est là : des salaires incroyablement élevés.

— Et que penses-tu du cas de Leland Manning ? Il a son propre labo à domicile. Et, à ma connaissance, il ne bénéficie d'aucun financement officiel qui lui permette d'effectuer ses recherches. Pourtant, cela doit coûter cher. D'où viennent ses ressources alors ? Manning est fêlé et ses théories sur les sorcières sont à dormir debout. Il fait un très bon suspect. De plus, il ne vit pas en reclus comme Bryson. Il traîne dans les bars du front de mer à des heures pas possibles.

— Manning ? Tu plaisantes, Cullen ?

— Pas du tout. C'est même probablement dans un de ces bars que Shamus l'a entendu raconter des choses bizarres.

— Le problème, c'est que ces bizarreries, Manning ne les a pas exprimées devant nous. Rien ne permet d'établir un rapport entre lui et les deux victimes.

Elizabeth s'interrompit, le temps de se masser les tempes.

— Tout ça me donne une migraine carabinée… Deux mois, deux mortes… et toujours rien. Pas le plus petit indice. Nous tournons en rond, Cullen. Nous avons des suspects, oui, mais ça ne va pas plus loin. Fortier qui travaille sur la recherche génétique à la fac. Manning qui fait de même chez lui. Bryson, qui a été suspecté dans le passé de la mort des quatre femmes, puis de celle de Tasha… Tous ces gens gravitaient autour de Bethany et Morgan, qui ont le même groupe sanguin…

De nouveau, elle se tut, avant de reprendre d'un ton las :

— S'il faut chercher du côté des scientifiques, il y a aussi mes parents, Cullen…

— Je sais. Mais tu as omis quelqu'un d'autre au passage.

— Qui donc ?

— Lucian LeCroix. Le petit nouveau de la fac. Bethany et Morgan n'auraient pas suivi ses cours de littérature, par hasard ?

— Cullen, Bethany a été tué avant l'arrivée de Lucian.

— Oui. A condition qu'il soit arrivé quand il l'a dit.

— Tu n'exagères pas un peu ?

— Lizzie, j'ai l'impression que tu défends ce type, que tu es prête à sortir les griffes pour le protéger. Il te plaît donc tant que ça ? Tu envisages de faire de lui ton premier amant ?

Elizabeth haussa les épaules.

— Oublie ce que je t'ai dit, Cullen. Je voulais seulement te contrarier. Parce que j'étais moi-même en colère.

— Balivernes ! Si tu n'avais pas songé à coucher avec LeCroix, tu n'aurais pas fait ces allusions...

— Je te répète que je ne cherchais qu'à te rendre jaloux. Alors oublie ça et revenons à l'enquête. As-tu quelque chose sur LeCroix ? Si c'est le cas, je tiens à savoir ce que c'est.

— Il n'y a rien, Lizzie. J'ai fait fouiller son passé. Tout est clair.

— Ah.

— Tu es contente, hein ?

— Soulagée, mais pas étonnée. Lucian est une personne très sympathique.

Un lourd silence s'installa. Cullen n'appréciait manifestement pas qu'Elizabeth s'obstine à trouver LeCroix sympathique. Quant à la jeune femme, elle ne savait plus que dire pour justifier ce qui n'était qu'une coquetterie puérile.

Finalement, Cullen reprit la parole.

— Je n'arrête pas de penser à Claire... La voir dans cet état m'a vraiment choqué. C'est épouvantable. Une fille si gentille, si jolie... Dieu sait ce qu'on lui a infligé pour la démolir comme ça.

— Quand je pense que son bourreau a disparu comme par enchantement…

— C'est à n'y rien comprendre. Comment a-t-il pu sortir du tombeau sans qu'aucune d'entre vous ne le voie ?

— Cullen, cette question, je me la suis posée des milliers de fois.

Cullen avait ralenti. Elizabeth regarda par la vitre côté passager et comprit pourquoi. Ils longeaient le cimetière Saint-John.

D'un coup de volant, Cullen dirigea la voiture vers la grille et s'arrêta devant.

— Que fais-tu ? interrogea Elizabeth, alarmée.

— Je vais jeter un coup d'œil.

— Oh, Cullen, je n'aime pas ça…

— Lizzie, le type ne s'est pas envolé. D'une façon ou d'une autre, il est sorti de la crypte.

— La police a cherché, à l'époque. Sans résultat.

— Les flics de Moriah's Landing ont mal cherché, si tu veux mon opinion. Ils ne vous ont pas crues quand vous avez affirmé que Claire était entrée dans le tombeau. Selon eux, vous avez inventé la scène. Claire était dehors, et votre histoire de descente dans le tombeau n'était qu'une sornette.

Il ouvrit sa portière.

— Tu n'espères quand même pas que je t'accompagne, Cullen ?

— Navré, Lizzie, mais si. Il faut que tu me montres où vous vous trouviez quand Claire a disparu.

— Cela ne peut pas attendre demain matin ? Il fera jour et…

— … et une autre jeune fille aura peut-être été tuée entre-temps.

Quel rapport sa mort aurait-elle avec le tombeau de Leary ? Ni Bethany ni Morgan n'y avaient été assassinées, se dit Elizabeth, qui cherchait toutes les raisons pour ne pas entrer dans le cimetière qui lui rappelait d'horribles souvenirs.

Mais le médecin légiste avait conclu que les deux étudiantes avaient été tuées dans un autre endroit que celui où l'on avait retrouvé leurs corps. Bethany n'était pas morte chez les Pierce, pas plus que Morgan sur la pelouse devant le cottage.

Mais où, alors ?

Personne n'avait songé au tombeau de Leary.

A son fantôme, oui. Pas à sa sépulture.

— Tiens, Lizzie.

Cullen interrompit ses pensées macabres en lui tendant une paire de gants en latex et une torche.

— Prête ?

— Non.

— Tout se passera bien, tu verras... Nous ne nous séparerons pas une seule seconde.

— Promis ?

— Promis.

Ce soir, le cimetière semblait différent. Sans doute parce qu'il n'y avait ni tempête, ni brouillard. Le clair de lune, bien que faible, éclairait les tombes, rendant les torches superflues. Une brise légère soufflait, jouant dans la cime des cyprès, faisant onduler les herbes folles et cliqueter les perles des couronnes mortuaires...

Une forme de vie animait cette cité des morts, songea Elizabeth tout en remontant l'allée principale. Le vent léger donnait l'impression d'une respiration saccadée, celle d'un agonisant.

— Où est la tombe de McFarland Leary, Lizzie ?

Sans répondre, elle obliqua sur la droite, empruntant une allée transversale. En entrant dans le cimetière, elle s'était dit que jamais elle ne retrouverait son tombeau. Ses pas l'y avaient amenée par hasard, la nuit où elle s'était enfuie de l'université. Y conduire Cullen sans hésiter lui paraissait impossible. Elle ne voulait pas se souvenir. Elle se refusait à mémoriser l'emplacement de cette tombe, source de tant de cauchemars.

Et pourtant, elle guida Cullen jusqu'au mausolée. Comme si Leary exerçait un magnétisme irrésistible.

— Voilà. Nous étions ici… Nous avons formé un cercle autour de la pierre tombale après que Claire fut entrée là-dedans…

Elle montra la porte rouillée.

— … Nous avons joint nos mains et…

— Attends, Lizzie. Montre-moi cette crypte.

— Tu es sûr que…

— Oui.

Le cœur battant à tout rompre, Elizabeth descendit les marches qui la séparaient de la porte. Cullen se tenait derrière elle, se répétait-elle. Il ne pouvait rien lui arriver. Leary se tiendrait tranquille et…

Allons. Leary était un fantôme.

Et alors ? C'est pour cela qu'il était redoutable ! On ne tuait pas un fantôme ! Le revolver de Cullen serait sans effet sur un spectre !

Elle passa la main sur ses yeux, s'efforçant de chasser des visions de linceul flottant dans le vent, de tête de mort grimaçante.

Elle était ridicule. Stupide. Dieu merci, Cullen ne savait rien des visions qui lui traversaient l'esprit. Sinon, elle eût bien baissé dans son estime…

Il passa devant elle et saisit la poignée de la porte. Le pêne joua immédiatement.

Le soir de la disparition de Claire, Kat avait quasiment brisé le métal du système pour réussir à ouvrir.

— Attends-moi dehors, Lizzie.

Elle regarda par-dessus son épaule. Demeurer seule ne pourrait que renforcer les hallucinations dont elle venait d'être victime en traversant le cimetière.

— Non, je préfère rester avec toi.

Il baissa la tête et entra dans le tombeau.

La salle voûtée était telle que dans le souvenir d'Elizabeth. Un peu plus endommagée par le temps, peut-être, mais le plafond peint se trouvait en assez bon état. Les démons y côtoyaient toujours les anges, les crucifix les flammes de la géhenne… L'odeur d'humidité et de putréfaction était la même… Les cercueils rongés par la moisissure bien en ordre dans les cavités creusées dans la roche, protégés par des panneaux de granite.

L'un de ces cercueils était celui de Leary. Le trouver serait aisé. Il suffirait de retirer les panneaux et de chercher la bière la moins ornementée, celle dont les planches ne seraient pas de bois noble mais de vulgaire platane et les poignées de simples anneaux de fer… Etonnant, même, que Leary ait été mis au tombeau. D'ordinaire, les sorciers finissaient sous de petits amas de terre anonymes. Le temps se chargeait de dissoudre leurs ossements.

Apparenté aux Pierce, Leary avait bénéficié, lui, de la dernière demeure familiale.

— Je ne vois aucune autre porte, commenta Cullen après avoir scruté les parois du caveau. Comment diable le type est-il sorti d'ici ?

Il revint vers le mur recouvert de plaques de marbre, au fond de la crypte. Elizabeth lui emboîta le pas et commença à déchiffrer les épitaphes.

« *A ma tendre épouse* »... « *Repose en paix, ma chère mère* »... « *Sois heureux au Royaume des Cieux, mon fils bien-aimé* »...

Les dates de naissance et de décès remontaient au XVIIe siècle.

Au-dessus de l'une des plaques, un ange sculpté à même la roche tendait le bras, brandissant une lanterne. Elizabeth s'approcha pour lire l'inscription gravée :

« *Un ange marche parmi nous. Suivez sa lumière jusqu'au sanctuaire.* »

Cullen s'était éloigné de quelques pas, revenant vers les cercueils.

— Viens voir, murmura Elizabeth. Regarde ça.

— Qu'est-ce qu'il y a ?

Elle leva les mains vers l'ange.

— Tu te rappelles ces vieux parchemins encadrés chez moi ?

— Oui. Et alors ?

— Ils racontent que Moriah's Landing est célèbre aussi pour d'autres raisons que la sorcellerie. La ville était un relais pour les activistes qui se battaient contre les Anglais, lors de la guerre d'Indépendance, entre 1775 et 1783. Il y avait des maisons « sûres », c'est-à-dire proaméricaines. Elles accrochaient une lanterne sur un poteau près de l'entrée. Les fugitifs qui la voyaient briller savaient trouver vivres, lit et surtout une cachette.

— Je ne vois pas où tu veux en venir !

— Eh bien, il n'y a pas de poteaux dans les cimetières, mais un ange sculpté portant une lanterne peut faire aussi bien l'affaire...

— Le cimetière Saint-John aurait donc servi de refuge aux rebelles, c'est ce que tu sous-entends ?

— Relis l'inscription : « Suivez sa lumière jusqu'au sanctuaire. » Un sanctuaire est un endroit où l'on ne risque rien, un havre de paix. Cullen, ne vois-tu pas la suite ?

— Non, pas vraiment.

— La légende de la tombe hantée… On voyait des ombres y pénétrer, mais aussi en sortir. Les fugitifs. Pour les protéger, on a fait courir le bruit d'un fantôme qui sortait de sa tombe… Du coup, personne n'osait plus approcher du tombeau.

Cullen paraissait sceptique.

— Difficile quand même d'imaginer cet endroit comme un havre pour les rebelles… Ce n'est pas bien grand et, en plus, facile à trouver. Un soldat anglais, peu crédule, aurait aisément pu venir ouvrir cette porte et faire une belle brochette de prisonniers.

— Oui, sauf si la cachette n'était pas le tombeau… Ici, à mon avis, nous ne sommes que dans l'accès à ce refuge. Quelque part, il doit y avoir une galerie, comme des catacombes. Qui conduisent à l'air libre.

Elizabeth reprit sa respiration, puis continua :

— Moriah's Landing était aussi une étape sur la route des esclaves en fuite, juste avant la guerre de Sécession. On appelait cela la Route clandestine de la liberté. Nombre d'évadés des plantations du Sud ont trouvé ici le gîte, le couvert et un sauf-conduit pour aller ailleurs.

— Lizzie, si tu as raison, l'accès au tunnel est là, quelque part… Il ne nous reste plus qu'à le trouver.

Cullen se dirigea vers les niches des cercueils. Toutes étaient fermées par des panneaux en pierre scellés dans le mur et dépourvus de poignée. Sauf un, où un petit morceau de métal faisait saillie. Cullen l'attrapa et tira. Sans résultat. Il posa alors sa torche par terre et força à deux mains.

Le panneau se détacha du mur.

La torche montra une cavité vide.

— Félicitations, Lizzie. Nous savons désormais comment l'agresseur de Claire est entré… et parti.

Il se hissa à la force des bras jusqu'à l'entrée de la cavité. Basse de plafond, elle semblait anormalement profonde. Cullen récupéra sa torche et éclaira les parois.

— J'aperçois un escalier, Lizzie ! On dirait qu'il descend dans une sorte de cave. Je parie que tu as vu juste, et qu'un tunnel part de là.

Il commença à ramper à l'intérieur. Elizabeth comprit avec effroi qu'il allait descendre les marches, disparaître dans les profondeurs de la terre, sous le cimetière.

— Cullen, attends ! Que fais-tu ?

— Qu'est-ce que tu crois ? Je vais chercher ce tunnel !

Sa voix résonnait, déformée par un écho.

— Arrête ! Il pourrait y avoir un éboulement et…

Elle s'interrompit. Cullen, apparemment, ne l'entendait plus.

Elle grimpa à son tour dans la cavité. Elle aperçut une lumière en mouvement au bas des marches.

— Cullen !

— Je ne serai pas long. Ne bouge pas de là.

Il revint sur ses pas, remonta quelques marches et lui tendit son téléphone cellulaire.

— Si quoi que ce soit arrive, appelle le poste de police. Le numéro est enregistré. Il te suffit d'appuyer sur la touche rouge.

Elizabeth attrapa le téléphone d'une main tremblante. Suivre Cullen relevait de la pire des imprudences. Un éboulement, comme elle le craignait, et ils seraient coincés tous les deux. Mieux valait, effectivement, attendre dans le tombeau et aller chercher de l'aide en cas de besoin.

Elle se laissa glisser contre la paroi et poussa un soupir quand ses talons touchèrent de nouveau le sol de la crypte.

Elle s'accroupit contre le mur.

Cullen avait emporté la torche. Elle se retrouvait donc dans l'obscurité. La chair de poule lui donnait une sensation de picotements désagréables sur la nuque. Elle serra les bras autour de son buste. Allons, elle ne risquait rien… Cullen n'était pas loin et les cercueils ne contenaient que des défunts. Ces derniers étaient inoffensifs.

Mais les fantômes…

Quelque chose bougeait. Elle perçut un déplacement d'air. Leary ?

Elle écarquillait les yeux dans le noir, quand une main se referma sur sa gorge. Des doigts puissants, chauds.

Des doigts d'homme.

Elle voulut hurler. La main accentua sa pression, étouffant son cri. Un bras la ceintura, la remit debout de force. Elle se débattit, et fit tomber le téléphone.

Un chiffon glacé fut plaqué contre sa bouche.

Glacé… Le chloroforme était glacé, eut-elle le temps de penser avant de perdre conscience.

Mais une fraction de seconde plus tôt, elle avait perçu un claquement. Et compris que la plaque descellée par Cullen venait d'être refermée.

Il était emmuré dans le souterrain.

16.

Le claquement de la plaque brutalement remise en place fit sursauter Cullen.

Pivotant sur ses talons, il revint vers l'escalier et appela Elizabeth. Elle ne répondit pas. Il appela plus fort et seul le silence lui fit écho. Il sentit comme un filet glacé courir le long de sa colonne vertébrale…

Quelqu'un était entré dans le tombeau et avait refermé le panneau.

Le tueur.

L'adrénaline déferla dans ses veines. Il gravit les marches quatre à quatre et se jeta à plat ventre dans la cavité puis martela la porte de ses poings fermés. Jusqu'à en avoir les phalanges en sang. Le panneau de granite ne bougea pas d'un millimètre.

Il haletait. L'oxygène dans ce compartiment conçu pour un cercueil était rare, et il le brûlait en respirant si précipitamment.

Il ne parviendrait pas à ressortir par là où il était entré, conclut-il entre deux assauts désespérés contre la dalle.

Le tunnel… s'il trouvait le tunnel, il serait sauvé et sauverait Lizzie.

Sinon, il serait enterré vivant.

Elizabeth, dans la véranda des Pierce, lui avait demandé s'il n'était pas claustrophobe. Il avait ricané. Jamais de la vie, s'était-il exclamé.

Et pourtant, si. La panique n'était pas loin, il la sentait monter en lui, prédateur vorace qui allait dévorer tous ses moyens. L'impression d'étouffer le gagnait. Son pouls palpitait dangereusement. Il tremblait, vacillait sur ses jambes…

Et soudain, il se rappela Elizabeth.

Sa situation était bien plus alarmante que la sienne. Elle se trouvait entre les mains du tueur.

Il fallait qu'il sorte de là. Parce que la vie d'Elizabeth était en jeu.

Ramener ses pensées sur la jeune femme calma sa terreur. Les idées de nouveau claires, il entreprit de scruter les murs qui l'encerclaient. Plusieurs minutes durant, le faisceau de sa torche ne lui montra que de la roche suintante, couverte de mousse et de moisissures.

Jusqu'au moment où il l'arrêta sur une sorte d'entaille dans la pierre.

De la longueur d'un homme, à peine haute d'une trentaine de centimètres, mais profonde, elle pouvait accueillir un corps allongé sur le ventre. En rampant, il devait être possible de glisser de l'autre côté.

A condition qu'il y eût une ouverture… Oui, sans doute. Sinon le tortionnaire de Claire n'aurait pu quitter le tombeau, cinq ans plus tôt.

Mais en cinq ans, des concrétions minérales avaient pu se former et bloquer l'issue… Et puis s'insinuer dans cette fente sans être certain qu'elle fût un passage et non une tombe dans la tombe… une excavation dans laquelle il pouvait rester bloqué… Cullen transpirait à grosses gouttes. Ses dents s'entrechoquaient. Jamais il ne trouverait la volonté de se glisser là-dedans… L'enfermement dans un espace clos lui était insupportable, mais penser qu'il pourrait rester coincé lui donnait la nausée.

Elizabeth.

Se concentrer sur Elizabeth pour dominer sa panique…

S'il restait là, incapable de réagir, la jeune femme finirait sur une table de métal. Vidée de son sang. Comme Bethany et Morgan.

Non !

Il leva une jambe, la posa dans l'anfractuosité. Puis un bras. Il s'agrippa à l'arête de la paroi et, les muscles bandés, se hissa à l'intérieur de la cavité.

Il ne perdit pas de temps à se demander s'il arriverait à respirer. Il respira, inhalant une bouffée d'air vicié qui lui donna la nausée. Il cracha, inspira encore, puis se déplaça latéralement sur le ventre.

Un instant plus tard, il tombait en contrebas sur de la terre mouillée.

Le tunnel ! Sa torche lui montrait un boyau en pente douce dans lequel il lui faudrait progresser courbé en deux. Il grimaça, mais se souvint que Claire l'avait fait, traînée par le sadique…

Et depuis, elle vivait un enfer quotidien.

Pour Claire, pour Elizabeth, il devait s'engager dans ce souterrain creusé dans de la terre meuble qui risquait de s'effondrer à tout instant.

Il commença à marcher. A pas lents, assourdi par le grondement de sa respiration.

Il marcha longtemps avant d'atteindre une galerie dans laquelle il pouvait se tenir debout. Quel soulagement de se redresser !

Il accéléra le pas. L'air était soudain moins poisseux, moins putride. Une odeur de varech lui montait aux narines.

Il perçut le bruit des vagues.

Il eut envie de se mettre à courir, mais il ignorait où débouchait le tunnel. Il préféra rester prudent et avancer lentement.

A juste titre, découvrit-il lorsqu'il déboucha au bord de la falaise.

Une dizaine de mètres en dessous, les vagues se fracassaient sur des roches.

Il se trouvait sur une plate-forme étroite située entre le sommet de la falaise et la mer. Comme un oiseau marin qui aurait niché à flanc d'une paroi de granite parfaitement verticale.

Aucun bateau n'attendait, en amont des rochers. Autrefois, pour les fugitifs, on attachait certainement des échelles de corde. Mais pour lui, il n'y avait rien.

Plonger puis nager entre ces récifs serait du suicide.

Il tendit la tête vers l'extérieur et regarda au-dessus de lui. Dix mètres jusqu'au sommet. Et des prises solides.

Escalader était possible, décida-t-il.

Il rangea la torche dans sa poche de poitrine, puis se plaça face à la falaise. Seul son visage était à la hauteur du rocher. Le reste de son corps, en équilibre précaire au-dessus du vide.

Galvanisé par le danger, car le moindre déséquilibre le propulserait droit sur les rochers battus par les flots, il tendit les mains et agrippa la première saillie à sa portée.

Jouant des doigts et des pieds, assurant ses prises, il monta lentement, le souffle court, le long de la paroi.

Il avait presque atteint le sommet et anticipait un agile rétablissement sur l'herbe du plateau lorsqu'il distingua une silhouette debout au bord du vide.

Un homme. Qui l'observait.

David Bryson.

*
* *

Lentement, Elizabeth revint à elle. Elle ne mit pas longtemps à comprendre qu'elle se trouvait sur une table en métal. Et qu'elle était nue. La lumière blanche d'un scialytique l'aveuglait.

Elle cilla, s'efforçant d'accommoder sa vision, mais ne réussit qu'à distinguer des formes vagues. Elle essaya de s'asseoir, et se rendit compte qu'elle était solidement attachée par des sangles. La mémoire lui revint brutalement.

Le tombeau. Cullen. Le tunnel. Elle était seule dans la crypte quand une main avait plaqué un chiffon imbibé de chloroforme sur sa bouche.

Elle releva la tête. En face d'elle, un tableau, sur le mur, qui représentait un humain écorché, avec le système nerveux et sanguin en évidence. Peut-être se trouvait-elle dans une des salles de cours d'anatomie de Heathrow ?

Elle regarda sur sa gauche. Une armoire vitrée. Sur la porte, une étiquette. « Formaldéhyde. » Les flacons de différentes couleurs contenaient des fluides d'embaumement.

Mon Dieu ! Elle se trouvait dans le funérarium de Krauter.

Cullen. Elle ne devait penser qu'à lui. A s'échapper d'ici pour voler à son secours.

Elle réfléchissait à la manière de débloquer les sangles de cuir, quand une porte s'ouvrit derrière elle. Un instant plus tard, un homme se campait face à elle.

— Ah, vous êtes réveillée.

Elizabeth se crut victime d'une hallucination. Entre tous les meurtriers qu'elle s'attendait à voir, celui-ci était le dernier suspect de sa liste.

— Lucian ?

Oui, il s'agissait bien de Lucian. Et pourtant, il semblait différent du charmant et charmeur professeur de littérature anglaise.

Ses… yeux étaient différents !

Lucian avait des yeux noirs. Cet homme rivait sur elle des prunelles d'un bleu glacé.

Jusqu'à aujourd'hui, il avait dû porter des lentilles…

— Permettez-moi de me présenter, Elizabeth. Je suis René Rathfastar.

Le protégé de Manning ?

— Je suis également connu sous le nom de Lucas Cross, un pêcheur qui loue l'appartement du deuxième étage, chez Ned Krauter.

Il lui sourit d'un air étrange, puis il lui demanda :

— J'imagine que, maintenant, vous savez où vous êtes, Elizabeth ?

Du bout de la langue, elle s'humecta les lèvres. La peur lui desséchait la bouche.

— Je croyais que René Rathfastar était mort…

— Comme vous pouvez le constater, ce n'est pas le cas.

— C'est vous qui avez tué Bethany et Morgan ?

Il se borna à sourire d'un air entendu.

— Mais le jour où Fortier a fait tomber le tube à essais au laboratoire, vous n'avez pu supporter la vue du sang !

— Effectivement. Amusant, n'est-ce pas ? Après tant de temps, je ne parviens pas à dominer ma répulsion. Je crois qu'elle remonte à mon enfance, quand mon père, grand chasseur devant l'Eternel, m'obligeait à saigner et vider le gibier. Depuis, la vue du sang m'est insupportable… et en même temps, son odeur m'excite.

— Pourquoi les avoir tuées ?

— Il vous faut vraiment une explication, Elizabeth ? Je pensais que vous l'auriez déjà trouvée seule. Vous êtes tellement intelligente… c'est un point commun entre nous, chère amie. Nous sommes tous deux des êtres à l'intellect exceptionnel. Vous m'attiriez, le savez-vous ? Je m'étais dit qu'enfin j'avais rencontré mon *alter ego…* Que nous étions faits pour nous entendre. Quelle déception de vous savoir amoureuse de ce flic, Ryan…

Le faire parler pour gagner du temps…

— Je ne comprends pas ce que vous essayez de faire, Lucian.

— Elizabeth, ma très chère, ne me dites pas que vous ne voyez pas où je veux en venir. Cherchez donc un peu… Vous étiez très près du but. Mais vous vous êtes révélée incapable de le concevoir, par excès de sensiblerie. Néanmoins, un jour ou l'autre, vous auriez enfin eu une illumination. L'ennui, c'est que je ne pouvais pas vous en laisser la possibilité. A cause de cette quête effrénée à laquelle vous vous livriez en compagnie de ce flic… Il me fallait y mettre un terme. Abruptement, et je le déplore. Mais sinon vous auriez réduit à néant un projet extraordinaire. Cela fait si longtemps que je ronge mon frein, Elizabeth…

— Depuis Bruxelles ?

Il fronça les sourcils.

— Depuis que Leland Manning m'a renvoyé de la société secrète. Dans la foulée, il a ruiné ma carrière, mes recherches, ma réputation… Il m'a détruit. J'ai été obligé de m'expatrier, de m'installer en Europe, mais il avait également de l'influence sur le Vieux Continent. Il m'a harcelé jusqu'à ce que je baisse les bras. J'étais effondré, et puis j'ai eu une révélation. La chance a tourné. En ma faveur.

— C'est-à-dire ?

— L'accident de voiture dont j'ai été victime. Je vous épargnerai les détails de mois passés à l'hôpital, de la douzaine d'interventions chirurgicales… Un cauchemar. Mais lorsque tout a enfin été fini, je suis devenu un homme neuf. Littéralement, car mon visage avait changé. Méconnaissable. Et très séduisant, vous ne direz pas le contraire, n'est-ce pas ?

Il avait bombé le torse. Il se gonflait sous l'effet de la vanité. La bouche emplie de bile, Elizabeth le regardait avec dégoût. Indubitablement, les chirurgiens esthétiques avaient fait un très beau travail. LeCroix était superbe.

— Qui est le véritable Lucian LeCroix ? demanda Elizabeth, plus pour gagner du temps que par curiosité.

— C'était un ancien condisciple de faculté. Nos chemins se sont croisés en Europe. Il ne m'a pas reconnu. J'ai fait en sorte de devenir son ami, et je lui ai volé sa vie, au propre comme au figuré. Le pauvre naïf m'a raconté ses déboires. Une histoire d'amour avec une femme mariée qui a mal tourné… LeCroix voulait recommencer de zéro. Il a contacté le doyen Barloft par l'intermédiaire d'un ami belge qui l'a chaleureusement recommandé. Le doyen a offert à LeCroix un poste à Heathrow College. J'allais pouvoir enfin écraser ce salaud de Manning qui ne se méfierait pas, car jamais il n'imaginerait que LeCroix et Rathfastar étaient une seule et même personne ! Grâce à vous…

Il s'interrompit, secouant la tête d'un air ravi.

— … je vais réaliser mon rêve : démolir Manning. Me venger.

Pendant que Lucian parlait, Elizabeth s'efforçait de détacher les sangles qui retenaient ses bras. Lucian s'en aperçut.

— Eh, doucement, ma petite ! Cela ne sert à rien d'essayer de détacher les sangles. Restez tranquille et tout ira bien.

— Qu'allez-vous faire ?

Sans répondre, il se tourna vers une table et fouilla parmi les instruments de chirurgie.

— Vous ne souffrirez pas, Elizabeth. Je vais juste prélever un peu de sang. Juste ce qu'il me faut pour mes expériences. Ensuite, quand vous aurez perdu connaissance, je me consacrerai au vrai travail : l'aspiration de tout le sang que recèle votre corps… Vous mourrez lentement, mais sans le savoir.

Il enfila des gants puis posa un doigt sur la carotide de la jeune femme.

— Attendez, Lucian ! l'arrêta Elizabeth d'une voix que la panique faisait trembler. Vous me considérez comme très intelligente, alors, s'il vous plaît, ne me laissez pas mourir… idiote. Expliquez-moi en quoi la mort de Bethany et Morgan peut compromettre Manning ! Il n'est même pas suspecté par la police…

— Il le sera. Quelqu'un finira par additionner deux et deux. Votre petit copain, par exemple, même s'il n'est pas très futé. Personne n'a encore vérifié les empreintes du tube à essais découvert chez Krauter, mais je peux vous dire que ce sont celles de Manning.

— Il ne touche rien sans gants !

— Cela lui arrive pourtant. J'ai veillé à lui subtiliser un tube qu'il venait de replacer sur son support après l'avoir stérilisé. Il l'avait fait sans gants, car ses doigts n'avaient touché que la paroi extérieure.

Elizabeth laissa échapper une exclamation.

LeCroix était vraiment diabolique. Diaboliquement intelligent.

— Toutes les pistes conduiront à Manning, enchaîna-t-il. Vers ce type jobard qui planche sur les mystères de l'ADN. Sa réputation d'excentrique le rattrapera. Les gens diront que le savant fou leur faisait peur. Cela reviendra aux oreilles de la police, qui interviendra enfin. Chaque nouveau meurtre réduira la marge qui sépare encore Manning de la suspicion.

— Chaque nouveau meurtre ? répéta Elizabeth, la gorge serrée.

— Allons, Elizabeth... Vous ne pensez quand même pas que je vais arrêter parce que notre petit jeu a trouvé sa conclusion ? Je me suis bien amusé avec vous, mais je dois revenir aux choses sérieuses. Vous n'êtes qu'une parenthèse dans mon plan. Une parenthèse très distrayante, je vous le concède. Mais il y a un temps pour tout. Les loisirs et le travail. Je reprends le travail.

— Le travail ?

— Mais oui, ma chère. D'ailleurs, je n'ai pas perdu de temps. La prochaine victime de Manning est déjà passée ici, sur ce même plateau... Une fois son sang prélevé, j'ai placé son corps dans de la glace chez moi, à Raven's Cove. La belle attend son heure pour réapparaître. Elizabeth, ne faites pas cette tête... Je ne vais pas vous donner son nom. Je ne veux pas que vous passiez dans l'autre monde le cerveau plein d'idées noires !

Qui avait-il assassiné ? Brie ? Kat ? Claire ?

L'envie de hurler la saisit. Hurler de terreur, hurler contre tant d'injustice, de cruauté, de folie...

Elle se retint. Elle devait garder l'esprit clair. Tant qu'elle se maîtriserait, elle serait sur un pied d'égalité avec LeCroix. Il était intelligent. Mais elle aussi. Le tout était de l'être plus que lui.

— Comment avez-vous compris que j'approchais de la vérité, Lucian ? demanda-t-elle d'une voix qu'elle espérait ferme.

— Votre copain le flic posait des questions à droite et à gauche. Nombre d'entre elles sur Manning, et c'était exactement ce que j'espérais. L'ennui, c'est que Ryan s'intéressait aussi à moi. Vous me défendiez, mais je pressentais un revirement de votre part. Un jour ou l'autre, vous alliez adopter le point de vue de Ryan. Et puis, vous ne vous en êtes pas tenue là… Dès que vous vous êtes interrogée sur notre collège clandestin, j'ai compris que je devais agir.

Le collège secret… Elle n'en avait parlé qu'à sa mère !

Marion qui s'était enfermée dans un silence hostile à l'instant où sa fille avait mentionné Manning et Rathfastar.

Marion avait rencontré Rathfastar à Bruxelles. Celui-ci avait eu un terrible accident de voiture…

Un déclic se fit dans son esprit. Elle chercha le regard de LeCroix.

Ces yeux si clairs, d'un bleu presque irréel… Elle les avait déjà vus. Dans un autre visage… Un visage aimé.

Celui de Brandon, son petit frère. Qui avait des prunelles d'azur tellement différentes des siennes, de celles de Marion ou d'Edward…

Grands dieux ! Marion avait eu une liaison avec Rathfastar, et un enfant était né de cette relation.

— Vous… vous et ma mère…, balbutia-t-elle.

Un large sourire s'épanouit sur les lèvres de Lucian LeCroix.

— Ma sublime Marion… Tellement brillante ! Hélas, j'ai découvert que je ne pouvais pas compter sur elle. Elle n'a pas voulu de moi. Seulement de l'enfant. Je faisais un excellent géniteur, mais pas un bon compagnon, voyez-vous. Et elle n'entendait pas participer aux travaux de la société secrète. Néanmoins, elle ne m'a pas tout à fait laissé tomber, par peur peut-être que je dévoile que j'étais le père de Brandon… Sa virtuosité avec un ordinateur est époustouflante. Elle a accepté de s'infiltrer dans les dossiers de Ryan et m'a ainsi communiqué ses rapports, ses notes au jour le jour. C'est comme cela que j'ai suivi la progression et l'orientation de l'enquête. Ryan n'a pas notre Q.I., ma chère Elizabeth. Il a besoin de tout mettre par écrit. Sur un disque dur, heureusement…

Le sourire s'élargit.

— Je suis très reconnaissant à Marion de m'avoir donné ce petit coup de pouce, mais je reste quand même rancunier. Elle m'a préféré Edward. Ma revanche va lui faire très mal : elle sera la première informée de la mort de sa fille. Elle apprendra que son assassin, c'est moi, le père de Brandon. Sa vie ne sera plus qu'un cauchemar permanent…

Pendant qu'il parlait, LeCroix avait laissé dériver son regard. Elizabeth mit à profit cette inattention momentanée : elle tira de toutes ses forces sur son bras droit et réussit à le libérer de l'emprise de la sangle.

Et lorsque LeCroix lui tourna le dos pour régler la pompe aspirante, elle chercha fébrilement une arme.

Elle ne pouvait atteindre que les flacons remplis de fluides d'embaumement, sur la table à côté du plateau. Elle en saisit un, souleva le bouchon avec son pouce et, quand LeCroix lui fit de nouveau face, elle lui jeta le contenu du flacon au visage.

LeCroix porta les mains à ses yeux. Il secouait la tête, comme s'il essayait de chasser la douleur. Soudain, il abaissa les mains et éclata de rire.

— Je vous ai bien eue, n'est-ce pas, ma belle ? Ce n'était que de l'eau distillée !

Il saisit un scalpel sur le plateau.

— Vous êtes coriace, ma chère petite. Bravo. J'aime les femmes qui luttent. Peut-être devrions-nous essayer de tirer quelque chose de tant d'énergie et de détermination.

Elizabeth, une nouvelle fois, retint un cri. Ce que LeCroix voulait, c'était qu'elle ait peur… Oh, sur ce point-là, il avait gagné haut la main : elle était terrorisée. Mais elle ne le lui montrerait pas. Tant qu'elle lui tiendrait tête, il la garderait en vie. Il aimait jouer à ce jeu cruel du chat et de la souris.

Quel enjeu proposer pour gagner du temps ? Elle examinait mentalement les possibilités une à une, à la vitesse de l'éclair, quand la porte de la salle d'embaumement s'ouvrit avec fracas.

— Rathfastar !

La voix de Cullen !

— Ne bougez plus !

Sauvée… Elle était sauvée.

Mais Rathfastar continuait à serrer le scalpel entre ses doigts, à quelques centimètres de la gorge d'Elizabeth. Un petit mouvement et il lui trancherait la carotide…

— Lâchez votre scalpel, ordonna Cullen.

— Oh, Ryan, faites donc marcher votre petite cervelle… pour une fois ! Même si vous tirez, j'aurai le temps de sectionner cette belle artère palpitante, et votre petite amie mourra…

Comme pour prouver ses dires, il approcha sa main plus près du cou d'Elizabeth.

La détonation assourdit la jeune femme. L'odeur de poudre la fit tousser.

LeCroix vacilla. Une large tache rouge allait en s'élargissant sur son épaule droite. Mais il ne tomba pas. Il se retint au chariot métallique et la lame brilla de nouveau dans la lumière du scialytique.

Un deuxième coup de feu… La balle transperça sa poitrine.

Le scalpel échappa à ses doigts. Il tomba sur le carrelage, rebondit dans un tintement léger.

Le corps de Lucian LeCroix s'affala sur le sol, en produisant un son mat.

Sans vie.

Un instant plus tard, Elizabeth s'asseyait sur le chariot, les sangles détachées par un Cullen blême, qui la prit contre lui et l'étreignit en gémissant.

— Lizzie, oh, Lizzie…

— Comment as-tu compris ?

— Grâce à une précieuse source d'information.

— Laquelle ?

Elle pivota sur son séant, posa les pieds par terre et fut prise de tremblements incoercibles… Elle se mit à claquer des dents lorsqu'elle aperçut le cadavre de Lucian que deux policiers, arrivés en renfort, emportaient sur une civière. Cullen ôta sa veste et la posa sur ses épaules.

— Je te dirai tout plus tard. Dans l'immédiat, sortons d'ici. Cet endroit me fiche les jetons, Lizzie.

Une fois sur le parking du funérarium, Lizzie s'appuya au capot de la voiture de Cullen. Ses jambes flageolaient.

— Si tu savais comme je me suis fait du souci pour toi, Cullen… Te savoir enfermé dans le souterrain alors que tu es claustrophobe… Je voulais échapper à LeCroix pour venir te secourir.

Il la regarda. En dépit de la pénombre, elle aperçut les larmes dans ses yeux. Elle distingua aussi l'expression d'amour qui transfigurait son visage.

— Ma chérie…

Il la reprit contre lui et la serra si fort qu'elle en eut le souffle coupé. De bonheur cette fois-ci.

17.

Elizabeth sortit de la cabine d'essayage et se plaça devant le miroir en pied.

Cette jeune femme, que lui révélait le reflet, lui faisait l'effet d'une inconnue. Elizabeth Douglas n'avait jamais porté de robe aussi près du corps, aussi courte. Et encore moins au décolleté plongeant qui mettait en évidence la naissance de ses seins.

— Je ne sais qu'en penser, Becca.

— C'est exactement le genre de robe que tu m'as demandé ! Alors assume !

— Tu as vraiment fait du joli travail. On dirait une robe griffée par un grand couturier. Mais…

— … mais elle est sexy, et c'est ça qui te défrise, hein ?

— Cullen en sera tout émoustillé, remarqua Kat.

Elizabeth lui lança un regard sévère.

— Sois honnête ! s'écria Brie. C'est ce que tu veux, non ? Depuis des années !

Elizabeth sentit ses joues s'enflammer.

— Ma vieille, tu devrais regarder ta figure, suggéra Kat. On y lit à livre ouvert. Qu'est-ce que tu t'imaginais ? Que nous n'étions pas au courant de ton petit penchant pour Cullen Ryan ? Nous ne sommes pas aveugles ! Et toi, tu n'es pas très douée pour garder les secrets. Il n'y a que Brie qui soit une experte en ce domaine…

Brie hocha la tête en souriant. Personne ne savait qui était le père de sa fillette.

Et Brandon ? Apprendrait-il un jour que son véritable père était un psychopathe assassin ? Non, jamais. En tout cas, pas de la bouche de sa sœur.

Kat quitta son fauteuil et se dirigea vers la porte.

— Il faut que je reparte au bureau. Mais, Elizabeth, sois chic, fais-moi savoir si la robe a fait son effet. Si c'est le cas, ma foi, je te l'emprunterai peut-être…

— Hein ? Mais ce bout de chiffon n'a rien de la tenue d'une détective privée ! Tu ne comptes quand même pas aller bosser habillée comme ça !

— Loin de moi l'idée du travail ! Je songeais au… repos du guerrier. Enfin, de la guerrière… Les filles, je vais m'inscrire sur l'un de ces sites de rendez-vous sur Internet. Sait-on jamais… Si j'avais un super mec en face de moi, la robe pourrait se révéler décisive.

Elle ouvrit la porte, franchit le seuil, puis s'arrêta.

— Oh, je ne vous ai pas dit : la mère de Claire m'a appelée ce matin. Une fois le traumatisme de notre visite passé, curieusement Claire est sortie de son mutisme. Nous lui avons infligé un choc salutaire, semble-t-il. Elle va quitter la clinique et retourner vivre chez ses parents. Nous pourrons aller la voir.

— Si Claire sort de la clinique, qui va veiller sur elle ? remarqua Elizabeth.

Car l'identité du tortionnaire de la jeune fille demeurait une énigme. Il ne s'agissait pas de Lucian LeCroix-Rahtfastar puisque, cinq ans auparavant, il se trouvait à Boston. Le meurtrier de Leslie Ridgemont, la mère de Kat, profitait également de sa liberté en toute impunité.

Seule certitude, LeCroix ne commettrait plus d'atrocités.

La police avait découvert le corps de Dana Colby, une étudiante d'Elizabeth, à son domicile à Raven's Cove. Dans un réfrigérateur. Vidée de son sang. Et intacte, mises à part l'incision sur la carotide et les piqûres à la saignée du bras.

La nouvelle avait mis Moriah's Landing en émoi. Les gens ne parlaient que de cela, et la peur engluait la ville comme un voile poisseux et répugnant.

Des savants procédaient à d'effroyables recherches, comprenait maintenant Elizabeth. Pour les mener à bien, ils avaient besoin du sang d'un type bien particulier de jeunes filles.

Lucian LeCroix, alias Rathfastar, ne travaillait pas seul. Le fameux collège existait bien.

Cullen devait à tout prix empêcher ces déments de continuer à sévir. Elle ne connaîtrait pas de paix avant le jour où les mobiles des scientifiques seraient identifiés.

Dans l'immédiat, une priorité dominait toutes les autres…

Elle sortit de la boutique de Becca Smith et se mit au volant de sa voiture. Direction : l'appartement de Cullen.

Quelques minutes plus tard, elle se garait le long de la promenade, sur Waterfront Avenue, et se dirigeait vers l'entrée de la maison victorienne transformée en logements locatifs.

Elle frappa à la porte de Cullen.

Lorsqu'il ouvrit, elle comprit qu'il sortait de la douche.

En jean manifestement enfilé à la hâte, chemise non boutonnée révélant son torse bronzé, cheveux mouillés, il la fixa avec des yeux arrondis de stupéfaction.

— Que fais-tu ici, Lizzie ?

Elle portait un trench-coat par-dessus la fameuse robe. Mais elle avait laissé ses cheveux libres et un soupçon de maquillage illuminait son visage.

— Puis-je entrer, Cullen ?

Il s'effaça, et elle passa devant lui, instable sur ses talons aiguilles. Elle s'avança jusqu'au milieu du séjour puis pivota face à Cullen.

Qui paraissait totalement déconcerté.

— Que se passe-t-il ?

— Eh bien… je voulais savoir comment tu allais. Je ne t'ai guère vu, depuis cette horrible nuit.

Il avait recommencé à l'éviter. Mais cette fois, elle n'entendait pas le laisser jouer les courants d'air. Il allait devoir s'expliquer. Clairement, nettement. Elle s'était même préparée à une dispute.

— Il fait chaud, chez toi, Cullen… Ça ne t'ennuie pas que j'enlève mon imper ?

Elle fit glisser le trench-coat le long de ses épaules, de ses bras… jusqu'à ce qu'il tombe sur la moquette.

Puis elle chercha son regard.

Fixe. Hypnotisé. Rivé sur la robe.

Sur ce qu'elle cachait et surtout ce qu'elle révélait.

Lentement, Elizabeth marcha vers lui. Il recula. Bondit en arrière en fait. Ce fut le mur qui l'arrêta.

— Lizzie, qu'est-ce que tu fais ?

— A ton avis ?

Elle tendit la main et du bout des doigts caressa sa poitrine nue.

— Je m'efforce de te séduire, Cullen Ryan…

Il lui attrapa le poignet.

— Arrête immédiatement.

Ah, non ! Elle ne supporterait pas un deuxième rejet mais… le personnage de femme fatale, elle ne savait pas le jouer.

Elle ne connaissait que celui d'ingénue. Un rôle démodé que plus aucune jeune fille ne tenait de nos jours.

Sauf elle.

Elle s'approchait de la porte, la tête basse, quand Cullen la retint par le bras.

— Ne sois pas défaitiste, Lizzie. Je t'ai dit que ta première fois devrait être un événement magique, merveilleux... Pas à la va-vite, mais au terme d'un vrai cérémonial... Celui que fait naître l'amour, le vrai.

Oui, elle se rappelait les paroles de Cullen. Et son chagrin se mua en désespoir : l'homme qu'il lui fallait, c'était lui. Et jamais il ne serait sien.

— Je crois avoir bien saisi le message, Cullen. Inutile de te répéter.

— Non, Lizzie, je ne pense pas que tu aies compris. Et je te répète que ce moment n'est pas encore arrivé.

— Je sais.

— Permets-moi d'en douter...

Doucement, il la prit par la taille et la ramena dans le salon. Il la détailla des pieds à la tête puis sourit.

— Elizabeth Douglas, le moment viendra le jour où je t'aurai passé une alliance au doigt et que tu m'auras dit, devant un prêtre, que tu acceptais d'être ma femme.

Elle crut défaillir, flageola sur ses jambes. Le bras ferme de Cullen la maintint debout.

— Tu parles de mariage ? Comment serait-ce possible, tu me fuis depuis si longtemps !

— Lizzie, je t'ai fuie, parce que j'avais besoin de temps pour réfléchir avant de m'engager. C'est au funérarium de Krauter où je t'ai vue attachée, à deux doigts de la mort, que j'ai compris que je t'aimais plus que tout au monde, que je ne pourrai vivre sans toi. Quelle ironie du destin, n'est-ce pas ? L'illumination a jailli dans ma tête dans les circonstances les plus cruelles qui soient… Tu vivais un drame, le dernier pensais-tu, et moi j'ai soudain vu le bonheur.

— La mort nous cernait et tu as vu le bonheur…, répéta Elizabeth, incrédule et émerveillée à la fois.

— Oui. C'est bizarre mais c'est ainsi. En une fraction de seconde, j'ai su. L'amour que je bridais a échappé à mon contrôle. Il m'a submergé. Lizzie, ma chérie, tu ne t'es jamais trompée. Depuis toujours, tu sais que nous sommes faits l'un pour l'autre.

— J'ai aimé le mauvais garçon alors que je n'étais qu'une gamine… Je l'aime toujours maintenant que je suis une femme.

— Une toute jeune femme.

— Pas dans ma tête, ni dans mon cœur, Cullen.

Il s'écarta d'elle, la regarda, hocha la tête d'un air appréciateur.

— Et ton corps aussi me montre que tu es une merveilleusement belle femme.

Elle cilla pour écraser les larmes de joie qui perlaient sous ses paupières.

— Il t'a fallu drôlement longtemps pour te rendre compte de tout ça, Cullen… Tu dis avoir compris que tu m'aimais lors de cette affreuse nuit… Mais elle date d'une éternité ! Qu'as-tu fait depuis ?

— J'ai réfléchi.

— Je suis un peu perdue. Tu t'es soudain rendu compte que tu m'aimais, et puis ensuite, tu t'es mis aux abonnés absents ?

— Pas du tout. C'est la preuve d'une infinie prudence. De pas mal de sagesse aussi. J'avais peur, vois-tu.

— Peur ?

— Oui. Ça ne va pas être facile, entre nous, Lizzie, ne nous faisons pas d'illusions.

— Que veux-tu dire ?

— Eh bien… Nous sommes tellement différents… Nous venons de deux mondes dépourvus de points communs. Je suis un flic, d'accord, mais aussi un ancien voyou. Mon père était un ivrogne et…

— Je sais très bien qui tu es, Cullen Ryan ! Je te connais sur le bout des doigts. Peut-être, effectivement, viens-je d'un milieu privilégié. Mais ma vie n'a pas été bien gaie. Mon Q.I. de petit génie m'a apporté plus de déboires que de bonheurs. Il m'a permis d'acquérir un savoir, disons, impressionnant, mais il ne me rend pas pour autant plus intelligente que toi.

Elle leva la main : Cullen s'apprêtait à l'interrompre.

— Attends. Tu parles de ton père. Il buvait, c'est entendu. Mais mes parents ? Ils ne sont pas des parents modèles, loin s'en faut. Et alors ? On s'en fiche. Ce qui compte, c'est nous. Notre vie sera ce que nous en ferons. Nous volons de nos propres ailes, Cullen, et nous allons voler ensemble, en parfaite harmonie.

— Mon Dieu, Lizzie, tu me sembles tellement sûre de toi concernant notre avenir, que je commence à croire que tu as raison.

— Très bien. Dans ce cas, pourquoi ne le dis-tu pas ?

— Que je te dise quoi ?

— Que tu m'aimes.

Il prit le visage de la jeune femme entre ses mains et l'approcha du sien.

— Je t'aime, Elizabeth Douglas. Je suis fou de toi. Tu es la plus belle femme du monde et je veux vivre avec toi jusqu'à ce que la mort nous sépare.

— Voilà ce que j'appelle une déclaration en bonne et due forme, Cullen Ryan, et je peux te dire que…

Cullen ne lui laissa pas le loisir de continuer. Il prit sa bouche et l'embrassa passionnément… Un baiser qui recelait toutes les promesses sensuelles d'un avenir à deux.

Cullen détacha doucement ses lèvres des siennes et lui demanda, une lueur espiègle dans ses yeux gris :

— Lizzie, ce livre que tu lisais… Tu sais, le roman coquin. A quelle page en es-tu ?

Tournez vite la page

et découvrez en

avant-première

un extrait du prochain

roman de la saga

MORIAH'S LANDING

La Nuit des sortilèges

À paraître le 1er juin

Extrait de
La nuit des sortilèges
de B. J. Daniels

Le brouillard glissait silencieusement sur la surface de l'océan. Sournoisement, il s'approchait de la petite ville nichée dans une anse de la falaise, profitant de la nuit pour s'insinuer dans les rues, entre les maisons, s'agripper aux branches des arbres et y accrocher de sinistres lambeaux grisâtres aux formes fluctuantes.

Jonah Ries ne vit pas arriver le brouillard. Mais il sentit comme une impalpable présence.

Il éprouva une sorte de trouble. L'impression de passer insidieusement dans un autre monde où les sons seraient assourdis, l'air raréfié. Il ralentit et le grondement du moteur de sa moto se réduisit à un ronronnement. Il atteignit le sommet de la colline et aperçut le panneau d'entrée de la ville : « Bienvenue à Moriah's Landing. »

Il tressaillit, ralentit encore.

Moriah's Landing ? Bon sang, c'était le dernier endroit où il avait envie de venir.

La poitrine soudain prise dans un étau, il fit demi-tour sur la route. Il s'arrêta, laissant le moteur tourner au ralenti.

Dire qu'il avait fui une fois… Et pourquoi ? Pour revenir aujourd'hui, et se jeter volontairement dans la gueule du loup ! Quelle ironie… Quelque chose de redoutable l'attendait à Moriah's Landing, mais cela, il le savait depuis le début. Alors à quoi bon atermoyer maintenant ? Il fallait qu'il se ressaisisse et reprenne la direction de cette ville, même si sa vie n'y tiendrait qu'à un fil.

Un goût de bile dans la bouche, il braqua au maximum le guidon de la moto et tourna de nouveau. A petite vitesse, il gravit pour la deuxième fois la colline, et se résigna à descendre l'autre versant.

Il passa devant le cimetière Saint-John, détourna la tête et, pour ne pas perdre le contrôle de son engin, ralentit encore. Ainsi, il éviterait une brusque embardée contre le talus.

Après le cimetière, il regarda de nouveau devant lui, bifurqua à hauteur de la flèche indiquant le centre-ville et se dirigea vers le port.

Le brouillard l'assaillit de nouveau. Il quittait l'océan et s'apprêtait à recouvrir la petite bourgade. Il se réduisait pour le moment à des parcelles d'une ouate détrempée qui frôlait son visage, pareille à des toiles d'araignées mouillées. Il essaya en vain de les chasser du revers de la main.

Lorsqu'il atteignit Waterfront Avenue, le brouillard était d'une incroyable densité au bord de l'océan, formant une vraie muraille d'eau en suspension qui oblitérait absolument tout. On n'y voyait pas à trois pas.

Il coupa les gaz de la moto, la posa sur sa béquille et continua à pied.

De la main, il tâta la crosse de son pistolet, un 38, niché dans son holster sous l'aisselle. Cependant, ce geste ne le rassura pas. Les balles que contenait l'arme n'anéantiraient pas la menace.

Il marchait le long du trottoir, dans un univers fantasmagorique, où ses yeux n'avaient plus d'utilité. Il avançait à l'aveuglette, droit devant lui, se fiant à son instinct. Il distinguait à peine les pavés du trottoir.

Il distingua une enseigne qui clignotait, à quelques pas. Le néon rouge semblait dilué dans la brume. C'était un bar. Le seul commerce manifestement encore ouvert.

Pour Memorial Day, toutes les boutiques seraient fermées. Mais Moriahs'Landing serait plus vivante qu'un jour de semaine : on fêterait les 350 ans de la ville. Les touristes afflueraient en masse joyeuse sur la plage dans la journée, puis dans les rues le soir. Leur joie se teinterait d'une curiosité morbide. Moriah's Landing célébrerait une nouvelle fois son passé tourmenté, fait d'histoires de sorcellerie, de bûchers, de pendaisons expéditives.

Les touristes n'étaient pas encore arrivés, et la petite ville somnolait dans son cocon de brouillard. Aussi silencieuse et sombre que la tombe de McFarland Leary.

Le fantôme de Leary… se manifesterait-il ? Probablement. Il ne manquait aucun de ses rendez-vous, disait-on.

— Hé !

La voix venait du bar. Quelqu'un se tenait sur le seuil. Maintenant, l'enseigne était bien distincte.

Le Wharf Bar Rat ?

Il ne s'était donc pas égaré.

Une silhouette se dessina dans la brume. Elle fit quelques pas vers Jonah.

Il reconnut l'homme qui le héla :

— Hé, salut !

L'homme s'arrêta, vacilla, tendit la main pour se retenir au poteau qui supportait l'enseigne.

Le type était soûl. Une chance. Il s'imaginerait avoir eu une hallucination.

A condition qu'il disparaisse immédiatement de sa vue.

Où se cacher ? Le brouillard ne suffisait pas à le dissimuler.

Il obliqua sur la droite, traversa un terre-plein recouvert d'herbe, heurta presque le mur de briques d'une maison. Là, une porte cochère… Pourvu qu'elle ne soit pas fermée à clé.

Il trouva la poignée, la tourna et poussa. Le battant pivota. Mais il avait mis tant de force dans son mouvement qu'il fut propulsé à l'intérieur de la bâtisse.

Le cœur battant à tout rompre, il se retrouva dans un vestibule sombre. Il referma la porte derrière lui.

Il reprenait à grand-peine son souffle quand il entendit :

— Vous êtes en retard !

Une voix de femme, à l'intonation pleine de reproche.

Jonah regarda autour de lui. Il aperçut un rai de lumière sur la moquette : quelqu'un avait ouvert une porte donnant sur le hall.

De nouveau, il toucha son 38.

La lumière se fit plus vive lorsque la porte s'ouvrit en grand, révélant une femme. Une main sur la hanche, la tête légèrement inclinée, ses longs cheveux couleur de jais retombant sur sa poitrine. Elle dardait sur lui un regard aigu, sombre et scrutateur.

— Vous êtes en retard, répéta-t-elle.

Elle bougea et la chevelure masqua partiellement ses traits. Qui était-elle ?

— Je suis désolé, dit-il.

Il s'excusait. Sans raison. Juste pour dire quelque chose en rapport avec les paroles de l'inconnue.

— Vous n'avez donc pas reçu mon dernier email ?

— Non.

Ni le dernier ni le premier. Si elle avait envoyé des courriers électroniques, ce n'était pas à lui.

— Est-ce que vous êtes prêt ?

L'intonation trahissait l'inquiétude.

— C'est bien vous qui avez répondu à mon annonce sur le Net, n'est-ce pas ? insista-t-elle.

Ainsi, cette femme contactait des inconnus sur Internet et leur donnait des rendez-vous ? Bizarre. A première vue, elle n'avait vraiment pas besoin de recourir à ce système. Maintenant qu'elle avait redressé la tête, il voyait un visage sublime. Quelques pas dans la rue, une petite demi-heure à une terrasse de café, et elle rencontrerait des hommes ! Où qu'elle aille, elle ne resterait pas longtemps seule, belle comme elle l'était.

— Hein ? Ah, oui, bien sûr.

— Alors ? Etes-vous prêt ? demanda-t-elle de nouveau, impatiente.

Prêt pour quoi ?

Il la vit ramasser son sac sur le bureau, sa veste sur le dossier d'un fauteuil, puis hésiter. Elle s'immobilisa et il en profita pour l'examiner.

Rarement, il s'était trouvé face à une femme aussi séduisante. Jamais, même. Ces yeux d'obsidienne ombrés d'incroyables cils noirs, cette bouche pleine, sensuelle, ces pommettes hautes, ce menton à l'ovale parfait… Bon sang, l'inconnue était divine !

Il s'aperçut qu'elle le détaillait avec une acuité égale à la sienne. Au point de le mettre encore plus mal à l'aise qu'il ne l'était déjà.

Le malentendu ne pouvait durer. Il fallait qu'il lui dise qu'il y avait erreur sur la personne, qu'il n'était pas celui qu'elle attendait.

Mais elle contourna le bureau et se dressa devant lui. Maintenant, il pouvait poser le regard sur ses hanches, ses jambes.

Il déglutit avec peine. Cette petite robe noire, toute simple, lui donnait une allure folle. La classe.

Des bracelets d'argent tintaient autour de ses poignets fins. Entre ses seins, accroché à un collier assorti aux bracelets, se nichait une lanterne miniature en pendentif.

— Avez-vous réservé quelque part ? s'enquit-elle.

Non, évidemment. Mais, à la seconde, il sut où il aurait aimé l'amener. Dans une chambre, dans ses bras…

Quelle guigne ! Pourquoi fallait-il qu'il tombe sur cette créature de rêve un soir de total désarroi ? Comment se sortir de ce guêpier ? Cette femme le prenait pour l'homme d'Internet avec lequel elle avait rendez-vous. Ses vêtements, ses bijoux, ses escarpins montraient bien qu'elle comptait sur un dîner au restaurant. Suivi d'un verre dans un bar aux lumières tamisées…

L'homme qui avait reçu ses emails ne tarderait pas à se manifester. La porte allait s'ouvrir sur lui, dissipant la méprise.

Tout rentrerait dans l'ordre.

Mais, bon sang, pourquoi le regrettait-il déjà ?

BEST SELLERS

Les Best-Sellers Harlequin, c'est la promesse d'une lecture intense : romans policiers, thrillers médicaux, drames psychologiques, sagas, ce programme est riche d'émotions.

Ne manquez pas, le 1er mai :

Du côté de Georgetown, de Emilie Richards • N° 195
Faith Bronson est loin de se douter que son existence dorée ne tient qu'à un fil. Pourtant, lorsque la liaison secrète de son mari est révélée au grand jour, force est de constater que sa vie est en ruine. Tout comme la maison familiale où elle va se réfugier avec ses deux enfants, et qu'elle entreprend de restaurer. Un homme lui donne l'espoir d'un avenir plus vrai, et Faith s'y accroche. Mais cet homme a un lien secret avec son passé, qu'il n'ose pas lui avouer. Un nouveau défi attend Faith, une nouvelle bataille contre le mensonge et la dissimulation…

Verdict, de Christiane Heggan • N° 196
Lorsqu'une mystérieuse jeune femme lui propose cent mille dollars pour défendre son amant accusé de meurtre, l'avocate Kate Logan, qui vient de s'installer à son compte, trouve l'affaire bien avantageuse. Sauf que celle-ci concerne de près Mitch, son compagnon : la victime du meurtre n'est autre que la sœur de Mitch et l'ex-épouse de l'accusé. Une affaire qui risque de peser lourd sur la vie privée de Kate. La loi fera-t-elle bon ménage avec les sentiments ?
Retrouvez l'héroïne intègre et attachante de L'impossible vérité, *Best-Sellers N° 90 (réédition mars 2004).*

Le complot, de Heather Graham • N° 197

Ils sont plusieurs à se retrouver ce jour-là à Hurricane Bay, la petite île privée de Floride qui les a vus grandir. Mais où est donc Sheila Warren ? Son absence ne semble inquiéter personne en raison de sa vie dissolue. Personne, sauf Kelsey Cunningham, venue de loin pour voir sa meilleure amie. De tout le groupe, seul Dane Whitelaw est disposé à lancer les recherches : non seulement il s'est disputé avec Sheila avant qu'elle disparaisse, mais il semble savoir quelque chose qui le ronge…

Le moment de vérité, de Curtiss Ann • N° 198

Marilee James s'apprête à dire « oui pour la vie » à Tate Holloway, quand son ex-mari, qu'elle n'a pas vu depuis des années, débarque dans la petite ville de Valentine sans prévenir. Toujours bel homme, Stuart James est accueilli avec circonspection aussi bien par Tate que par Marilee, qui craint qu'il déstabilise sa vie et celle de leur enfant. Mais si Stuart bouleverse en effet leur quotidien, rien ne sera plus comme avant après son passage…

Le fil rouge, de Taylor Smith • N° 73 (réédition)

A Winslow, petite ville de Nouvelle-Angleterre, une étudiante de l'université de Mount Abbey, Holly Stroud, est mêlée à un attentat terroriste. N'a-t-elle pas accompagné sur les lieux du crime cet étudiant étranger que le FBI considère comme le suspect N° 1 ? Les soupçons pèsent sur Holly. Mais Leya Nash, son professeur de littérature, qui croit à son innocence, veut tout tenter pour sauver celle qu'elle considère un peu comme son double. Sans se douter qu'un homme va resurgir du passé et la confronter de nouveau à ses propres démons...